UN 26 AOÛT À ARCACHON

Du même auteur chez Terres de l'Ouest :
Touche pas au Grisbi du Bassin, 2023
La malédiction du Cercle de Trensacq, 2018
Les hauts-murs, 2017

http://www.terresdelouest-editions.fr
email : jugieau.benjamin@orange.fr
ISBN : 979-10-97150-68-6

Crédits photographiques couverture :
Réalisation couverture Terres de l'Ouest Editions à partir de crédits Fotolia : Fishermen houses in Bassin Arcachon, Cabanes Tchanquees, Aerial view, France© SpiritProd33

Éric Castaignède

UN 26 AOÛT À ARCACHON

ROMAN

« Les hommes naissent égaux et tout se détraque rapidement, dès les premières secondes. »

1

Je me suis assis au bout de la jetée. Le dos appuyé contre la pierre, j'ai ramené mes genoux sous mon menton comme, enfant, j'avais l'habitude de le faire.

Cet instant de béatitude passé, j'ouvre enfin les yeux. La beauté du bassin d'Arcachon m'émerveille à nouveau. Quelques rares filaments de soleil découpent le chenal en rubans étincelants. Le silence me frappe, ne reste que l'odeur caractéristique du port et du grésil.

Le bonheur s'habille de couleurs, de senteurs, de visions et là, tout proche du paradis, je suis heureux mais je ne suis pas en paix.

Cette jetée, ce port, je pourrais les poser n'importe où mais il manquerait alors les odeurs de vase, les embruns qui humidifient les lèvres, les coquilles d'huîtres qui, comme des lames, entaillent les pieds nus, ainsi que les bateaux à fond plat accompagnés de mouettes affamées, entrant et sortant au rythme des marées qui font se retirer l'eau si loin qu'il ne reste que de la matière gluante et visqueuse, puis tout au bout, le Christ sur sa croix.

La rumeur prétend que lors de certaines grosses marées d'équinoxe, la jetée peut être engloutie et le Christ, planté, tourné vers le large, s'accroche alors encore plus fort à sa croix. Je n'aime pas cette vision blasphématoire.

Quelques anciens racontent encore que les soirs de grand vent et de forte marée, du calvaire, des gémissements se font entendre. Eux ne les ont jamais entendus, mais ils le tiennent de leurs aïeux. L'histoire se transmet de génération en génération pour attester qu'une mère revient ces crépuscules-là chercher sa fille, noyée après une nuit de tempête. L'embarcation sur laquelle elle se trouvait ayant été laminée par les éléments déchaînés, le corps de l'enfant avait été retrouvé au pied du calvaire. L'histoire prétend aussi que le malheur s'abat sur ceux qui entendent les plaintes vaines de la pauvre femme.

Le froid me saisit. Je frissonne et me mets debout avec difficulté. Ma main droite ouverte se pose sur le piédestal et les yeux levés, je regarde le Christ en croix. Il pleure depuis longtemps pour commémorer les pères rédemptoristes et leur mission à combattre la misère spirituelle. Ils sont venus porter la parole de Dieu pour le salut du monde. Personne ne semble s'en souvenir. Suis-je le seul ?

Ma main se ferme en réaction.

Lentement, je me recule, le poing toujours crispé. Je contourne le monument au moment où une voix familière s'adresse à moi :

— J'étais sûr de te trouver ici.

Le visage vaguement inquiet de Florian me surprend. Sur la défensive, je le questionne :

— Pourquoi ? Qu'y a-t-il ?

— Rien, rassure-toi.

Il me présente ses deux paumes de mains en signe d'apaisement.

— Je suis passé chez toi comme convenu et tu

n'y étais pas. Tu ne répondais pas au téléphone non plus.

Mon engagement envers lui pour l'aider cet après-midi me revient à l'esprit. Je balbutie de vagues excuses. Mon ami ne semble pas me tenir rigueur de cet oubli. Il scrute les alentours et je suis toujours immobile face à lui. Posant à nouveau ses yeux sur moi, il m'interroge :

— Tu n'as pas peur de venir ici ?

Je risque une moue en haussant les épaules. Je fais quelques pas, le forçant à me suivre. Nous parcourons ainsi la centaine de mètres de la jetée, sans paroles, mais son affirmation me tracasse.

— Tu m'as dit que tu étais sûr de me trouver ici. Puis-je en connaître la raison ?

J'épie sa réaction. Pour lui pourtant, tout coule de source.

— Rien de bien mystérieux. Je sais ton attachement au port de Larros. C'est tout.

Je me garde bien de le relancer, me contentant de cette réponse.

Nous sommes arrivés au niveau des premières cabanes. Mon regard se porte instantanément sur l'entassement de tuiles passées à la chaux et sur l'enchevêtrement de fers rouillés. J'aime ces images et encore plus l'odeur qui s'en dégage. Les chalands sont rentrés, tout est calme. Justement Florian, lui aussi, l'a remarqué :

— Tu ne trouves pas bizarre qu'il n'y ait personne ?

J'attends la suite, sans réagir.

— Depuis une semaine c'est pareil, poursuit-il, les gens évitent l'endroit.

Il me désigne alors l'autre côté de la darse. Il s'arrête, pensif, puis avec des phrases décousues qui ne lui ressemblent pas, tente d'assembler ses idées.

— Incroyable. Tu imagines, chez nous. Pas possible.

Ses bras font quelques moulinets ridicules. Il souffle :

— Tu en penses quoi ? Tu viens seul ici, ce n'est pas prudent.

Sa sollicitude m'agace un peu et ses affirmations m'ennuient. Je regarde avec lassitude celui qui depuis des décennies est mon ami. Affronter son regard n'est pas difficile pour moi car je ne ressens aucune culpabilité. Je crains surtout de le décevoir. Loin de mes pensées intimes, Florian insiste.

— Ils n'ont pas trouvé le coupable et c'est angoissant. Savoir qu'un assassin se promène en liberté…

Un frisson le parcourt, puis il se détourne du périmètre délimité par des barrières et des rubans siglés *Gendarmerie.* Deux cabanes ostréicoles sont ainsi isolées. Il attend ma réaction et la provoque même.

— Hugo, ne me dis pas que tout ceci te laisse insensible ?

Je m'en veux de ne pas pouvoir me contenir :

— Florian, effectivement je n'en ai rien à faire. Ce type, je ne le connaissais pas et je ne sais rien de l'affaire. Je ne lis pas les journaux et j'évite d'écouter ceux qui, a priori, savent tout. Excuse-moi mais, non, je n'ai pas peur. Je n'ai pas peur de l'ombre, pas peur des assassins, pas peur de toutes ces histoires.

Ma réponse crue laisse Florian dépourvu. Il ne répond pas et s'éloigne, visiblement gêné. Je le suis à quelques mètres de distance. Ce n'est pas dans nos habitudes de se parler de la sorte, alors l'instant est particulier.

Le haut du port est un peu plus animé, les restaurants peinent pourtant à faire le plein. La publicité faite par cette sombre affaire a eu raison des affluences espérées.

— Hugo, on mange un morceau ?

Je n'ai pas très faim, mais je souhaite racheter mes paroles malheureuses.

— Oui, mais vite.

Je jette un rapide coup d'œil sur le port et ses bateaux sagement rangés. Au loin se dessine la croix du Christ. Florian est entré dans le restaurant pour nous réserver une table et ma pensée est unique en cet instant. Plusieurs fois, intérieurement, je répète cette interrogation : « Qu'ont-ils fait ? »

Maintenant loin de nous, la croix se découpe sur le ciel. Le Christ ne nous regarde pas, comme indifférent à nos vies, à nos craintes et à nos doutes. Il est là depuis plus d'un siècle tourné vers le large, contemplant l'horizon et accueillant le marin qui rentre au port. Le reste semble peu lui importer, nous vivons dans son dos. Pour cette raison, sûrement, je vais chercher sa protection au plus près, mêlant mon existence faite de chair et de sang, à la sienne, figée dans une immobilité minérale.

Mes réflexions sont interrompues par l'appel de Florian. Je le rejoins sans entrain.

Le dîner se déroule avec monotonie car ce soir, je n'ai pas le goût de la distraction. Je m'en excuse plusieurs fois. Je me contente d'une pizza et d'un verre de rosé. Nos discussions se terminent souvent en impasse.

Le propre de l'amitié étant de se satisfaire de la

présence de l'autre, nous aurons, Florian et moi, des jours meilleurs. Nous nous sommes connus au collège, mais je me rappelle de cette période avec peu d'enthousiasme. J'étais un élève médiocrement doué, comprenant par l'exemple plus que par la théorie. Or, à mon grand désarroi, l'enseignement d'alors privilégiait la théorie. J'ai accumulé de l'amertume et parfois de la jalousie envers ceux qui apprenaient sans souffrance. Florian était de ceux-là. Je lui en ai voulu de sa facilité à apprendre, toujours parmi les bons élèves, toujours dans les bonnes grâces des professeurs. Ma scolarité s'est écoulée dans une angoisse latente, cherchant à rester discret alors que Florian pavoisait au sein des meilleurs. Dire que tout est parti de là serait exagéré. Je n'avais rien pour me mettre en valeur à l'époque et je n'ai toujours rien aujourd'hui.

Comme à son habitude, Florian parle et il le fait divinement bien, c'est mon avis et celui des autres. Je souffre de la comparaison, mais les choses sont ainsi. Les hommes naissent égaux et tout se détraque rapidement, dès les premières secondes.

— Pourquoi tu souris ?

La question de Florian me fige. Pour ne pas rester sans réponse, je lui lance :

— Tu crois que les hommes naissent égaux ?

— C'est ça qui te fait sourire ?

— Oui. Ton avis ?

Je sais bien qu'il n'a pas besoin de réfléchir, mais par jeu, il tempère pour finalement avouer :

— Non. Nous ne naissons pas égaux. Tu es déçu ?

Je hausse les épaules, mécontent de la tournure de notre conversation. Je risque une attaque :

— Tu avais triché en cours de biologie ou pas ?

Je fais référence à une vieille histoire où il avait été soupçonné d'avoir copié lors d'une composition. C'était la seule ombre au tableau d'un parcours remarquable. Je n'ai jamais su la vérité.

— Hugo, il n'y a pas pire affront que d'être suspecté. Le sentiment hérité de cette situation a été terrible. Je me suis forgé dès ce jour-là, le mental que tu connais. Cette histoire me sert de référence encore aujourd'hui, près de deux décennies plus tard. C'est difficile à admettre mais oui, l'injustice m'a donné de la force.

Sans en laisser paraître le moindre signe, cette révélation m'attriste encore un peu plus. Moi, je n'ai jamais su profiter d'un revers pour évoluer. Ma vie s'est construite sur de la frustration et celle-ci m'a mené sur des sentiers sinueux. Je dissimule alors mon mal-être en exagérant le plaisir de déguster le dessert et mon camarade n'est pas dupe :

— Ce n'est qu'un yaourt.

La dernière cuillère avalée, je le presse à finir sa part de tarte. Il s'en étouffe presque. J'ai besoin de respirer, de marcher, de bouger. Je suis debout, il n'a pas encore terminé sa pâtisserie. J'ai payé les repas, il se sert un verre d'eau. Je suis dehors, il se lève juste de table. Enfin il sort.

— Bonjour docteur.

L'homme qui a interpellé Florian sur le pas de la porte du restaurant semble être un de ses patients, du moins je le présume. Il s'approche pour lui serrer la main et m'ignore totalement. À trois pas d'eux, j'assiste sans y être convié à un curieux monologue de la part de l'individu :

— Je l'ai toujours dit. Il y a trop de mauvaises

personnes qui rôdent. Pas plus tard que le mois dernier, un homme s'approche de moi et me demande une cigarette. Je n'en ai pas, mais celui-ci se fait menaçant. Je ne sais pas quoi faire et bien figurez-vous que…

— Vous êtes parti en courant ?

Incrédule devant la répartie de Florian, il s'étonne :

— Comment vous le savez ?

La réponse est sèche :

— C'est ce que j'aurais fait.

Florian le salue poliment. Il m'entraîne déjà un peu plus loin dans un sourire, délaissant notre homme médusé. Je lui propose que nous nous promenions. Mon compagnon paraît indécis. Visiblement il n'y tient pas. Tout d'abord il prétexte la fatigue puis avoue sa crainte du lieu. Les évènements des derniers jours le font fuir. Je me retrouve seul malgré son insistance pour que je l'accompagne. Rien n'y fait, je veux rester dans cet endroit.

Enfant, je m'inventais une épreuve à surmonter. La nuit tombée, je me mettais au défi d'aller toucher le Christ au bout de la jetée. Je marchais dans le noir, parfois accompagné d'un trait de lune, le long des cabanes puis des parcs à huîtres et enfin sur la digue. Les soirs de marée haute, l'eau qui affleurait m'impressionnait énormément. Je m'avançais dans la mer, devinant la stèle et la croix devant moi. Seul le bruit des vagues rythmait mes pas hésitants. C'était bien moins saisissant à marée basse, bien moins oppressant. J'arrivais toujours au bout, quelles que soient les circonstances, et plus loin, il n'y avait plus rien, sauf l'Amérique. Je touchais la pierre et je devinais par endroit des marques laissées ; j'avais la confuse impression que ce monument m'appartenait. Pour quelques minutes, j'en étais le gardien. Alors, je restais aussi longtemps que possible, jusqu'à ce que la peur me submerge, puis je faisais le retour en courant, accélérant même, en imaginant des monstres surgis des eaux à ma poursuite. Les années sont passées, le rituel a perduré. Les craintes s'en sont allées, seule reste une appréhension diffuse les soirs de haute mer. J'ai toujours eu peur de l'eau, moi qui passe ma vie ici, sur le bassin. Je ne suis pas à un paradoxe près.

Ce soir sera un soir pareil aux autres et je marche vers la croix. Mes pas sont calmes, mes yeux percent la nuit. Je m'enfonce dans l'obscurité comme depuis toujours. C'est un pèlerinage, un acte de repentance. Il ne serait pas juste de voir en cette marche, uniquement une balade. Cela va bien au-delà.

Le silence est total, l'eau est basse et mes pas ne font aucun bruit. J'avance, enveloppé par la pénombre et protégé du monde. Je me fie aux pavés de la jetée, j'en connais le nombre exact. Chacun est différent, mais l'humanité ne le sait pas. J'arrive au bout, dépasse la stèle et face au néant, je respire profondément...

Sur le retour, je suis passé près du lieu maudit. J'ai franchi les fins cordons censés en restreindre l'accès. Je n'ai rien vu, si ce n'est un peu d'herbe écrasée mais, en réalité, je ne cherche rien. Je ne ressens aucune émotion, ne partage aucune compassion. Je m'en vais, indifférent. Les premiers réverbères projettent ma silhouette sur les bas-côtés, difforme. Ma vie étriquée m'assaille à nouveau, j'en suis prisonnier et le resterai indéfiniment, je le pressens.

Les mains dans les poches, le col relevé, je

m'engage sur l'esplanade des ostréiculteurs, proche des ateliers d'un constructeur de bateaux qui font la réputation de l'endroit. Deux silhouettes s'en dégagent. À mon approche, deux personnes s'avancent à ma rencontre. Il s'agit d'un couple de personnes âgées et je suis surpris par leur présence. La dame engage la conversation :

— Vous êtes d'ici ?

La question est anodine, mais je reste méfiant et ma réponse est minimaliste.

— Oui.

Les petits vieux sont à ma hauteur et elle poursuit :

— Nous avons vu là-bas un endroit délimité par des rubans marqués « Police ». Savez-vous ce qui est arrivé ?

Elle me montre le port d'un doigt qui s'enfonce dans la nuit. Je n'ai pas besoin de me retourner, je connais le lieu par cœur. Ma première réaction est de répondre négativement avant de les quitter, en les laissant dans l'ignorance. Qui cela peut-il bien intéresser ce qui s'est passé ? Il ne s'est rien produit en fait, juste un mort que personne ne connaissait. Même pas un étranger, car un étranger il est obligatoirement de quelque part, mais lui, celui qui est mort, il était de nulle part. Le fait divers est banal, du moins pas de quoi alimenter les journaux pendant une semaine entière. Un homme est mort, trouvé au petit matin par un pêcheur. Un cadavre allongé sur l'herbe, derrière une cabane à huîtres, froid et raide. Ils l'ont emmené dans une housse en plastique et c'est tout. Pourquoi vouloir savoir ? Et en plus le ruban, il est siglé « Gendarmerie », pas « Police ».

Le couple attend une réponse à leur question. Lui, il est effacé et doit sûrement laisser sa femme décider de tout. Il porte une volumineuse écharpe en laine et ses grosses chaussures lui donnent une démarche grotesque. Il patiente et pourrait le faire, à mon avis, jusqu'à la nuit des temps. Elle, elle paraît plus énergique. Instantanément, je présume qu'elle doit lui mener la vie dure, le bousculant certainement sans ménagement. Il doit y être habitué. D'ailleurs, il est à deux pas derrière elle et ce signe ne peut tromper. Le visage de la vieille femme est sévère et contraste avec la douceur de celui de l'homme. Ma première impression est de me dire qu'ils sont mal assortis.

— Vous ne savez pas ?

Mon sourire la rassure et sa bouche s'étire, ses rides se défroissent, elle est attentive. Je secoue la tête pour donner à l'instant un côté solennel. J'hésite pourtant toujours entre poursuivre mon chemin et satisfaire ces promeneurs.

Dois-je leur révéler de quoi est mort cet inconnu ? Dois-je leur dire qu'il devait bien l'avoir mérité de mourir, car on ne tue pas pour rien, car on ne meurt pas pour rien ? Finalement, il n'aura laissé aucune trace, hormis ce ruban bleu délimitant une zone. Un sans domicile fixe, un vagabond chassé de partout, jamais désiré, toujours mal accueilli.

Les deux anciens semblent vouloir se retirer vu que le vieux tire sa femme par la manche :

— Viens. Il ne sait rien.

Il a chuchoté, comme si je pouvais ne pas entendre. Cette remarque me froisse. Si, je sais ce qui s'est passé et j'estime que c'est dégradant de mettre en doute mes connaissances. Je les interroge :

— Vous venez d’arriver ? Vous ne lisez pas les journaux ?

Ils agitent leur tête, de haut en bas pour elle et de gauche à droite pour lui. Manifestement, chacun répond à une des questions.

Je les observe. Lui, baisse les yeux, elle, durcit ses traits.

— Madame, si vous permettez, le sourire vous va beaucoup mieux.

Je sens que le vieux est prêt à fuir tandis que sa femme est plutôt prête à me sauter dessus. Je capitule.

— Venez avec moi, je vais vous expliquer.

Déjà, je fais demi-tour, mais ils restent immobiles.

— Vous voulez savoir, oui ou non ?

Le couple se met à me suivre, elle devant et lui derrière. Nous nous enfonçons dans la nuit.

2

Je lutte en vain depuis des heures. Mes bras s'agitent, mes jambes battent, mais pour rien. Les crampes, douloureuses, empêchent toutes coordinations. La fatigue et le désespoir m'enlèvent mes dernières forces. Mes membres se calment et je m'enfonce. Je flotte maintenant entre deux eaux, porté par un fort courant, résigné. Je vais mieux. Mes peurs s'apaisent. Je meurs noyé pour la millième fois.

Je me réveille peu après dix heures. Je suis plutôt en forme malgré ce maudit cauchemar. J'en souris, car il n'a pas été si terrible. Certes je suis mort encore une fois, mais sans souffrance.

J'hésite à me lever. Pourtant, si je reste au lit, immanquablement, je vais penser à elles. L'image est incrustée dans mon esprit, éternelle. Deux jeunes femmes, à des époques bien différentes, qui se ressemblent. Une, sur un journal jauni et l'autre, immature, les pieds nus dans le sable. Deux jeunes filles qui ne se connaissent pas et qui n'avaient aucune chance de se rencontrer, mais pourtant deux visages semblables, deux allures similaires. Je les ai associées par leur sourire, je n'ai pu me tromper.

Finalement je me lève, abandonnant tout espoir

de rêverie. Je me cogne le petit orteil sur une chaise et renverse ma tasse de café. Tout est normal. Je ne prends même pas la peine d'éponger le sol. Si je bâille, c'est par habitude et je m'étire plus que de raison. Je gratte ma tête qui me démange et je me souviens que je n'ai pas pris de douche hier soir en rentrant. Une exception dans mes habitudes, il faut dire qu'il était tard. Aujourd'hui je ne travaille pas, nous sommes samedi et je me promets de traîner toute la journée. Je ne veux avoir aucun projet, aucune obligation et même mes démons semblent assagis. Je déjeune d'un reste de café et de deux biscottes puis abandonne les miettes éparses sur la table basse.

Nous sommes au mois de mars et le week-end n'est pas prévu pour être beau. Arcachon va préserver encore un peu son intimité et je veux en profiter. Mon souhait de ne rien faire n'a pas résisté longtemps, mais c'est là un trait de caractère. Je n'ai besoin que de quelques minutes pour changer d'avis et je me trouve ainsi une qualité, celle de ne pas m'obstiner. J'évite de m'attarder devant mon écran d'ordinateur et un passage devant une glace me convainc de me raser. La douche qui suit est un pur bonheur. L'eau qui ruisselle sur mes épaules me lave de toutes pensées. Même la sonnerie de mon téléphone ne parvient pas à m'en extraire. La main gauche répand la mousse sur le corps et la main droite caresse jusqu'à la jouissance. Je prolonge cet état proche de l'extase. La vie peut être simple et des moments tels que celui-ci la rendent acceptable. Finalement, au bout d'une demi-heure, lavé avec le plus grand soin, je me sèche, résolu à affronter le reste de la journée. En passant près du canapé, le clignotement de mon portable me rappelle la sonnerie de tout à l'heure. Je regarde et constate que Florian a tenté de me joindre. Il a laissé un message, il est onze heures vingt. L'écoute de celui-ci ne m'émeut pas, je m'habille calmement. Vingt minutes plus tard, je suis prêt. Florian m'a donné rendez-vous sur la jetée Thiers à midi et je souris en repensant à la teneur de son message, surtout les premiers mots affolés : « Tu as appris la nouvelle ? ». Décidément, Florian est un émotif.

Le timide soleil ne masque pas la fraîcheur de l'air. Il ne pleut pas. Les lilas sont pourtant précoces, mais je ne les sens pas.

Je mesure à chaque fois la joie d'habiter Arcachon lorsqu'en sortant de chez moi, je traverse le parc Mauresque. À dire vrai, je pourrais m'abstenir de passer par ce jardin et descendre directement vers la ville d'été, mais depuis longtemps je fais ce petit détour. Jamais pourtant, je n'emprunte l'ascenseur accessible à partir du parc, nostalgique sûrement du funiculaire d'antan. Ce havre de verdure a pour moi valeur de symbole, celui d'un lieu chic où le beau monde venait se promener et s'habillait en conséquence. C'était un lieu de représentations et de spectacles de la belle époque. Le casino Mauresque, trait d'union entre la ville d'hiver sur les hauteurs et la ville d'été près des plages, n'existe plus. Un incendie a fait disparaître ce joyau, à la fois temple et palais. Il ne reste que le nom. Je sors du parc et plonge dans la ville plus récente. Je me dirige vers la place des Marquises pour traverser le marché, ce que je fais rapidement. Les étals sont pratiquement vides. Vu l'heure tardive, il y a pourtant du monde. L'envie de m'arrêter pour manger quelques huîtres me traverse l'esprit. Je passe sans céder à la tentation et je rejoins l'avenue Gambetta. La jetée Thiers est tout au bout. Je presse le pas.

Florian est appuyé sur la balustrade, obnubilé par les bouchons de cannes à pêche qui s'agitent sur l'eau. De maigres vagues butent sur la première marche de l'escalier en béton qui dessert l'embarcadère. Je le rejoins. À mon approche il sursaute, se tourne vers moi sans une parole, mais ses yeux sont expressifs. Je sais y lire ses angoisses ou ses peines, ses joies ou ses hésitations, ses espoirs ou ses attentes et là, je n'ai aucun doute, il est inquiet. Déjà, il ne me reproche pas mon retard et c'est un indice supplémentaire sur son état d'esprit. Ignorant son regard, je me penche vers l'eau et d'une voix neutre, je lui pose la question qui est volontairement totalement décalée :

— Il y a du poisson qui mord ?

Je n'aurai jamais la réponse, mais plutôt sa sempiternelle remarque :

— Tu es incroyable.

Par cette réflexion, il ne prétend pas que je sois un homme exceptionnel ou fantastique, mais simplement un être déroutant.

Florian est un garçon sensible, ouvert aux autres et ces qualités, je ne les possède pas. Nous sommes différents, sinon opposés, mais nous sommes amis. Il a quatre mois de plus que moi et il vient de faire ses 35 ans. Longtemps j'ai tenté de lui ressembler, reproduisant ses réactions et j'ai même voulu marcher dans ses pas, devenir un double parfait, mais la copie était pâle et de mauvaise facture alors j'y ai renoncé pour réintégrer mon corps et mon cerveau plus adaptés à mes capacités. C'est à ce moment précis que nous sommes devenus proches. Florian n'avait pas besoin d'un sosie, mais d'un complice, celui qui partage, pas celui qui imite. Les premiers temps, j'ai ressenti de la fierté à le côtoyer puis nos relations sont devenues sincères le jour où il m'a avoué que nos discussions et nos sorties lui faisaient beaucoup de bien. Je lui apportais autant qu'il m'apportait et c'était là le début d'une amitié équilibrée. Les années sont passées, lui est devenu médecin, moi employé de mairie. La hiérarchie a été respectée, chacun selon ses mérites. Il soigne et sauve, je classe et je range.

— Tu n'es visiblement pas au courant.

Je reste le nez plongé vers l'eau troublée stagnante sur le ponton en béton qui appartient à une autre époque. Les vagues ont grignoté le ciment centenaire, ouvrant de larges cassures d'où les ferrailles s'échappent. L'image de cette eau et de ses méfaits m'accapare étrangement. Florian s'en émeut.

— Tu le fais exprès ?

Je relève le menton et me retourne. Un sourire qui se veut désarmant se dessine sur mes lèvres.

— Excuse-moi. Non, je ne le fais pas exprès. Mais que peut-il y avoir qui puisse te mettre dans cet état ?

Puis rapidement je lui impose le silence par un geste de la main. Intrigué il se tait. Deux secondes plus tard, je tente une explication :

— C'est les deux petits vieux qui te perturbent ?

Il semble interloqué. Les bras écartés, il avoue être choqué par ma réaction.

— Donc tu savais. Un couple est retrouvé mort à deux pas d'où nous étions hier au soir et tu ne parais pas effrayé, ni même surpris ? Celui qui a fait ça n'était pas loin de nous. Peut-être qu'il nous épiait et nous surveillait ?

Florian n'a pas tort d'être rétrospectivement terrifié. Je ne semble pas prendre la mesure exacte de la menace.

— Tu l'as appris à la radio ? poursuit-il.

— Non, j'ai entendu des gens parler en passant près du marché.

Notre échange a visiblement alerté les deux pêcheurs sur l'embarcadère. Le bruit que nous faisons fait fuir les maigres poissons qui pourraient s'aventurer ici. Je tire Florian par la manche et l'entraîne plus loin. Nous marchons dans un silence relatif, croisant des promeneurs dont le sujet de conversation tourne autour de l'affaire. René, un des responsables du syndicat mixte du port d'Arcachon s'approche. Il nous salue et s'arrête à notre niveau. Cet homme a la particularité d'être constamment sous l'emprise de l'alcool, au grand dam de Florian qui le reçoit souvent en consultation dans son cabinet. Il engage une causerie que nous tentons d'éviter.

— Vous êtes au courant ?

Provocateur, je le questionne :

— De quoi ? Il va pleuvoir ?

Florian me tape du coude.

— Oui, nous sommes au courant, enchaîne-t-il.

Il le contourne, m'agrippe et, à son tour, me force à le suivre. C'est à peine si nous entendons René se plaindre.

— Que va-t-il arriver maintenant ? se lamente l'ivrogne.

Nous le laissons dans l'expectative et quittons la jetée pour parcourir la promenade. Quelques personnes sont sur le sable et peu osent mettre les pieds dans l'eau. Trois habitués et un groupe de touristes occupent les bancs situés au soleil. Les bribes de paroles qui nous parviennent ne parlent que de cette actualité morbide. Florian est attentif et intercepte chaque mot. Il boit les inquiétudes des uns et réagit aux suppliques des autres. Je le regarde puis finis par l'interpeller :

— Tu es avec moi ? Nous pouvons parler ? Ou alors tu vas discuter avec eux.

Il hoche la tête, vexé par ma remontrance. Face au soleil, il cligne des yeux et se détourne. En passant à mes côtés, il saisit mon bras et notre marche se poursuit en silence. Je comprends qu'il réfléchit et que des sentiments contradictoires se percutent dans son cerveau. Deux véhicules de police stationnent sur le passage clouté, obligeant une jeune mère avec une poussette à emprunter la chaussée. L'absence de réaction des fonctionnaires me chagrine davantage que la mort de ces deux personnes âgées. Je me tais pour ne pas scandaliser Florian.

Une fois le palais des congrès dépassé, mon ami semble hésiter entre la jetée d'Eyrac ou la plage au-delà du rond-point. Je le laisse décider et nous nous retrouvons sur cette nouvelle jetée, fief des bateliers d'excursions, désertée en cette matinée. Florian n'a pas lâché mon bras, mais il est coutumier du fait. Le regard que peuvent porter les gens sur deux hommes bras dessus, bras dessous ne me trouble pas. J'assume notre amitié et nos familiarités.

Une barrière en béton stoppe nos pas. L'embarcadère ne va pas plus loin. Nous sommes seuls et Florian libère mon bras. Une mouette nous frôle et son cri strident me dérange. Je la regarde avec animosité, ne portant pas ces volatiles dans mon cœur. Puis, je me sens le devoir de jouer, encore une fois, le psychologue de service ou du moins le confident.

— Bon, dis-moi ce qui te travaille.

Florian ne répond pas et se contente de froncer les sourcils. Son regard devient fuyant et cette situation, je la connais bien. Dans son esprit, une lutte s'engage. Il voudrait être rassuré, réconforté mais en même temps, il se ferme au dialogue. Ce n'est pas un souci, car je sais que je dois lui parler jusqu'à provoquer un sursaut pour le sortir de sa torpeur. Il n'a pas toujours été ainsi. Un changement profond s'est opéré en lui il y a quelques années, sans que je puisse en analyser les causes. J'ai fait avec, m'habituant à ses brusques angoisses.

— Florian, tu es inquiet suite aux évènements de cette dernière semaine. Trois assassinats en une dizaine de jours, au même endroit en plus, peuvent paraître effrayants et ils le sont, je te l'accorde.

Je l'observe. Mes paroles sont sans effet. Je dois continuer.

— Tu sais que la police a installé deux caméras aux alentours du port de Larros ? Une près de la gare et l'autre proche du passage à niveau. Ils ont dû imaginer que l'assassin revient toujours sur les lieux de son crime.

Là, Florian relève la tête et son visage exprime l'étonnement :

— Comment tu le sais ?

Sa naïveté me touche. Comme une évidence, je le renseigne.

— Je travaille à la mairie, je te rappelle.

Mon explication lui convient. Pourtant il rajoute avec une pointe d'inquiétude :

— Alors hier au soir… Ils vont nous voir sur les enregistrements ?

Je lui souris, évitant de lui spécifier que ceci n'avait pas d'importance si nous n'avions rien à nous reprocher. Pourtant je lui précise :

— Me concernant, je suis arrivé puis reparti par la rue de l'Yser. La rue longe la voie de chemin de fer, mais côté bassin, donc pas d'enregistrement de ma petite personne.

Florian est presque affolé.

— Mais moi je suis passé par le passage à niveau donc ils vont me voir sur les films ?

Décidément, il perd toute raison. Je le calme à nouveau.

— Rassure-toi, de toutes les manières, nous avons dîné chez Jean-Claude dans sa brasserie et la police va le savoir. Si elle veut nous interroger, elle va nous trouver.

Loin de le rassurer, je le sens en panique. Il respire l'air du large à plusieurs reprises. Le calme revient et il se détend.

— Excuse-moi. Ma réaction est disproportionnée. On n'a rien à se reprocher. Il faudra faire attention à nos sorties et attendre que l'enquête aboutisse.

Je suis heureux de voir qu'il a récupéré son intelligence, mais je sursaute à sa question brutale :

— Nous n'avons rien à nous reprocher ? N'est-ce pas ?

Désorienté, je constate avec soulagement qu'il n'attend pas de réponse.

— Tu as vu les photos ? poursuit-il.

— Les photos ? Les photos des cadavres ?

Déjà il se saisit de son portable et tape rapidement sur les touches. Satisfait, il me tend l'appareil et je découvre une image qui m'impressionne. Elle illustre un reportage du quotidien *Sud Ouest* en version numérique. Une couverture recouvre un corps et de celle-ci dépassent deux chevilles enfermées dans une paire de grosses chaussures : les brodequins du vieux, reconnaissables entre tous. Je suis ébranlé, mais ne laisse rien paraître.

— Ah ! Tout de même, tu n'es plus insensible ?

La remarque de Florian me prouve que je n'ai pas réussi à cacher mes sentiments. Je n'ajoute rien. Il continue à consulter l'article.

— La mort semble avoir eu lieu aux alentours de minuit. Ces deux personnes étaient de passage et logeaient dans un hôtel de Gujan. Un couple tranquille. Un crime crapuleux ?

Il lit les suppositions du journaliste qui, faute d'informations fiables, meuble son article par des phrases au conditionnel.

— Il semblerait que, il est possible que, peut-être que…

Je n'ai pu m'empêcher de réagir devant cette accumulation de supputations. Florian se tait instantanément. Visiblement, nous ne sommes pas préoccupés par les mêmes choses. Je lui pose une main sur l'épaule et lui propose de repartir, lorsqu'il a la plus inattendue des affirmations :

— La fille qui s'est noyée, elle avait le même nom que toi.

Je ne cherche pas à masquer mon trouble par des interrogations superflues. Ma main, en quittant son épaule se crispe, mais Florian ne bouge pas. Je me tourne, prêt à quitter la jetée, et progresse de quelques pas en l'invitant à me suivre.

— Viens.

Dix mètres plus loin, je sens qu'il n'a toujours pas avancé. Je m'immobilise et lui fais face. Il me fixe avec dureté. Jamais je n'ai senti sur moi, regard si pesant. Je ne suis pas impressionné, ni surpris, j'ai uniquement le sentiment que l'irrémédiable s'est produit. Plus jamais rien ne sera comme avant, j'en ai la certitude. Ce grand garçon que je connais si bien, avec qui j'ai tout partagé, a déchiré un voile qui obscurcissait le plus profond de mon être.

Peut-on lire en moi aussi facilement ? Ne suis-je donc pas capable de préserver mon intimité ? Capable de garder indéfiniment une pensée qui tourne à l'obsession ?

Ainsi tout est fini, terminé sur cette jetée en cette matinée moins maussade qu'annoncée. Depuis longtemps, je garde au fond de moi une plaie intime qui m'obsède et aujourd'hui, par une simple question, Florian la met à nu. Tout en lui faisant face, je recule et ses nouvelles paroles ne sont plus une surprise.

— Les deux filles avaient le même prénom.

Je n'ai pas besoin de précisions supplémentaires. Je ne le questionne pas. Ses yeux se sont adoucis. Je veux y lire de la compassion.

Contre toute attente, il se dérobe face au large. Les mains en tension sur la balustrade, il a la tête baissée. Ses épaules sont affaissées. Notre amitié vient brusquement de changer de nature. Notre insouciance est bel et bien entamée. Je ne cherche plus à le réconforter, il mène le jeu. Je suis à sa merci et cette responsabilité le dépasse.

Nous faisons silence et tout, autour de nous, respecte cet état. La nature s'impose une halte pour préserver nos sentiments. Les vagues ne bruissent plus, les oiseaux se taisent, inquiets. Aucun bruit de la ville ne parvient jusqu'ici. L'éternité se prolonge, languissante. Plus rien n'existe, pas même nos souffles.

Je pense qu'il suffirait qu'il se retourne et qu'il me dise ces simples mots : « Raconte-moi » pour que la vérité, enfouie en moi, lui soit offerte. Je souhaite ardemment qu'il m'accorde son regard mais, obstinément, il reste figé sur le béton grossier de ce bout de quai. Je ne vois que son dos, comme une insulte à notre affection. J'ai besoin de lui et il se dérobe, le moment semble venu de m'absoudre et il me refuse le pardon.

Je ne veux rien provoquer, tout doit venir de lui. Par ces deux assertions, il m'a mis devant mes réalités, mais il reste la question à poser, la seule qui me concerne : « Qu'ai-je fait de mal ? ».

La tension, perceptible, s'éteint. De longues minutes, interminables, se succèdent alors et apportent l'apaisement. J'ai pris un peu de recul, mettant de la distance avec Florian. Maintenant, sans passion, mes yeux se perdent sur les perpétuels remous de l'eau. Il s'est approché de moi, presque sans bruit et n'a pas osé poser sa main sur mon bras, comme il en a l'habitude lorsqu'il souhaite capter mon attention. Nous sommes côte à côte. Il tend un doigt vers le large.

— C'est un bateau comme celui-ci que je voudrais, dit-il avec douceur.

Je ne cherche pas à voir le bateau de ses envies parmi la multitude amarrée, me contentant de prendre l'information. Je lui livrerais tous les bateaux du monde si je pouvais, mais je n'ai aucun pouvoir ni aucun moyen. Je me borne à regarder, sans trouver les mots qui vont le rassurer.

Son doigt, il l'a baissé comme un renoncement, comme si son rêve, jamais, n'allait se réaliser. Il aurait pu le pointer sur moi, inquisiteur, mais il ne l'a pas fait. Et ceci est sûrement plus terrible encore. J'entends les paroles qu'il ne prononce pas, celles qui me mettent en cause. J'aurais pu lui répondre, invoquer mon mal-être, mais il ne m'en donne pas l'occasion. Il ne m'attaque pas, réduisant à néant ma possibilité de défense.

— Je vais rentrer. Je dois passer à mon cabinet pour quelques papiers. On se téléphone et on se voit plus tard ?

Je le laisse partir sans un mot, un pâle sourire l'accompagne. Je le suis des yeux. Sa silhouette un peu dégingandée se courbe. Il disparaît vers le casino et je ressens de la solitude. À pas lents, je quitte à mon tour la jetée d'Eyrac et ne sachant que faire, je m'assois, les jambes pendantes sur le muret face à la mer.

Sur le sable à cinquante centimètres de mes semelles, je m'invente des châteaux aux tours disproportionnées et aux douves qui seront bientôt remplies par la marée montante. L'eau débordera et engloutira inexorablement le fragile édifice. Quelques soldats de plomb seront irrémédiablement entraînés au fond de l'eau. Je les sauverai, comme je les ai toujours sauvés par le passé. Ces figurines, je les possède encore, soigneusement rangées dans une boîte en carton, attendant sagement d'être mobilisées pour de fabuleuses guerres. Malheureusement, ces batailles n'ont plus aucune chance d'exister, les soldats sont réformés et personne ne les a prévenus alors ils attendent dans une boîte à chaussures, au fond d'une armoire.

Ma rêverie s'achève, brisée par l'arrivée d'un groupe de jeunes. Je fuis, les contournant pour marcher le long de la promenade. Je mets longtemps à rejoindre mon domicile, allongeant mes pas par des détours aléatoires.

3

— Je m'appelle Hugo Sournet, j'ai 35 ans, célibataire. J'habite Arcachon et je travaille à la mairie comme responsable d'équipements.

— Précisez-moi votre adresse exacte.

— Mais tout ça vous l'avez. Vous êtes venus chez moi, l'adresse vous la connaissez.

Mon interlocuteur ne marque aucune impatience et croit même utile de préciser :

— C'est pour le rapport. Que voulez-vous, il faut respecter la procédure.

Je n'ai aucun intérêt à contester et je m'exécute, finalement de bonne grâce. Je lui décline mon adresse.

— Vous y habitez depuis longtemps ?

— C'était la maison de mes grands-parents et au décès de ma grand-mère, je l'ai habitée.

La précision ne semble pas le satisfaire.

— Depuis combien de temps ? relance-t-il.

— Cinq ans environ.

Il note l'information et passe à autre chose.

— Votre date et lieu de naissance ?

— 2 avril 1984 à Talence.

— Vous aviez dit être né ici.

Le stylo en suspens, il attend ma réponse. Je me justifie :

— Je suis arrivé à Arcachon, j'avais trois mois.

Il hoche la tête. Pourtant il me fixe. Quelque chose le tracasse.

— Vous dites avoir 35 ans, mais vous ne les avez pas encore.

Il compte sur ces doigts.

— Vous avez donc 34 ans et…

L'homme debout près de la porte intervient :

— Merci Lambert. Vous avez fini les formalités ?

Le Chef Lambert se retourne vers l'individu et balbutie une réponse positive. Il ne bouge plus, attendant les consignes. L'expérience lui a appris à se méfier des fonctionnaires envoyés par Paris, surtout ceux du Bureau Spécial. Il n'en avait jamais côtoyé, mais la rumeur l'a convaincu. Ce gradé et un autre de ses collègues sont arrivés très tôt dans l'après-midi, dépêchés suite à la découverte des corps des petits vieux. Lambert en est conscient, trois cadavres, c'est trois de trop.

Le bureau est minuscule et celui qui se présentera sous le nom de Régent, s'en excuse en désignant les murs :

— Nous sommes dans une gendarmerie de province.

Sa remarque me froisse, mais je me garde bien de lui signaler. Cet homme m'est antipathique. Il a un air suffisant qui me rebute et le geste de la main qu'il utilise pour congédier Lambert confirme mon impression négative. Le gendarme quitte la pièce avec une attitude servile qui me touche.

Régent se présente sans que je ne retienne grand-chose de son affectation ou grade. Il est grand et gras et son costume est froissé, sûrement à cause du voyage. Il a le sourire des hommes qui pensent détenir le pouvoir, mais aussi la caractéristique des imbéciles : il est fier de lui, ceci saute aux yeux.

Je suis assis depuis bientôt quarante-cinq minutes. Une estafette est venue à mon domicile pour me chercher dans le cadre de l'enquête. J'ai accepté de me rendre à la gendarmerie immédiatement et je le regrette un peu, jugeant mon siège en bois inconfortable. Mais je ne sais pas si j'avais le choix de refuser.

Régent s'est approché de la fenêtre, l'a ouverte et de sa poche, a sorti un paquet de cigarettes. Sans gêne, il en a allumé une. Maintenant, il me fait face, un affreux sourire toujours accroché sur ses lèvres trop minces. Un de ses yeux diverge, le droit, lui donnant un regard particulier. Je n'ose lui demander si c'est ce qu'on appelle un strabisme divergent. L'homme a probablement l'habitude des réactions concernant ce que je prends pour une infirmité, car il plonge ses yeux dans les miens ou du moins un seul, le gauche, l'autre s'obstinant à dévier. Je m'amuse intérieurement de son handicap, bénissant le ciel de lui infliger ceci en représailles à son attitude détestable. Ma délectation est de courte durée, car il reprend son interrogatoire.

— Vous étiez, vous et votre compagnon, sur les lieux du drame hier au soir ?

Je secoue la tête. Régent jette son mégot par la fenêtre et s'assoit au bureau positionné dans un coin de la pièce. Je tourne la chaise pour continuer à le voir. Il met une feuille blanche devant lui et extirpe un stylo de sa poche intérieure. Nerveusement, il note quelques phrases.

— Monsieur Sournet, vous êtes ici uniquement en qualité de témoin proche de l'affaire. Répondez aux questions et tout sera réglé. Je vais noter votre déposition et vous voudrez bien passer lundi pour la signer ? précise-t-il.

Il marque un temps et continue :

— Vous avez dîné à la brasserie…

Il s'interrompt et fouille dans sa mémoire, mais le nom de l'établissement ne semble pas lui revenir. Il attend mon aide que je lui offre à contrecœur.

— Très bien, effectivement, L*a Marine*. Vous avez terminé à quelle heure ?

Je rassemble mes souvenirs.

— Il était vingt-deux heures.

Régent semble hésitant. Il ne note rien et me montre clairement qu'une chose le chiffonne. J'ai véritablement l'impression d'être face à un Colombo de piètre stature. Je parierais qu'il n'en a pas raté un épisode. Il se livre :

— Le restaurateur a parlé de vingt et une heures quarante-cinq. Se trompe-t-il ?

Je comprends que je dois faire attention à cet homme-là, à ne pas le sous-estimer. Il peut être dangereux et je dois faire en sorte de ne lui laisser aucune faille dans mes dires.

— Non. Disons vingt et une heures quarante-cinq. Je n'ai pas regardé ma montre.

Mon air niais ne l'attendrit pas. Il écrit et poursuit :

— Vous êtes rentré directement ?

J'avais déjà réfléchi à la réponse à fournir. Malgré la personnalité du demandeur et mon souhait de ne pas m'exposer, je m'en tiens à ma résolution.

— Florian et moi, nous nous sommes séparés devant la brasserie. J'ai flâné jusqu'à mon véhicule garé rue de l'Yser.

Je ne tiens pas à parler des petits vieux. Je prends un grand risque, je le sais.

— Vous n'avez rencontré personne ?

Ma réponse peut être décisive. Je prends le risque, sûr de moi.

— Non, personne.

Je redoute la contradiction, mais elle ne vient pas. Régent note toujours.

— Vous êtes donc rentré directement ?

Je me détends et suis affirmatif :

— Oui.

Le fonctionnaire paraît réfléchir et se saisit d'une carte du bassin qu'il étudie. Après réflexion, il relève le menton subitement :

— Deux heures pour faire la distance entre le Port de Larros et votre domicile, c'est un peu long ? Non ? Treize kilomètres en cent vingt minutes, nous avons là une moyenne d'environ six kilomètres/heures. Vous êtes rentré à pied ?

Mon cerveau tente désespérément de réfléchir et j'avance la même explication.

— J'ai flâné, je vous l'ai dit.

Je suis pourtant curieux de savoir comment il peut bien savoir ça. Je le questionne. Sa réponse me trouble particulièrement.

— De nombreuses caméras sont installées un peu partout. Il est facile de trouver ce que l'on cherche.

Je reste muet. Régent pose son stylo, fait craquer ses doigts et étire ses épaules vers l'arrière.

— Nous avons vérifié deux ou trois choses et vous faites partie des rares personnes connues ayant été sur les lieux du crime. Simple enquête rapide effectuée dans l'après-midi. Ne vous inquiétez pas, uniquement la routine classique, me rassure-t-il.

Il se lève et s'approche de moi. Il sent le tabac. Il s'immobilise soudain et se mord la lèvre supérieure. Son œil gauche me toise, l'autre lui échappe toujours. Je suis encore sidéré de cette particularité, mais l'instant est peu propice à ce genre de considérations. Il se dirige de nouveau vers la fenêtre et j'imagine à cet instant qu'il va encore sortir une cigarette, mais il se contente de contempler le paysage extérieur.

— Monsieur Sournet. Je ne compte pas m'éterniser en cet endroit plus que de raison. Ainsi, vous comprendrez que je souhaite mener les investigations rapidement.

Me tournant toujours le dos, il revient au sujet principal :

— Vous avez flâné avant de récupérer votre véhicule ou après, une fois arrivé à destination ?

Incontestablement, je suis dans une situation délicate. Je ne sais pas quelles traces j'ai laissées hier soir sur les bandes vidéo, ni où. Certes, j'ai marché quelques minutes près de chez moi, mais le plus clair des deux heures en question, je les ai passées sur le port en compagnie des vieux. J'ai la tentation d'avouer ma rencontre fortuite avec le couple, mais je renonce.

Des coups sur la porte distraient le gendarme. Il s'excuse de la main et ouvre. Un individu lui fait alors signe de le suivre et il sort. Je reste seul avec mon dilemme. Trois minutes plus tard, ma décision est prise, je resterai dans mon mensonge. Je me lève pour me dégourdir les jambes et près de la fenêtre, je respire profondément. De grands arbres me font face. Je suis calme, étrangement. J'ai ressenti comme une fatalité le fait d'être interrogé. C'est logique et rien n'est anormal. Je me plonge dans la contemplation de la verdure voisine et perds peu à peu le décompte du temps. Je constate sur la pendule accrochée au mur qu'un quart d'heure s'est écoulé et Régent ne revient pas. Finalement dix minutes plus tard, il pénètre dans la pièce et après une excuse de circonstance, le gendarme me montre un papier sans que je puisse le lire. Il désigne la chaise et m'invite à m'asseoir. Ses sourcils sont froncés, signe d'une contrariété supplémentaire. Enfin, il parle :

— Monsieur Sournet, vous êtes un récidiviste.

Paradoxalement, il se déride et ma méfiance se renforce. Par deux fois il tapote le papier qu'il a en main.

— Votre déposition. Celle du huit mars. Vous êtes à chaque fois où il ne faut pas, poursuit-il.

Je comprends que cette coïncidence peut paraître suspecte. J'ouvre la bouche pour m'expliquer, mais il arrête mes paroles immédiatement.

— Vous avez déclaré le huit mars, le lendemain de la découverte du premier cadavre, je cite : « j'ai l'habitude de venir sur la jetée du port pratiquement tous les jours. La journée d'hier – le sept, jour du premier meurtre – ne fait pas exception. C'est pourquoi j'y étais, mais ceci ne peut surprendre personne ». Effectivement, Monsieur Sournet, plusieurs personnes ont témoigné en ce sens.

Il pose le document sur le bureau. Après une réflexion intense, il se risque avec des mots hésitants :

— Je vous avoue que je vous ai suspecté. Vous étiez le coupable idéal, présent sur les lieux à chaque fois avec quelques vides dans votre emploi du temps.

Il agite son index, moralisateur.

— Monsieur Sournet, deux heures pour faire treize kilomètres, ce n'est pas raisonnable, pensez-y la prochaine fois !

Je ne comprends pas son revirement d'attitude et ses propos. Il semble satisfait.

— Je ne suis pas mécontent de pouvoir rentrer chez moi et vous m'êtes sympathique. J'aurais eu de la peine à vous inculper. Mais tout ceci est terminé, ajoute-t-il.

Mon air incrédule lui arrache un sourire. Il porte une main sur le sommet de son crâne.

— Vous êtes libre, mais vous devrez venir lundi signer votre déposition, je vous le rappelle. Allez, oubliez tout ceci et profitez à nouveau en toute sécurité de votre lieu fétiche. Personne n'a plus rien à craindre, explique-t-il pour me rassurer.

Plusieurs questions assaillent mon esprit. Je me décide à l'interroger et de bonne grâce, il me répond :

— Mon collègue m'a appelé pour m'apprendre que l'assassin a été appréhendé. Il a avoué les trois meurtres. Il n'y a aucun doute. Les images en attestent. Mais je suis certain que vous en apprendrez un peu plus dans la presse de demain.

Il me tend sa main que je serre sans enthousiasme. Pourtant sa poigne est ferme, contrairement à mes préjugés. Je prends congé.

— Monsieur Sournet ?

Je m'arrête sans me retourner. Je pense instantanément au syndrome Colombo, effectivement son propos est dévastateur :

— Vous auriez mieux fait de me dire que vous avez croisé le couple, hier au soir. Enfin, vous avez de la chance, ceci n'a plus d'importance.

Des sueurs froides me parcourent le dos. Je ne veux pas montrer que je suis déstabilisé et je reprends ma marche. Un nouvel avertissement me glace.

— Et faites attention aux caméras.

Je suis heureux de retrouver l'air frais. Au moment de démarrer, je constate que Régent m'épie par la fenêtre. Mon regard ne se dérobe pas.

Une fois à l'abri, trois rues plus loin, je stoppe mon véhicule. Je tremble de tous mes membres. J'ai besoin de plusieurs minutes pour me calmer. Je suis encore incapable de raisonner et je m'applique à respirer calmement.

Puis, je me remémore les échanges avec Régent, l'évolution de son attitude et son comportement particulier. Je ressens une pression sur moi, pression que ce gendarme a su doser. Il n'est surtout pas à mésestimer, mais que faire de plus ? Je n'en sais rien, vraiment. Mon cerveau tourne à vide. Mes pensées sont confuses. J'en arrive à conclure qu'il me faut bouger pour ne pas ressasser ces situations difficiles.

Au moment de quitter mon lieu de stationnement, je remarque une caméra, perchée sur un mât.

— Engins de malheur.

Je peste contre le progrès, me promettant de ne plus jamais m'extasier sur aucune avancée technologique.

Le trajet de retour dure dix-neuf minutes. Je souris en le constatant.

Je n'aspire qu'à retrouver le confort de mon canapé pour oublier la douleur infligée à mon postérieur par la chaise en bois de la gendarmerie de

Gujan-Mestras. Je suis persuadé que Régent a fait exprès de me faire asseoir sur un siège aussi inconfortable. Il a dû copier le principe dans sa série télévisée favorite. Ma mauvaise foi m'amuse et repenser à son œil baladeur me réjouit. Ma vengeance est mesquine, j'en conviens.

Je ferme ma porte à double tour et descends les volets. Mon logement est hermétique. J'ai laissé le monde à l'extérieur.

Je me garde bien de mettre les informations et me réfugie dans un film qui parvient à me distraire. Deux heures trente plus tard, après un dîner copieux, je somnole paisiblement.

La sonnerie de mon téléphone portable peine à me réveiller. Il tombe dès que je veux m'en emparer et la messagerie s'enclenche. La télévision diffuse des images du match de Coupe de France de ce soir. J'avais oublié, je souhaitais le regarder. Selon le présentateur, le spectacle a été médiocre, ce qui atténue ma déception. D'une main malhabile, je ramasse mon portable et je consulte les appels. Le nom de Florian s'affiche. J'ai bien eu la tentation de lui téléphoner à mon retour, mais j'ai laissé les heures s'écouler. J'écoute le message enregistré, son ton est alarmiste, bien évidemment : « La gendarmerie est venue m'interroger. Ils m'ont beaucoup questionné à ton sujet. Rappelle-moi, c'est important ». Pas du tout décidé à lui parler, je lâche l'appareil. La journée a été rude, sinon éprouvante. J'éteins la télévision pour faire taire ses bavardages. Machinalement, je me sers un verre d'eau, que je trouve fade en le buvant. Je le remplis d'un alcool fort dont je conserve longuement en bouche chaque gorgée. Vingt minutes s'écoulent alors dans le plus grand calme, laissant mon esprit au repos. Le verre se vide, mon corps se réchauffe. Je flotte entre réalité et pensées légères.

Une nouvelle fois, le téléphone se fait entendre, insistant et dérangeant. Je refuse de répondre. Il se tait, mais se ranime dix minutes plus tard avec, me semble-t-il, encore plus de force. Je me résous à décrocher.

— Hugo, où tu étais ? Tu sais que la gendarmerie est venue me voir ?

— Oui Florian, tu me l'as dit dans ton message.

Ma voix est lasse, peu rassurante. D'ailleurs il s'en inquiète.

— Tu vas bien ? Tu sembles bizarre.

J'acquiesce de la tête, Florian réitère sa question :

— Tu vas bien ?

— Oui je vais bien, seulement un peu endormi.

— Les gendarmes sont venus. Ils m'ont surtout questionné à ton sujet, pour savoir si j'avais remarqué quelque chose de particulier hier au soir, et si nous étions rentrés ensemble. J'ai bien été obligé de leur dire que nous nous étions quittés près du restaurant.

— C'est tout ?

Un silence me fait écho. Il est vaguement inquiet lorsqu'il m'interroge :

— Et toi, les gendarmes, tu les as vus ?

Mon silence l'oblige à ajouter une nouvelle fois :

— J'ai bien été obligé de leur dire que je t'avais laissé hier au soir.

Je le rassure comme je peux.

— Oui Florian, bien évidemment.

Je suis fatigué et je n'aspire qu'à raccrocher rapidement. Pourtant il réitère sa question.

— Les gendarmes t'ont interrogé ?

Sa demande est légitime et je ne peux raisonnablement ne pas y répondre.

— Oui, mais tout est en ordre maintenant. Rassure-toi, je ne suis pas soupçonné. Ils s'intéressaient à moi car je suis souvent là-bas, mais je te le répète, je suis hors de cause.

— Hors de cause ? Pourquoi ils te suspectaient ?

La lassitude me gagne.

— Oui Florian. Je passe du temps au port et ils ont voulu vérifier, c'est tout.

Il ne paraît pas rassuré, mais ses états d'âme m'importent peu. À dire vrai, mon ami m'indispose. Je pense pouvoir prendre congé, mais il juge bon de s'excuser :

— Tu sais, à midi, lorsque je t'ai parlé des deux filles, je ne voulais pas te mettre mal à l'aise. Cette histoire m'intrigue et toi tu connais des choses.

Il se tait. Je ne perçois plus que sa respiration. Il attend sûrement de moi des révélations. Sa curiosité m'alarme, mais je ne souhaite pas en entendre davantage. J'élude la problématique.

— Je ne vois pas ce qui t'intrigue. C'est une histoire ancienne. Pourquoi la raviver ? Certains évènements, qui ont eu de l'importance dans le passé, sont totalement caducs à l'heure actuelle.

Mon mensonge me fait du mal et je tente de l'atténuer. Je cherche mes mots, les plus simples possible, pour clore cette discussion.

— Tout ceci est douloureux pour moi et je ne peux m'en défaire. Il ne se passe pas un instant sans que j'y pense. Tu es mon ami, accorde-moi le droit à la discrétion.

Longtemps après que les téléphones se soient

tus, la relativité des choses me vient à l'esprit. Ce midi, sur une simple injonction de sa part, je me serais confié. Ce soir, le temps des confidences est passé.

Longtemps après que les téléphones se soient tus, seul au milieu de la nuit, les yeux pleins de larmes, ma mémoire résonne encore des rires d'Isaline, les pieds nus dans le sable.

C'est la première image que j'ai eue d'elle et la dernière aussi.

Dans un médaillon sur une page jaunie d'un journal centenaire punaisé au mur, une jeune fille d'une autre époque sourit à la vie.

4

Le piédestal du Christ qui se dresse au bout de la jetée du Port de Larros recèle mille trésors. Des morceaux de vie y sont gravés, pour le siècle passé et ceux à venir. Pour les y arracher, il faudra détruire le socle du Crucifix. Nous n'avons pas failli à la coutume, Isaline et moi.

C'était en août, la nuit a été notre témoin. Nous avons fait l'amour maladroitement, au pied du messie. Nous avions peur d'être surpris et ceci a rendu merveilleux ce moment et inoubliable cette union. Nous nous sommes juré fidélité et elle, à demi-nue dans mes bras, n'avait jamais connu d'amant auparavant. J'étouffais ses cris de mes mains, sans me douter qu'elle les amplifiait sûrement.

Nous nous sommes promis de nous aimer éternellement et pourtant, plus jamais, nous ne connaîtrions d'instants comparables.

Isaline est un prénom rare, si rare qu'il en est exceptionnel. La première fois que je l'ai lu, c'était sur la couverture du journal *L'Illustration* daté du neuf décembre 1892. La gravure de l'époque montrait le Port de Larros un soir de tempête et la croix de mission, érigée l'année précédente. La photographie d'une jeune fille en médaillon était incrustée sur la page. Le titre était de nature à éveiller l'intérêt : « Isaline, la petite noyée de l'automne ». Intrigué, j'ai feuilleté l'hebdomadaire. Isaline était morte, noyée dans le naufrage de la pinasse de son père, un triste soir où nul pêcheur ne doit s'aventurer sur l'eau. Le récit est poignant : « Isaline Sournet n'avait pas quinze ans, mais les rudes tâches ne l'effrayaient pas. Elle était frêle, mais courageuse. Souvent, après l'école, elle venait sur le port aider son père à travailler sur les parcs à huîtres, installer les naissains, détroquer les tuiles chaulées puis gratter et nettoyer les coquillages. Elle aimait cette vie. Le soir du malheur, la pinasse ne devait pas sortir, le temps était mauvais. Ils sont sortis quand même et elle a disparu lorsque le bateau s'est brisé. Au milieu de la nuit, son corps est venu s'échouer au pied du Christ, comme un symbole ».

J'avoue que j'ai lu cet article car il avait un lien avec Gujan, mais aussi et surtout parce que la jeune fille s'appelait Sournet, comme moi. Puis la légende s'est emparée de cette tragédie dès les premières rumeurs. L'article de *L'Illustration* le mentionne : « Le trois novembre, soit une semaine après le drame, un vent violent s'est levé et vers vingt-trois heures, des plaintes se sont fait entendre en provenance du calvaire. Le douze du même mois, d'autres gémissements ont été perçus, à peine couverts par quelques rafales de pluies. Les rares témoignages furent étonnants, mais la peur et la crainte ont attesté que le lieu était maudit les soirs d'orage. Le dix-sept a été une mauvaise nuit, de forte marée et de tempête. À l'aube du dix-huit, un corps a été repêché sur le port. Un prêtre, en grande tenue, la nuque brisée, baignait dans une crevasse remplie d'eau. Depuis, chacun reste sourd aux appels, les soirs de mauvais temps ».

Maintenant et avec le recul, je ne peux m'empêcher de lier cette sordide affaire, vieille de plus d'un siècle et les évènements de ces dernières semaines.

Pour moi, Isaline Sournet est devenue une obsession. J'ai rattaché sa famille à la mienne. Depuis, j'ai cherché sans trouver, j'ai fouillé dans nos vies sans comprendre. Elle s'est noyée sans mystère, comme beaucoup de pêcheurs avant et après elle. Elle m'a obsédé par son visage sur ce médaillon en couverture du vieil hebdomadaire. Des traits juvéniles, rieurs et j'en suis tombé amoureux.

Ainsi, lorsque cette fille m'est apparue, dansant sur le sable, je l'ai vue comme une divine réincarnation. J'avais dix-sept ans et nous étions début août. Les vacanciers occupaient l'espace et nous y étions habitués ; je les attendais même avec une certaine impatience. Je regardais les filles venues d'ailleurs avec désir, mais jamais je n'avais osé les aborder. Florian et moi, nous nous asseyions sur la jetée et nous observions, attentifs. Parfois, nous avions un commentaire avisé, en spécialistes et faussement détachés, mais nous gardions pour nous les coups de cœur entrevus.

Ce matin-là, j'ai vu son visage dans le reflet du soleil, semblable à celui du médaillon. J'en suis resté tétanisé. C'était elle, la petite noyée du siècle dernier qui dansait sur le sable pour faire rire un enfant debout tout près d'elle. Plus elle s'agitait et plus le gamin s'esclaffait. Je n'avais d'yeux que pour ses traits, délaissant son corps d'adolescente.

Je n'aurais pu dire si ces instants avaient duré quelques minutes ou six heures. Le temps s'était arrêté. Elle incarnait l'image glacée de la pauvrette disparue et à moins de cent mètres du lieu où son corps avait été retrouvé, cette fille dansait, insouciante. Jamais elle n'a regardé vers moi et elle est partie sans se douter qu'elle laissait sur place un cœur brisé. Les jours se sont succédé, moroses du fait de son absence. Elle n'est plus réapparue pendant six jours. Au septième jour elle était là, sur le sable, émouvante, indifférente, puis s'est enfuie et de nombreux jours sont à nouveau passés.

Au mur de ma chambre, j'avais punaisé la une du journal avec Isaline dans son médaillon. La ressemblance avec l'inconnue de la plage était frappante.

Le mardi suivant, j'étais comme chaque jour sur la jetée, oisif. Il faisait beau et nombreux étaient les touristes. Elle est arrivée derrière moi et j'ai entendu sa voix :

— Bonjour monsieur le voyeur.

Souvent nos rêves sont sans limites. Dix-huit ans après cet instant magique, j'ai du mal à réaliser qu'il s'est produit. J'ai encore, bien évidemment, le son rieur de la phrase dans mon oreille comme un merveilleux murmure. J'ai mis du temps à me retourner, effrayé par la réalité.

Le reste m'appartient ou plutôt, nous appartient. Nous nous sommes parlé, nous nous sommes plu et j'ai mis du temps à l'embrasser. Durant quinze jours, j'ai pensé dominer le monde, mais je retardais l'instant où les caresses volées se feraient plus intenses. L'avant-veille de son départ, abrités derrière le Christ, j'ai osé, elle n'attendait que ça. Puis nous avons scellé nos vœux dans la pierre, comme d'autres ont pu le faire. Je suis monté sur le socle et tout près des pieds crucifiés, à l'aide d'un bout de métal, j'ai gravé le serment qui nous engageait.

Le lendemain, en guise d'adieu, elle a dansé pour moi sur le sable et le soir, le gouffre de l'absence m'a englouti.

Florian, que j'avais délaissé pendant quelque temps, était peiné de mon chagrin. Je ne lui parlais jamais d'elle. Il m'a aidé à surmonter ce qu'il considérait comme un amour de vacances et j'ai retrouvé le sourire. Un jour il m'a posé cette drôle de question :

— Quel est son prénom ?

Je n'imaginais pas qu'il puisse l'ignorer. Ceci a fait resurgir la réponse qu'elle m'avait faite lorsque je le lui avais demandé :

— Tu t'appelles comment ?

Elle avait rougi et mit du temps avant de répondre :

— Tu vas te moquer. Mon prénom je ne l'aime pas, il est trop bizarre.

Je l'avais encouragée et elle avait fini par me le confier. Alors mon cœur avait explosé. Elle était la femme de ma vie, une déesse extraite d'un médaillon, une beauté ressuscitée. Jamais je ne lui ai avoué qu'une Isaline était déjà dans mes pensées.

Florian attendait toujours le prénom. D'une voix la plus détachée possible, j'ai péniblement articulé :

— Isaline, elle s'appelle Isaline.

Je n'ai eu aucun commentaire en retour, soit par indifférence, soit par discrétion.

Je n'ai jamais revu Isaline, jamais elle n'est revenue ici, jamais elle n'a tenté de me joindre comme si septembre de cette année-là avait effacé ses souvenirs. Nous n'avions pas échangé nos coordonnées, car j'étais persuadé qu'elle pouvait me contacter facilement. Vingt ans plus tard, j'espère toujours la voir arriver.

Il est bientôt onze heures du matin et toutes ces pensées m'ont laissé mélancolique. Je n'ai envie de rien, surtout pas de me lever, mais rester allongé est encore plus pénible. J'occupe les heures suivantes inutilement, les gaspillant pour ne pas avoir à les subir. Pourtant, elles m'oppressent et un sentiment étrange accapare mon esprit. Je pressens que rien n'est terminé et que rien n'est fortuit.

Régent doit avoir regagné Paris avec la satisfaction du devoir accompli. Qu'il aille au diable, mon empathie est saturée ! Je suis incapable de bienveillance et je souhaite simplement que le temps s'écoule. Je songe à partir, à m'éloigner de cet endroit, à abandonner ma terre et mes racines. Le terme même de racine m'effraie, cela fait donc si longtemps que les Sournet hantent ce lieu ? Je n'ai réussi qu'à quitter Gujan pour habiter à Arcachon et le gendarme d'hier s'est trompé, je n'ai pas mis deux heures pour aller de Gujan à Arcachon, mais plutôt trente ans.

Le passage devant la glace de l'entrée me fait m'arrêter. Mon visage est tiré et mes yeux boursouflés. Le prince charmant n'a pas de soucis à se faire, ce n'est pas aujourd'hui que j'irai lui voler sa princesse. Je tire sur mes paupières, espérant un miracle, mais la raison l'emporte, je n'y ai gagné que quelques rougeurs en plus. Je souffle de dépit et passe mon chemin, résigné.

Je range le salon en déplaçant les objets. Je libère le canapé en saturant la table basse et deux tasses restent en équilibre. La cuillère tachée de confiture, elle, termine sa chute sur le tapis. Je n'ai pas le courage de la ramasser. La grille de mots croisés que je commence me semble trop complexe pour un dimanche. Je ferme le livre de jeux et il va rejoindre la pile de magazines abandonnés dans un coin. Désœuvré, je décide alors de sortir.

Systématiquement, lorsque je quitte ma petite maison, je regarde avec tendresse son porche, ses fenêtres avec des croisés et des volets battants, ses lanternes fixées au mur ou pendantes. Certaines ne fonctionnent plus. Elle est telle que mes grands-parents l'ont laissée. Je l'ai simplement entretenue, sans la moderniser. Le minuscule grenier est figé dans la poussière. Jamais je n'y suis rentré, respectant ainsi la promesse faite à mon aïeul. Un jardinet envahi d'une végétation très dense entoure l'humble demeure. Je ne coupe que le nécessaire, tolérant que les acacias, les bambous et un figuier prospèrent à leur guise. La grille a été repeinte, mais elle grince encore un peu et je préserve cette particularité avec ténacité. Je la claque sans la verrouiller.

Je croise un groupe de randonneurs qui, carte en main, tente désespérément de se repérer. Je n'ai, là encore, pas le cœur à les aider. Je poursuis mon chemin, sans descendre vers la plage. Déambulant dans les rues de la ville haute, je m'attache à détailler les villas, celles qui sont caractéristiques et qui ont fait la renommée d'Arcachon. Leurs noms sont évocateurs du passé généreux d'une époque révolue. Arcachon a connu très tôt les bienfaits des bains de mer, mais pour prolonger l'afflux de visiteurs tout au long de l'année, quelques hommes d'affaires visionnaires ont transformé les hauteurs en sanatorium. L'air du bassin est vivifiant et va devenir réputé pour les tuberculeux. Ce temps glorieux est achevé et la bourgeoisie a remplacé la noblesse, mais la ville jouit toujours d'une attractivité importante. Je m'attarde, découvre, redécouvre, m'extasie. Je retrouve le moral, mes idées sont épurées et légères.

Je m'arrête longuement sur la passerelle Saint-Paul et m'accoude sur la rambarde. Le métal est froid. Je suis à hauteur des arbres, le nez dans les feuillages. C'est ici, il y a presque deux décennies, que j'ai embrassé Isaline pour la première fois. Nous étions cachés par les branches, car je ne voulais pas que le monde puisse être témoin de mon audace. J'ai hésité plus que de raison, elle s'impatientait. Son mouvement pratiquement imperceptible vers moi a fait tomber mes dernières craintes. Je me suis avancé en fermant les yeux. Je les ai ouverts au contact de ses lèvres, elle, avait fermé les siens. J'ai le souvenir intact de mon émotion. Puis je me suis reculé, paniqué de devoir affronter son regard. Son sourire m'a rassuré, je suis devenu l'homme le plus heureux du monde. J'ai tenté une hardiesse de plus en lui prenant la main puis nous avons marché en silence jusqu'à la tour de l'observatoire Sainte-Cécile. J'ai voulu gravir l'escalier en colimaçon pour dominer avec elle la mer et le monde entier, mais Isaline a pris peur devant l'apparente fragilité de la construction. Jamais nous n'irions si haut tous les deux.

Aujourd'hui je gravis les marches métalliques et le balancement de la tour ne m'impressionne plus. À l'époque, je n'ai pas su la convaincre qu'avec moi elle ne risquait rien. Tout en haut du belvédère, je tutoie les dieux. Ma tristesse est de ne pouvoir partager cette féerie. Mes yeux quittent la ligne de l'horizon pour plonger au pied de la tour et là, malgré les années, je vois un jeune couple. Lui tente de la décider à monter, elle refuse. Ils partent, toujours main dans la main et il n'a même pas pensé à l'embrasser. Je descends le plus rapidement possible pour les suivre, mais ils ont disparu, ils ont vingt ans d'avance.

La fin d'après-midi est plus fraîche. J'hésite à continuer, pourtant j'emprunte l'ascenseur du parc qui va me faire gagner du temps. Il me conduit dans un autre univers, celui d'en bas, celui des vacanciers. Il n'y a pas grand monde et je file tout droit en direction de la plage. Juste avant d'y parvenir, je m'arrête dans un bistrot, m'attable et commande un hamburger. J'attends. Une fois servi, je n'ai pas la patience de le manger sur place et je l'emporte. Les bancs sur la promenade sont tous libres. J'en choisis un, mais pas n'importe lequel, non, celui qui est juste en face de l'endroit où le jeune couple s'est assis, sur le sable, les pieds dans l'eau. Je n'ai pas grand mérite, car je savais où ils allaient. Je sais même que dans cinq minutes, il la prendra par les épaules et qu'elle l'embrassera. Il gardera pour toujours le goût du sel sur ses lèvres. Je les regarde, l'un et l'autre, maladroits dans leurs gestes, assis côte à côte. J'enjambe la rambarde pour m'approcher d'eux. Je me mets à l'endroit où Isaline et moi nous étions assis face à la mer, il y a une éternité de cela. De nombreuses marées sont venues recouvrir ces instants dont finalement il ne reste plus aucune trace. Je fais demi-tour puis je m'éloigne. Dix mètres plus loin, je me retourne et constate que mes pas ont été effacés par une vague. Déjà.

Après un large détour, l'après-midi est consommée lorsque j'aborde la rue pentue de la basilique

Notre-Dame. J'aime cet édifice et son histoire. Il faut être croyant ou avoir gardé son âme d'enfant pour admettre le mythe du religieux qui a sauvé des navires du naufrage uniquement par la prière. Que dire aussi de la statue de la vierge qui est venue s'échouer à ses pieds ? Trois chapelles s'y sont succédé : une emportée par la tempête, une autre ensevelie par les sables et la dernière, qui domine actuellement la ville. Cette chapelle est adossée à la basilique et de là on peut apercevoir une nouvelle Croix, celle des Marins. Je n'entre pas et poursuis ma marche.

Je regagne mon domicile sans enthousiasme en continuant le grand tour pour retarder le moment où je fermerai ma porte. Là, j'allume directement la télévision sur une chaîne d'informations en continu. Rapidement, le sujet porte sur Gujan-Mestras et ses crimes. Effectivement, des sources bien informées révèlent qu'un suspect a été arrêté. Pourtant, la prudence est de mise et souvent le conditionnel est employé. Des images du port, filmées par une équipe de France 3, tournent en boucle. Les supputations vont bon train. Dix minutes plus tard, je change de canal pour retrouver pratiquement les mêmes commentaires insipides. Ayant fait le tour des chaînes spécialisées, je tente de fixer mon attention sur le magazine des sports pour constater que Bordeaux a été éliminé de la coupe de football. Décidément la journée est maussade.

Il est vingt et une heures lorsque mon téléphone vibre. Le numéro de l'appelant m'est inconnu, mais machinalement je décroche. La voix qui s'enquiert de savoir si je suis bien Hugo Sournet, me rappelle vaguement quelqu'un, sans que je puisse y poser un nom. Alors il se présente :

— Capitaine Régent.

La surprise m'empêche de prononcer autre chose qu'un « Oui » interrogatif. Mon cerveau passe en revue les différentes raisons plausibles à son appel et elles ne sont pas réjouissantes, mais je suis loin de me douter de son impact. Après de sincères excuses pour le dérangement si tardif, il enchaîne :

— Il y a du nouveau.

Mon attention est acquise, mais je ne comprends pas encore en quoi cette enquête peut, de près ou de loin, me concerner. Par politesse, je le relance :

— Vraiment ? En quoi puis-je vous être utile ?

Il s'abstient de me fournir la moindre réponse et, au contraire, attise ma curiosité :

— Vous n'en avez aucune idée ?

Devant mon silence qu'il considère comme une négation, il semble se parler à lui-même.

— Après tout, c'est possible.

Puis il revient vers moi :

— Comment faire pour ne pas être trop direct ?

Il cherche ses mots comme si chacun avait de l'importance. Manifestement, il a des difficultés à les trouver.

— Je devais rentrer à Paris dans l'après-midi, mais les évènements ont, disons, pris une tournure particulière, commence-t-il.

Je l'entends respirer profondément et une angoisse monte en moi. Je ne suis pas rassuré et suis tenté de lui avouer, mais je n'en ai pas le loisir.

— Monsieur Sournet, avez-vous des enfants ? demande-t-il sur le même ton.

L'instant est surréaliste mais soulagé, je réplique promptement :

— Non, bien sûr, je suis célibataire vous le savez pertinemment.

Loin de le rasséréner, cette évidence le laisse perplexe.

— Alors c'est donc vrai.

— Pardon ?

Je suis totalement décontenancé par l'évolution de la conversation.

— Où m'emmenez-vous ? Je suis perdu.

Il se racle la gorge. Ses propos sont maintenant plus nuancés.

— Je vous aime bien et je me demande si c'est bien à moi de vous l'apprendre.

À nouveau le silence me paraît interminable.

— Pouvez-vous passer à la gendarmerie demain matin ?

La convocation est incongrue, demain je travaille et je lui en fais la remarque.

— Très tôt le matin ou entre midi et deux ? insiste-t-il.

J'ai envie de le prendre au mot et lui propose sept heures trente qu'il accepte spontanément. J'en suis surpris et mon inquiétude augmente d'autant. Je crois opportun de prendre congé, mais je ne peux m'y résoudre, alors je sonde :

— C'est grave ?

La réponse est évasive.

— J'ai du mal à en évaluer les conséquences. Remettons tout ceci à demain matin. La nuit porte conseil dit-on, acceptons-en l'augure. Qu'il en soit ainsi.

Nous nous séparons sur quelques formules de politesse et le silence de la nuit tombe sur mes épaules. Je m'affale plus que je m'assois sur le canapé. Mon cerveau est en ébullition puis, peu à peu, son activité diminue jusqu'à entrer dans une douce somnolence. Mes rêves sont peuplés de militaires qui s'agitent en tous sens et de meurtriers qui traînent leurs cadavres tandis que les eaux noires du bassin charrient des petites noyées. Je me réveille en sursaut lorsque Régent pointe un doigt dénonciateur sur une enfant qui repose sur le sable en disant : « C'est elle ».

Il est bientôt quatre heures du matin et ma position sur le canapé est inconfortable. Je me mets debout pour tenter de me débarrasser des images encombrantes de mes songes, mais elles sont toujours vivaces. Au robinet de la cuisine, je remplis mes mains d'eau froide et les porte à mon visage, l'eau ruisselle sur mes joues et sur mon cou. Alors me revient la question de Régent : « Avez-vous des enfants ? ». C'est une plaisanterie et la réponse est évidente. Malgré tout, je n'ose en sourire. Avec application, je sèche ma figure avec un torchon à vaisselle et une réalité bouscule mes certitudes : le capitaine Régent n'est pas homme à plaisanter.

Enfin je me couche et m'endors. Je me noie une nouvelle fois dans mes rêves tragiques, dans des eaux froides et agitées. L'eau dans mes poumons me fait suffoquer, mais je ne me réveille pas.

5

Le lundi est pour moi un jour comme un autre. Je n'ai pas l'angoisse du travail ni l'obsession du jour de congé. Je ne peux pas dire que j'aime ce que mon emploi me réserve, mais mes journées s'écoulent sans heurt. J'ai même souvent l'impression d'être utile et ce sentiment me plaît particulièrement. « Responsable d'équipement » est la fonction qui s'affiche sur la plaque en plastique gravée, fixée sur la porte de mon bureau. J'ai rajouté mon nom au stylo à bille sur une étiquette collée, pour faire plus sérieux. Même si mon bureau est plutôt restreint, sans fenêtre et situé en bout d'aile, loin de l'activité centrale de la mairie d'Arcachon, j'ai la satisfaction de figurer sur l'organigramme général, certes en bas de page. Je ne désespère pas un jour de progresser dans la hiérarchie et seuls les vieux papiers m'intéressent. J'ai beaucoup d'années devant moi pour y arriver.

Rapidement, la routine du matin s'éclipse devant le rendez-vous de sept heures trente. Je me suis levé une demi-heure plus tôt et je ne suis pas resté plus de dix minutes face à mon bol de café. Je suis prêt.

Je longe le port de La Teste pratiquement sans un regard. Je m'en fais la réflexion et je constate ainsi que je n'ai pas l'esprit serein. Déjà, les marais n'avaient pas suscité d'intérêts particuliers, contrairement à l'habitude. Parfois, lorsque j'en ai le temps, je stoppe mon véhicule et pendant de longues minutes je fais le tour du port. Aujourd'hui je n'ai pas le cœur à ça.

Aux abords de Gujan, je ralentis pour laisser le temps s'ajuster. À sept heures vingt-six, je me gare face au bâtiment et aussitôt j'aperçois Régent qui fume une cigarette. À ma vue, il termine en tirant trois ou quatre grosses bouffées et jette son mégot dans le caniveau, sans l'éteindre. Ceci n'est pas fait pour stimuler mon estime à son encontre. Je le salue sans chaleur. Son œil divergent me surprend à nouveau, j'avais oublié cette anomalie. Les quelques mètres qui nous séparent me laissent le temps de le dévisager et même pendant notre poignée de main, je continue à le fixer. Malgré sa légère infirmité, cet homme me fascine. J'ai pourtant du mal à l'admettre et je rejette carrément cette idée saugrenue. Mais pour dissimuler ma gêne, je l'apostrophe plutôt brusquement :

— Vous vouliez me voir ? Je suis là.

Rien dans son visage ne trahit une quelconque contrariété et d'un geste, il m'invite à le suivre. Nous marchons côte à côte en silence vers la gendarmerie et je constate qu'il a bien deux têtes de plus que moi. Arrivé dans le bureau où hier, il m'avait interrogé, je reste debout, ignorant son invitation à m'asseoir. Ses premières paroles sont pour me donner raison.

— Excusez-moi, mais ces chaises ne sont pas confortables. Restons donc debout.

Du couloir, le Chef Lambert, que je n'avais pas aperçu, me salue d'un hochement de tête. Je réponds machinalement, bien que j'éprouve une certaine sympathie pour cet homme. Régent, lui, ne semble pas partager mon sentiment et ferme la porte sèchement. Il ne juge pas opportun de s'en expliquer, mais semble perdre son calme lorsqu'il constate que cette dernière a du mal à tenir fermée. Par deux fois il tente l'impossible et à bout de patience il finit par se tourner vers moi :

— Allons dehors, voulez-vous ?

Déjà il est dans le couloir, passe devant Lambert qu'il oblige à se reculer pour qu'il lui laisse le passage et franchit la porte d'entrée. J'ose un sourire désolé en le frôlant à mon tour. Dehors, Régent a allumé une nouvelle cigarette et il m'attend au bout de l'allée. Enfin, il tente une explication.

— Je ne supporte pas les gendarmeries de province.

Je ne commente pas sa remarque qui paraît bien réductrice. Ma moue, sûrement bien visible, l'alerte.

— Oubliez mon mouvement d'humeur, mais je devrais être rentré chez moi depuis longtemps. Mon collègue, lui, a pu partir.

Je ne peux qu'acquiescer, ne souhaitant pas entretenir son courroux.

Nous traversons la route pour atteindre la piste cyclable que nous empruntons sur quelques mètres avant de tourner sur l'Allée du Moulin Neuf. Il s'arrête sous les arbres et son air grave me ramène à la réalité du moment. Il me scrute intensément et son défaut de vision me met mal à l'aise, mais je soutiens son regard. Finalement il se détourne et d'une voix particulièrement posée, il me questionne :

— Monsieur Sournet, vous m'avez dit ne pas avoir d'enfant ?

Nous arrivons au cœur du sujet qui me tracasse depuis hier au soir. Sur le même ton, je lui confirme ce qu'il sait déjà.

— Non, je n'ai pas d'enfant.

Je crois même amusant de préciser :

— Du moins, je le crois.

Le gendarme me tourne toujours le dos et je devine un lent hochement de tête. Au bout de dix secondes, il me fait face.

— Du moins vous le croyez, répète-t-il brusquement avant de compléter, et c'est là le hic.

Attentif, je reste déconcerté, redoutant la suite. Je m'accroche à la petite cicatrice qui se dessine sur sa lèvre supérieure et que je n'avais pas remarquée auparavant. Son visage, pour l'instant immobile, laisse malgré tout entrevoir une perturbation intérieure. Il est manifestement en proie à un doute, reste à savoir lequel. Je suis impuissant à l'aider, appréhendant ses prochaines paroles. Quelques feuilles s'agitent tout près de sa tête, semblables à une couronne tressée. L'une le frôle, il l'écarte d'un geste de la main puis se déplace. Un a un, ses traits figés se remettent en mouvement et je reçois difficilement son message :

— A priori, vous avez un fils.

Je suis instantanément soulagé, car l'annonce est grotesque. Moi aussi je me déride devant l'absurdité de ses paroles. Je me veux réconfortant :

— Bon, vous faites erreur. Finalement je préfère ceci. J'ai eu peur d'apprendre une mauvaise nouvelle. Un fils ? Impossible.

Je m'abstiens de toutes justifications complémentaires. J'avoue qu'à cet instant, je considère l'affaire réglée car le doute levé. Ma dénégation doit suffire pour inciter Régent à suivre une autre piste. Je ne peux rien pour lui et n'en suis pas vraiment désolé.

— Il y a un café à côté. Allons en prendre un.

Ma première réaction est de le remercier pour son invitation, mais celle-ci me semble suffisamment pressante pour ne pouvoir y déroger. Nous cheminons vers le tabac-presse. Ce n'est que devant une tasse fumante qu'il reprend :

— Je n'aurais pas dû employer le *a priori*, mais simplement vous dire « Vous avez un fils ».

La tasse reste en suspens devant mes lèvres. Je suis bien incapable de la reposer ou de boire. L'instant est compliqué et je redoute la vérité. Je la diffère en ne le questionnant pas. Mentalement je me remémore les aventures que j'ai pu vivre ces derniers mois et j'en fais vite le tour, éliminant les cas improbables. Finalement, seul un doute peut persister. J'ai connu brièvement une certaine Anne, il y a maintenant un peu plus de deux ans et si imprudence il y a eu, l'enfant doit avoir dix-sept mois. Je m'applique à calculer précisément. En proie à l'incertitude, je pose la question :

— Il a dix-sept mois ?

Régent est surpris et rapidement il me contre :

— Non, il a dix-sept ans.

Paradoxalement, je reçois cette information avec sérénité. Ou plutôt le choc d'une telle affirmation dépasse ma compréhension. Je suis calme intérieurement, mais Régent s'inquiète.

— Asseyez-vous. Vous paraissez perturbé.

Une fois assis, je constate que mes jambes tremblent. Régent me tend un verre d'eau.

— Vous êtes bien pâle. Je compatis totalement.

Il tire une autre chaise près de moi, prend place et se penche :

— Et ceci ce n'est que la première révélation.

La salle du café est maintenant bruyante. Il me secoue et m'oblige à me lever. Il se dirige vers la porte et une fois dehors, l'air matinal me fait du bien. J'ai recouvré mes esprits et digéré le propos. Après réflexion, j'ose l'interroger :

— Pourquoi me dire ceci ? Pourquoi vous ? En quoi cela peut-il vous regarder ?

Il allume une énième cigarette. Un cycliste nous évite et nous doublons deux vieilles dames en promenade. La parole est à lui. J'accepte ses silences et les respecte. Le moment est délicat et va impacter mon existence, j'en suis persuadé. Il connaît des détails sur ma vie qui me sont inconnus, mais parler de détails n'est sûrement pas le terme approprié. Ma réflexion se déroule dans l'attente de l'explication à venir. Enfin elle arrive, sibylline.

— Je vous ai parlé d'un suspect arrêté dans l'affaire des meurtres du port. Ce suspect, il s'est présenté comme votre fils.

Je ne peux m'empêcher de passer ma main sur mon front, atterré. Je réagis vivement :

— Mon fils ? Qu'est-ce que vous en savez ? Il vous l'a dit, mais rien ne le prouve.

Régent secoue fortement la tête comme pour me donner raison. Nous arrivons aux abords de la gendarmerie. Il me précède dans le couloir qui mène au bureau que je connais bien. Une fois entrés, il referme la porte sans difficulté et s'en étonne.

— Cette foutue porte se ferme. Incroyable.

Mon agacement le dissuade d'épiloguer sur les caprices des menuiseries. Il se racle la gorge et je suppose que le tabac n'est pas étranger à cette gêne. Il prend appui sur le bureau en bois, face à moi et revient à notre sujet principal.

— Nous pouvons parfois échafauder des hypothèses, mais dans ce cas précis, je suis pratiquement en mesure de vous affirmer que ce jeune est votre fils.

Il stoppe de la main une tentative de ma part de prendre la parole.

— Nous avons contacté sa mère et elle confirme le lien de parenté avec vous. Nous n'avons pas de preuves pour l'instant, mais ceci ne saurait tarder, poursuit-il.

Je renonce à poser la question qui me taraude : « Qui est la mère ? ». Depuis quelques minutes, une évidence m'obsède. Elle me semble si manifeste que cette vérité me fait peur. Un seul prénom vient à mon esprit : « Isaline ». Passé le moment de stupeur, j'en arrive à désirer cette paternité, ce lien qui pourrait m'unir pour toujours à mon amour de jeunesse. Je revois ce visage adoré qui a tant peuplé mes nuits. Ainsi, un seul instant d'abandon a pu sceller notre attachement et conforter notre serment écrit pour l'éternité sur la pierre. Là, devant ce capitaine de gendarmerie, je suis soudain fier de cette filiation. Je redresse le buste.

— Vous voulez connaître le nom de la mère de votre fils ? m'interroge-t-il soudain.

La question est saugrenue en apparence mais j'opine, sûr de moi et de ma passion.

— Elle s'appelle Delaunay et c'est bien son nom de jeune fille.

Je fronce les sourcils, dubitatif. Régent s'inquiète.

— Ce nom vous est inconnu ?

Je lui avoue qu'effectivement je ne connais personne de ce patronyme. Il croit utile de compléter :

— Son prénom est Isaline. Drôle de prénom, mais original.

Mon cœur s'emballe. Il tente, heureusement sans succès, de sortir de ma cage thoracique. Il résiste également à un flot formidable d'adrénaline qui m'envahit. Je suis submergé par l'émotion et de fait, j'oublie totalement l'autre révélation faite par mon interlocuteur.

— Ce fils, je peux le voir ? Où est-il ?

La réponse est cinglante :

— En garde à vue.

La réalité me rattrape. Je comprends sans comprendre et j'ai la plus stupide des réactions.

— Mon fils en garde à vue ? Mais c'est une erreur.

Pour la première fois depuis notre rencontre, le capitaine Régent, haut gradé de la gendarmerie, envoyé du bureau spécial de Paris pour mener les investigations sur des meurtres commis dans un port du bassin d'Arcachon, sourit face à ma désarmante affirmation. Il me regarde avec une tendresse inimaginable pour un homme de son espèce. Celui que je considère depuis quelques jours comme un enquêteur froid, arrogant et hautain, me domine avec empathie. Sa haute taille comparée à la mienne ne me blesse plus, car il sait me transmettre de la sympathie qui me fait prendre conscience de la réalité. Il condense ses sentiments.

— Une erreur ? La suite nous le dira, mais vous avez une réaction de protection envers ce fils qui est touchante. Vous vous découvrez un enfant et vous prenez immédiatement sa défense. Je vous envie.

Sur la défensive, ma répartie est beaucoup trop cinglante, j'en regrette instantanément la teneur :

— Vous m'enviez ? De quoi ? D'avoir un assassin comme fils ?

Il paraît désolé de ma réaction et peut-être de s'être livré par des paroles qui se voulaient bienveillantes. Aussitôt il redevient professionnel.

— Excusez-moi. Vous avez raison.

Il regarde sa montre et, constatant qu'il est près de neuf heures, me conseille de téléphoner à mon travail pour excuser mon retard prévisible. Je décline l'offre, arguant ne pas avoir d'horaires fixes.

De ma propre autorité, je m'assois sur la chaise en bois. Lui, tire le fauteuil de derrière le bureau et le place face à moi. À hauteur de son visage, ses deux mains ont des mouvements saccadés, censés concentrer son esprit. Après une ultime respiration, le capitaine attaque :

— Faisons le point. Un jeune homme est arrêté près du port de Larros. Les caméras, toujours elles, avaient enregistré son image à des moments, disons, cruciaux. Il est interrogé et très rapidement avoue les meurtres. Au cours de sa déposition, il explique être votre fils. Je transcris alors consciencieusement les coordonnées approximatives de sa mère.

Régent se redresse et me dévisage attendant visiblement une réaction de ma part, qui ne vient pas.

— Vous avez noté que j'ai parlé de coordonnées approximatives de sa mère ? continue-t-il alors.

Intrigué, je lui concède :

— Parfaitement monsieur Régent.

Je réalise soudain mon incorrection éventuelle.

— Dois-je vous appeler Capitaine Régent ?

J'ai eu le besoin de ramener la conversation dans

des zones plus futiles. Cette incartade au niveau protocolaire a le mérite de diluer la pression que je ressens en moi.

De la main il balaye ma question et poursuit sa démonstration :

— Pierre… Oui, il se prénomme Pierre. Donc, Pierre semble un garçon un peu difficile. Bien que « difficile » ne soit pas obligatoirement le qualificatif approprié. Il est, au dire de sa mère, complètement paumé. Elle ne l'a pas vu depuis un an environ.

Il s'interrompt pour me laisser le temps d'absorber ces nouvelles peu rassurantes.

— Où vit Isaline ?

Régent semble embêté. Sa mimique n'est pas engageante.

— Elle ne souhaite pas que l'on divulgue son adresse, finit-il par m'avouer avec regret.

Je suis choqué par cette réponse et je plaide ma cause.

— Mais à moi, vous pouvez le dire.

— Non, justement, pas à vous.

Il me pose alors une main sur l'épaule, me tapote deux fois de suite pour me réconforter, la retire et se lève pour se positionner près de la fenêtre. Le silence englobe notre gêne mutuelle. Je me garde bien de lui faire part de mes réflexions, mais celles-ci sont pleines de questionnements. Isaline, mon amour de jeunesse, ne veut pas que je connaisse son adresse, c'est absurde. Nous avons un fils et jamais elle ne m'a prévenu. Je ne comprends pas les raisons de ces mystères, mais ces raisons doivent exister, rationnelles.

Je reprends la maîtrise de mes pensées et tente d'être cohérent :

— Où est Pierre ?

Toujours tourné vers l'extérieur, Régent m'explique qu'il a été conduit hier soir au commissariat central de Bordeaux et qu'il va être présenté sous peu à un juge d'instruction pour être inculpé. Il me précise qu'il a besoin de moi, même si je n'ai aucune prérogative sur celui qui s'est présenté comme mon fils. Il parle pendant de longues minutes comme pour s'excuser de venir mettre ma vie en désordre. De dos, cet homme paraît encore plus grand. Lorsqu'il arrête son monologue, il se retourne et appuyé contre la fenêtre, il a un geste d'impuissance, sa main ouverte parcourant l'espace.

Moi, je n'ai rien à rajouter, sinon une banalité :

— Pierre, c'est joli comme prénom.

Le sourire de Régent me conforte dans mon opinion. Il est neuf heures quinze et l'essentiel semble avoir été dit. Il me confirme qu'il me tiendra au courant des évènements.

— Je suis obligé de rester dans la région encore quelque temps pour les besoins de l'enquête et je pars immédiatement pour Bordeaux. J'ai votre numéro.

Il tapote son propre téléphone dans sa poche intérieure pour attester de ce dernier point. Pourtant juste avant de le saluer, une question me vient.

— Capitaine, vous avez dit que vous n'aviez pas de preuve de ma paternité, mais que ça ne saurait tarder. Pourquoi ?

Il prend le temps de réfléchir pour choisir ces mots et là, je sens immédiatement qu'il ne dit pas la vérité :

— Oubliez cette phrase, elle n'est pas importante et même, elle est inutile. Oubliez.

Nous nous quittons sur cette impression mitigée d'un mensonge en service commandé. Il n'est pas dupe de mon scepticisme et me regarde m'éloigner longuement, trop longuement peut-être.

Ma voiture me conduit tout naturellement sur le port de Larros. Je l'abandonne dans l'herbe et, à pas lents, je remonte vers la jetée. Pour la première fois depuis toujours, cet endroit me semble hostile. Comment accepter d'être lié par une filiation inattendue à ces meurtres qui, maintenant à mes yeux, souillent ce sanctuaire. Je presse le pas pour me réfugier derrière le Christ et ainsi me rendre inaccessible aux hommes et à leur justice. Essoufflé, je contourne le piédestal et me colle contre lui. Je ferme les yeux, les lèvres contre la pierre rugueuse et froide. Ma bouche se remplit de minuscules grains de salpêtre. À l'endroit même où Isaline et moi nous nous sommes aimés, son refus de me revoir est une torture épouvantable que je me refuse à admettre.

Longtemps après, je suis toujours prostré tout au bout de la digue, ne sachant quelle attitude adopter. Peu à peu, je sors de ma torpeur, mais je me dois d'être un homme différent avec des responsabilités nouvelles.

Les mains dans les poches, je remonte maintenant la jetée avec un doute quant à mes capacités à affronter ces soucis. Que faire ? Attendre ? Oui, mais quoi ?

Se découvrir un fils pour le retrouver dans une prison, inculpé de meurtre, n'est pas la situation rêvée.

« Votre fils a avoué. Elle ne souhaite pas que l'on vous divulgue son adresse ». Ces quelques mots résonnent en moi et me font mal, car ils sont brutaux. Plus rien n'occupe mon esprit que ces quelques mots assemblés par une ignominie du destin. Ils tournent, tournent et se cognent dans mon crâne jusqu'à former une bouillie qui finalement perd toute logique.

Je parcours le chemin d'un pas lourd, traînant les pieds, au sens premier comme au sens figuré. Je contemple mes chaussures, n'osant lever le nez, portant maintenant en moi toutes les questions absurdes de ce monde. Plusieurs fois, je secoue la tête brusquement pour tenter de remettre en ordre le puzzle de ma vie. Sans succès. Tout se brouille. Je marche et c'est là la seule action concrète dont je sois capable.

Vingt mètres plus loin, je ramasse une pierre, avise un arrosoir abandonné et à plus de vingt pas, fais mouche dans un bruit de métal cabossé. Je serre les poings avec force, car cet exploit me remplit d'orgueil.

6

Ce lundi, je suis allé travailler en retard, l'esprit bien trop envahi pour être productif. J'ai éludé les traditionnelles questions sur le week-end et évité de prendre part aux discussions sur les affaires de meurtres. J'ai fait bonne figure. Le plus compliqué a été d'entendre les commentaires peu amènes sur le suspect arrêté : « Un marginal venu d'on ne sait où, un toxicomane » avec comme ultime commérage : « Les parents devraient être tenus pour responsables ». Depuis la fin de la matinée, j'ai fermé la porte de mon bureau et ne suis pas allé à la cantine. Les heures passent, elles jouent contre moi, car le bassin d'Arcachon est une petite ville et dans peu de temps tout le monde saura que le misérable, l'assassin présumé, est mon fils. Vers seize heures, je me risque dans les couloirs où personne ne me remarque particulièrement. Ceci me rassure, je ne suis pas encore lié par la rumeur au meurtrier. Je quitte la mairie dix minutes avant l'heure pour échapper à la sortie massive des employés, mon téléphone que je n'ai pas quitté des yeux de la journée, dans la main. Toutes ces heures, il est demeuré silencieux. Régent ne m'a pas donné de nouvelles.

Une fois à la maison, je me connecte immédiatement à internet et sur les moteurs de recherche, je tape le nom d'Isaline puis celui de Pierre. Rien ne s'affiche. À croire qu'ils n'existent pas, qu'ils n'ont rien fait, laissé aucune trace. J'abandonne, plutôt soulagé de ne rien trouver sur eux.

Ma soirée se passe à réfléchir et à envisager les pires situations. Mes pensées vont d'Isaline à Pierre et je tente de me les représenter. Elle, avec pratiquement vingt ans de plus et lui, jeune homme qui pourrait me ressembler. À cette évocation, je panique. Comment imaginer me trouver en face d'un étranger qui aurait mes traits, ma corpulence, peut-être même mes défauts.

Isaline avait un corps d'adolescente que j'avais maladroitement tenu dans mes bras, sans le dévoiler totalement. Mon émotion ce soir-là m'avait privé de beaucoup de hardiesse, mon inexpérience de beaucoup d'audace. La douceur de sa peau ne m'a pas laissé cette sensation impérissable qui sublime les instants. Demeure son odeur qui s'est mélangée alors aux effluves de la mer et aux senteurs du port. Je pourrais la reconnaître entre mille, j'en suis intimement persuadé. Le souvenir persiste, immatériel, et ce soir, cette odeur m'enivre. Je ressens toujours également, la douceur de son sein au creux de ma main. Je ne savais quoi en faire et j'avais peur de lui faire mal. Ce sein, je l'avais mis à nu pour le contempler, persuadé ainsi d'oser le geste ultime. Pour elle, ce n'était pas suffisant et elle a guidé mon immaturité vers des zones plus cachées que je n'osais convoiter. J'ai suivi ses envies, adaptant les miennes sans effort. Elle m'a offert plus que je ne lui ai donné. Elle m'a accompagné en elle, mais mon plaisir a été étouffé par la crainte de l'acte. Je la regardais gémir, sans comprendre la réalité du moment. Nos baisers étaient mouillés et désordonnés. Le calme d'après m'a surpris. Nous étions chancelants, debout, appuyés contre le Christ, ma main toujours crispée sur son sein gauche. Je l'ai lâché brusquement, honteux. Puis, nous nous sommes rhabillés, moi mal à l'aise et elle amoureuse. À nouveau, elle a couvert mon visage de caresses comme pour s'excuser. D'ailleurs, elle a murmuré à mon oreille « J'en avais envie », ajoutant presque aussitôt « Et toi, tu avais envie aussi ? ». Je n'ai pas osé ternir la magie d'un tel instant par un aveu de naïveté et j'ai menti, la confortant dans la réciprocité de nos désirs. Comment lui dire qu'un baiser volé pour un garçon comme moi était déjà un rêve que je pensais inaccessible ? Comment lui avouer qu'effleurer simplement son corps était une émotion inespérée ? Comment aurais-je pu lui expliquer tout cela sans lui confesser que jamais je n'aurais bravé les interdits que, maintes fois, j'avais imagés dans mes songes ? J'ai enfoui ma tête dans ses cheveux, figeant son parfum dans mon cerveau pour l'éternité. Là, j'ai fermé les yeux, conscient de la perte de mon innocence et j'ai prolongé notre étreinte, épousant au plus près son corps de mon corps. Ma main a glissé le long de son dos, tout en bas de ses reins et j'ai été étonné de la sentir se blottir encore plus contre moi. J'avais tacitement tous les droits sur elle. Isaline acceptait toutes mes caresses avec docilité.

La folie de cette heure passée m'a ôté toute lucidité. J'ai cru que ces gestes, je pourrais les refaire à l'infini. J'ai bu ses paroles que je voulais entendre. Les miennes étaient également irréalistes, mais je n'en savais rien. J'étais sincère et je n'avais aucune raison de douter d'elle. À cette époque, il était inconcevable pour moi d'imaginer qu'une fille puisse donner autant à un garçon, si ce n'était pas pour partager sa vie. J'étais amoureux et sûrement subjugué.

Ce soir, le souvenir de cette étreinte est en moi, bien plus fort que celles vécues par la suite. J'étais amoureux, oui. L'ai-je été ensuite ? Isaline a occulté les autres, réduisant ma course sentimentale à la retrouver en chacune des filles que j'ai pu approcher.

Je l'ai laissée partir une journée de fin d'été, persuadé que notre amour était indestructible et qu'elle reviendrait vers moi. Le temps est passé, n'altérant en rien mon attachement. Chaque jour, chaque été, j'ai espéré sa venue. Jamais je ne lui en ai voulu de me faire patienter, confiant en notre engagement.

Dans la pierre d'un support où le Christ en croix est planté, tout près de ses pieds transpercés, un message d'une autre époque scelle un serment pour toujours gravé. Les mots sont simples et naïfs : « L'éternité est trop courte lorsque l'on s'aime – Isaline et Hugo ».

Parfois, les soirs où mon moral est plutôt bas, je me hisse sur la pointe des pieds et avec de grands efforts, je suis du doigt les lettres que j'ai sculptées en sa présence. Cette inscription me rassure alors. Aujourd'hui, je doute de son authenticité et cette phrase, extirpée de son contexte, n'a pu engager deux jeunes à peine sortis de l'enfance. Le temps en a atténué la véracité.

Minuit vient de faire disparaître le jour d'avant. Un autre se présente, sans promesse. Machinalement, je découpe un morceau de pain qui a perdu sa fraîcheur, y dépose une tranche de jambon et deux cornichons. Je m'avance à la fenêtre et à travers les voilages, je distingue quelques lumières.

Tout près d'ici, alors que je ne savais pas qu'un jour j'habiterais le quartier en m'installant dans la maison de mes grands-parents, Isaline et moi avions partagé un sandwich, assis sur un muret de la ville haute. Nous croquions chacun notre tour, de bon appétit, dans le même pain. Je m'appliquais à mordre là où elle avait laissé l'empreinte de sa bouche. Elle riait pour cela. Nous buvions à la même bouteille et dans mon souvenir, ce festin est resté pour toujours inégalé.

Cette nuit, le jambon et les cornichons sur ce pain un peu rassis souffrent la comparaison. Pourtant, je termine. Les lumières de la ville disparaissent une fois les volets fermés. Sans sommeil, je reprends ma place sur le canapé, une bière à la main, Isaline virtuellement à mes côtés.

Me la représenter maintenant est complexe. Elle est devenue une femme. Son corps s'est probablement affirmé, quelques rides ont pu embellir son visage et la rendre encore plus désirable. Je me perds à imaginer sa silhouette. Je renonce.

Mes pensées maintenant se fixent sur Pierre. Lui, dont je ne connais que bien peu de choses. Il a avoué, ceci dépasse ma compréhension. Pourquoi ici ? Savait-il que je vis sur le bassin ? Est-il venu à ma rencontre ? Voulait-il me voir ?

Les questions s'entrechoquent par dizaines. Je crois utile de remplacer la bière par un alcool fort. Sans résultat sur mes angoisses.

Le tableau de lui qui m'a été dépeint n'est guère à son avantage. Il a sûrement souffert de l'absence d'un père. Je n'en suis pas responsable. Pourtant il est venu en ce lieu et il a tué, plusieurs fois si on se fie à ses aveux. Donc les petits vieux aussi. Il était là, dans l'ombre, le soir où je les ai rencontrés. Il nous a épiés, suivis et il est passé à l'acte pour une raison incompréhensible. Il m'a vu, moi son père, et il m'a laissé partir pour s'attaquer au couple de touristes. Les pauvres vieux. Ils étaient curieux, voulant tout savoir sur l'affaire. À un moment, je leur ai demandé :

— Vous n'avez pas peur de venir ici en pleine nuit ?

La vieille m'a souri. Du moins dans la nuit, j'ai cru deviner un sourire. Ils étaient bien, pimentant leur séjour d'une scène de crime, ne sachant pas qu'ils allaient jouer le plus mauvais rôle de leur vie, le dernier. Le vieux n'a rien dit, mais elle, oui :

— Peur ? Un peu.

Elle a attrapé son mari par le bras et j'ai compris qu'ils s'offraient un instant de frisson bon marché.

— Vous êtes là, vous. Donc nous n'avons pas de raison d'avoir peur. N'est-ce pas ? a-t-elle ajouté.

Mes regrets, ce soir, sont de ne pas les avoir effrayés. J'aurais pu pousser de grands cris et les faire partir en courant, les obliger à se sauver et les contraindre à vivre encore. Je n'ai rien fait. Je les ai salués et je les ai laissés. Je ne veux pas que les remords me prennent.

La tête dans les mains, affalé sur le canapé, je ne comprends pas.

Une heure s'écoule, remplie de suppositions. Je ne peux croire en la culpabilité de Pierre, uniquement parce que c'est mon fils et mon fils ne peut commettre de tels actes. J'appelle de toute mon âme ce qui pourrait le disculper et même si la méthode est discutable, j'en accepte les conditions. Je prie pour qu'un nouveau meurtre se produise alors qu'il est en prison, quitte à le commettre moi-même.

À cette éventualité, mon imagination occupe la totalité de ma réflexion. Méticuleusement, j'échafaude un plan. Il faut éviter les caméras et les lieux fréquentés. Je n'irais pas trop tard, là où les derniers travailleurs partent. Le plus sécurisant est de rejoindre le port du Canal, de le contourner par la gauche, de passer entre les deux malines, de redescendre le bout de chenal et de repartir sur le port de Larros en direction du monte-charge. Si vraiment je veux reproduire les derniers meurtres, je dois traverser le chenal. J'emprunterais une annexe. Plusieurs y sont amarrées.

Je prends le temps de souffler. La fatigue agit sur mon cerveau, mais je souhaite aller au bout de mon machiavélique dessein. Je me lève et me déplace dans la pièce. Je m'immobilise devant une photographie du port. Son image dope ma créativité ; je reprends mentalement. Donc, je franchis le chenal jusqu'au terre-plein, toujours en silence. Je me dissimule derrière la cabane du père Dumont et maintenant je suis prêt à commettre mon forfait. Seulement, sauter à la gorge du premier venu ou même lui casser un manche de pioche sur la tête n'est pas naturel, ni aisé. À ce stade, je me dois de renoncer. Pourtant, je ne peux me résoudre à admettre que la crainte, sinon la peur, me font reculer. Non. J'argumente plutôt qu'à cette heure avancée de la soirée et du fait de la réputation du lieu, aucun être censé ne circulerait ici. Je pourrais attendre longtemps avant de trouver une victime.

La gorge sèche, je privilégie un verre d'eau au verre de whisky posé sur la table basse. Il est une heure trente du matin, je baille et me résous à rejoindre mon lit. Je n'ai besoin que de quelques minutes pour dormir profondément.

Une sirène hurle. Je me redresse brusquement. Il fait noir. Puis le silence. Je suis en sueur. Il me faut quelques secondes supplémentaires pour me situer. J'allume ma lampe de chevet et me trouver dans ma chambre me rassure. Mon radio réveil indique six heures quarante-cinq, j'ai la bouche pâteuse. J'émerge d'un mauvais rêve sans me rappeler les circonstances de ce dernier. Avec peine, je m'assois sur le rebord du lit et me masse le crâne qui me démange. La sonnerie de mon téléphone me perce soudain les tympans. Je sursaute et le contemple sans réagir. Il me semble être un peu tôt pour recevoir un appel. Je n'ai pas le temps de décrocher que la sonnerie cesse. Le numéro est inconnu, mais je constate que c'est déjà son deuxième appel. Finalement c'est bien mon téléphone qui m'a réveillé et non une alarme, comme j'en ai eu l'impression. Je me décide à rappeler lorsque ma sonnette stridente retentit. Je manque de lâcher mon portable. Décidément je pense que tout va de travers ce matin. J'enfile à la hâte ma robe de chambre, renonce à trouver mes chaussons et pieds nus sur le carrelage froid, j'ouvre la porte d'entrée. Un homme grand se détache de l'ombre et me salue.

— Bonjour Monsieur Sournet.

Il ne fait pas un pas dans ma direction, mais enchaîne :

— Excusez-moi de vous réveiller, mais l'affaire

est importante, vous vous en doutez. J'ai téléphoné, sans succès.

Il pointe du doigt le portable que j'ai toujours en main.

Mon air surpris ne semble pas le contrarier. Je trouve finalement les ressources nécessaires pour l'inviter à entrer en ironisant :

— Capitaine Régent, quel plaisir de vous voir.

Je m'efface. Maintenant, l'inquiétude me gagne. Instantanément, je pense à Pierre.

— Vous venez pour mon fils ?

Il a un hochement de tête.

— Non. Pas spécialement du moins.

Je lui indique de la main le fauteuil le plus proche et sans attendre, me laisse tomber dans l'autre. Je crois opportun de lui préciser :

— Il est tôt ? Non ? Peut-être pas pour vous, mais pour moi, oui.

Il n'accorde pas d'importance à ma question, mais se décide à s'asseoir. Avec précaution, il sort un petit sachet plastique de sa poche et me le tend pour me montrer le contenu. Mes yeux quittent son visage pour se poser sur sa main. Le sachet renferme une carte que j'identifie comme étant une carte vitale. Puis je reconnais ma photo dessus.

— Mais c'est ma carte vitale. Où l'avez-vous trouvée ?

Régent paraît embêté. Encore une fois, il cherche ses mots :

— Vous l'aviez perdue ?

Ma réponse est naturelle.

— Oui, ainsi que mes papiers, ma carte bleue et mon portefeuille. On m'a tout volé lors d'un cambriolage. Où l'avez-vous trouvée ? Et le reste ?

Sans répondre, il extirpe une autre pochette plastique et me met sous le nez un portefeuille taché.

— C'est le vôtre ?

Je reconnais effectivement mon portefeuille. Je l'interroge du regard après avoir acquiescé. Toujours avec précautions, Régent remet les deux pochettes dans son manteau avant d'ajouter :

— Monsieur Sournet, vous me posez des problèmes.

Je me dois de reprendre la situation en main et plein d'interrogations, je me lève d'un coup et lui propose d'autorité :

— Vous allez prendre un café.

Avant d'ajouter :

— Moi, j'en ai besoin.

Je me dirige vers la cuisine pour mettre la cafetière en route. Il n'a pas bougé. Après quelques secondes, je le prie de poursuivre :

— Je vous écoute Capitaine.

Il émet un claquement sec avec sa bouche puis j'entends le fauteuil grincer lorsqu'il se lève. Je remplis la machine d'eau et choisis une dose de café fort. Je me retourne prêt à l'interroger lorsque je m'immobilise, surpris par la scène. Régent se tient près de l'entrée, tenant mes chaussures dans ses mains. Il me les présente et sa question est inattendue :

— Ce sont vos chaussures ?

Je me force à rester courtois et me borne à lui répondre simplement.

— Oui Capitaine, ce sont mes chaussures.

J'évite de rajouter que le voisin a l'habitude de porter les siennes chez moi chaque soir. L'instant ne me semble pas propice à l'ironie.

— Elles sont pleines de terre. Vous êtes allé dans un endroit boueux hier au soir ? continue-t-il.

Je lui rétorque que le bassin d'Arcachon est un lieu où la nature est très présente, mais il fronce les sourcils. Il a alors une réaction qui me sidère. Il sort avec difficulté une nouvelle poche plastique, cette fois vide et y introduit mes chaussures sans me demander la permission. Il referme consciencieusement le sachet.

— Monsieur Sournet, croyez bien que j'en suis désolé, mais nous avons quelques vérifications à mener.

Sans autre formalisme, il retourne s'asseoir dans le fauteuil.

— Je prendrais bien un sucre avec le café, me précise-t-il.

J'amène le plateau et une fois installé, je le rassure :

— Je suis à votre disposition. Faites comme bon vous semblera.

Un fois le sucre dissous et la première gorgée bue, il a un sourire qui ne convient pas à la situation ambiguë présente. Il me regarde longuement pour finalement donner son opinion.

— Je ne vous crois pas coupable.

J'estime utile d'aller dans son sens :

— Encore heureux.

Il termine sa tasse avec satisfaction, s'essuie les lèvres posément et avant de la reposer, me dit, mystérieux :

— N'oubliez pas le portefeuille et la carte.

J'avais oublié effectivement. Pourquoi les a-t-il en sa possession et surtout dans une pochette close ? Plutôt que de lui poser les questions une à une afin d'obtenir les réponses sous forme d'énigmes, je le bouscule :

— Videz votre sac Capitaine. Il doit être bien rempli. Déposez-le, là, sur la table et nous trierons.

Régent semble apprécier mon audace. Il ne fait aucun commentaire sur la forme, mais se cale confortablement et, l'index de la main gauche en avant, il prend la parole :

— Dans la nuit, un nouveau corps a été découvert. Non pas à Larros, mais sur le port du Canal entre les deux petits bassins de décantation.

Il s'interrompt pour me demander le nom de ces bassins, qui lui échappe. Je lui réponds machinalement sous le coup de sa révélation :

— Ce sont des réserves d'eau ou des bassins de stockage pour les huîtres.

Satisfait de la précision, il me remercie de la main.

— Près du corps, on a trouvé votre carte vitale, reprend-il.

Ma stupéfaction ne l'empêche pas de poursuivre :

— Je vous avoue que je crois plutôt à une mise en scène pour vous nuire.

Je suis attentif et lucide.

— Mon portefeuille. Où l'avez-vous trouvé ?

Sa réponse est rapide et claire :

— Près du corps du premier homme assassiné. Mais nous ne savions pas à qui il appartenait. Dès demain ces objets vont partir à Bordeaux pour être analysés.

Sous le choc, je reste caustique :

— Ne vous étonnez pas d'y trouver mes empreintes.

Il hoche la tête avec fatalisme. Il fait mine de se lever. J'interromps son mouvement.

— Et mes chaussures, elles vont partir à Bordeaux aussi ?

À demi levé, il a un geste d'impuissance :

— Exactement. Nous allons analyser la terre pour la comparer à celle du port. On ne sait jamais.

Pour atténuer la brutalité de ses propos, il tempère :

— On vous les rendra, n'ayez crainte.

Ma répartie se veut cinglante.

— Vous pouvez les garder et les mettre au musée de la gendarmerie. Des chaussures d'assassin…

Amusé, il tente de me tranquilliser en me promettant de me tenir au courant de tout, sitôt que nécessaire. Notre poignée de main est franche, mais elle est écourtée par la sonnerie de son téléphone. Je sens bien qu'il hésite à répondre, fait quelques pas vers l'entrée puis se ravise. Il décroche et son visage devient grave. Il s'éloigne et les mots que je perçois ne sont guère rassurants. Il baisse le ton et murmure pratiquement. J'entends pourtant quelques paroles sans en comprendre le contexte : « Quand ? Ce matin ? » Ou encore : « Les idiots ». Par deux fois il lève vers moi un regard inquiet et son œil droit, celui qui diverge, réussit lui aussi à me regarder. Puis il raccroche et à pas hésitants, vient au plus près de moi. Sa voix est sourde, mais les paroles distinctes :

— Votre fils, Pierre, vient de se suicider.

7

— Tu ne veux pas me dire ce qu'il y a ?

Je suis assis face à Florian, dans son cabinet de consultation, incapable de répondre à sa question. J'ai pratiquement forcé sa porte il y a dix minutes, sous le regard inquiet de sa secrétaire et je me suis jeté dans son fauteuil, le visage fermé. Florian garde son calme devant mon attitude et tente de comprendre. Il fait de grands efforts pour provoquer une réaction de ma part.

— Si tu ne me dis pas ce qui ne va pas, je ne peux rien pour toi. Alors ?

Je ne sais pas comment commencer ni même si j'ai vraiment envie de tout lui dire. Être là me semble déjà un réconfort.

— Tu es malade ?

Je souris à cette supposition. Mon sourire n'est pas crédible et ceci perturbe encore plus mon ami.

— Tu as des problèmes ?

Je le rassure comme je peux :

— Non, je vais bien et je ne sais pas si ce sont des problèmes. Enfin, je ne suis pas en cause. Si, mais pas directement.

Florian fronce les sourcils tout en me dévisageant. Je vois bien qu'il craint le pire. Je me dois de le tranquilliser, mais les mots ne viennent pas. Il est difficile de structurer sa pensée dans des moments où tout vous échappe, quand tout se bouscule dans votre cerveau.

Il me tend un verre d'eau que je repousse. Il insiste. Je bois à petites gorgées et cette eau fraîche me fait du bien. Une idée me vient à l'esprit.

— Florian, peux-tu me faire un arrêt de travail de huit jours ?

Il est surpris par cette demande directe. Il est vrai qu'en six ans d'exercice, jamais je ne lui ai demandé une telle chose, avec ou sans raisons, même souffrant.

Là, il a la meilleure des réactions, celle dictée par notre complicité. Sans un mot, il passe derrière son bureau et debout, remplit un formulaire qu'il paraphe et me tend, toujours en silence. J'ai un peu honte en le saisissant et je bafouille :

— Merci Florian.

Ses yeux ne quittent pas les miens. Je les baisse. J'ai le sentiment que j'ai réellement besoin de réfléchir et que les heures prochaines seront difficiles à aborder. Déjà je me lève et l'arrêt de travail en main, je crois utile de préciser :

— Je ne suis pas venu pour ça.

Florian secoue la tête. Il continue à m'observer et mon regard se dérobe, se refusant à lui. Je fais deux pas en direction de la porte avant qu'il ne fasse une nouvelle tentative.

— Dis-moi plutôt pourquoi tu es venu.

C'est à mon tour de secouer la tête. Je ne peux pas le laisser ainsi, mais raconter est au-dessus de mes forces. Je saisis la poignée de la porte et avant de la tourner, m'immobilise. Je lui dois au moins quelques mots, pour le mettre sur la voie et lui prouver que je ne suis pas en danger.

— Tout ceci concerne Isaline.

Florian semble accuser le coup de la révélation. Je ne m'en formalise pas, ne sachant interpréter sa réaction. Il reste silencieux et ceci me convient parfaitement. La porte est maintenant ouverte et avant de sortir, j'ajoute :

— Je t'appelle dans la journée.

Je n'ai pas le temps de faire un pas que déjà sa voix me rattrape :

— Hugo, reviens.

Son intervention me chagrine. Je ne souhaite pas parler et c'est à contrecœur que j'obtempère. Il me fait signe de refermer la porte. Je suis à nouveau face à lui et je constate que son visage est blême. Je ne dis rien, attendant son bon vouloir. Lentement il se recule, semblant se réfugier derrière son bureau. Il ne s'assoit pourtant pas mais, dans son déplacement, heurte légèrement la bibliothèque massive qui renferme l'ensemble de ses livres de médecine.

— Tu l'as vue ?

Je comprends qu'il fait allusion à Isaline. Intrigué, je réponds mollement :

— Non, bien évidemment.

— Alors pourquoi tu en parles ?

Sa remarque me choque, de même que son attitude et le ton employé. Je l'observe avec attention. Un profond malaise s'installe et je n'aime pas ça. Je perçois une incompréhension entre nous. Doucement, j'ose l'interpeller :

— Florian, quelle importance ?

Il a la plus inattendue des réparties, ce qui accentue mon inquiétude.

— Pour toi peut-être.

Je secoue la tête pour tenter de remettre le dialogue dans le bon sens. Aucune justification à ces propos ne vient à mon esprit. Je tente un pas en avant que j'interromps brutalement lorsque mon ami se colle encore plus au meuble. Je l'interpelle :

— C'est à moi de te demander ce que tu as.

Florian ignore ma remarque. Nous sommes immobiles, à deux mètres l'un de l'autre et cette distance me paraît sidérale. Je pourrais pratiquement le toucher en allongeant le bras, mais il est inaccessible. Souhaitant rompre ces pénibles instants, je fais deux pas en arrière. Il se redresse avec une posture de défis que je ne lui connaissais pas. Ses lèvres bougent seules, fermées. Finalement il articule avec la plus grande peine une phrase dénuée, à mon sens, de toute logique :

— Tu es venu pour ça.

Ceci n'a rien d'une interrogation, mais tout d'une constatation. Je suis maintenant angoissé. Un nouveau pas en arrière n'arrange rien à ce moment délicat, ni même ma question :

— Que veux-tu insinuer ?

Catastrophé, je constate que Florian tremble. Il tire son fauteuil et se laisse tomber dessus. Plusieurs minutes épaisses s'écoulent. Je ne bouge pas. Il semble respirer plus calmement. Sans me regarder, il finit par ajouter, comme ultimes paroles à notre entrevue :

— Si tu as des choses à me dire, tu sais où me trouver.

Perplexe et décontenancé, je fuis sans me retourner.

Je suis dehors, totalement perturbé. Il est pratiquement onze heures.

Régent m'a quitté ce matin après m'avoir appris le suicide de Pierre. Lui aussi était déstabilisé.

Puis vers huit heures trente, il m'a téléphoné pour me demander ce que j'avais fait hier au soir. Cet appel pour moi était surprenant et sa teneur surréaliste.

— Monsieur Sournet, ce matin j'ai oublié de vous poser quelques questions, a commencé l'enquêteur.

— Comment Capitaine ? Oublier de me poser des questions ?

Un bref silence m'a fait écho. Finalement il confesse :

— Je pars pour Bordeaux immédiatement. J'en saurai un peu plus pour Pierre.

J'ai temporisé mais Régent est resté silencieux. Il planait comme un trouble, je l'ai ressenti :

— Vos questions Capitaine Régent, ne les oubliez pas à nouveau. Posez-les.

C'est à ce moment qu'il m'a demandé :

— Qu'avez-vous fait hier au soir ?

— Hier au soir ? Rien, je suppose.

— Monsieur Sournet, vous comprendrez que votre réponse ne va pas me satisfaire.

— Je suis allé au port de Larros.

— Encore ? Vous ne me facilitez pas la vie.

— Que voulez-vous que je vous dise ?

— D'accord. À quelle heure êtes-vous rentré chez vous ?

— Vos caméras ne peuvent pas vous le dire ?

— Oui effectivement. Elles le peuvent.

Son appel m'a permis de lui poser à mon tour une question que j'avais dans la tête :

— Capitaine, c'est idiot mais si un homme a été

trouvé mort cette nuit, vous ne pouvez mettre ce nouveau meurtre sur le compte de Pierre ?

Régent a soufflé longuement avant d'avouer :

— Ceci complique lourdement l'affaire.

J'étais assis sur mon canapé, ébranlé par les deux dernières heures. Je ne comprenais pas la manière de faire de ce gendarme ni sa façon d'enquêter. Ma raison vacillait, mes facultés de raisonnement étaient proches du néant. J'ai explosé :

— Mais pourquoi ne me suspectez-vous pas ? Je passe mon temps sur le port, vous trouvez des papiers m'appartenant un peu partout, je vous mens au sujet de ma rencontre avec les petits vieux et vous, vous faites peu de cas de tout cela. C'est incompréhensible ou vous jouez avec moi.

Mon interlocuteur ne m'a pas coupé la parole, respectant ma colère. Il aurait pu me dire : « Bon c'est fini ? Vous énerver vous a fait du bien ? » Il a simplement eu ses mots :

— Monsieur Sournet, je vous l'ai dit, je ne vous crois pas coupable et passer son temps sur le port ne fait pas de vous un assassin, heureusement.

Il s'est interrompu un instant, hésitant dans ses propos.

— Vous n'êtes pas au courant de tout et l'affaire est complexe.

Un nouveau silence, lourd de sens, a succédé à sa confidence. Je me suis abstenu de toute remarque, incapable d'en trouver une sensée. Il a cru bon d'ajouter :

— Je serais parti depuis longtemps si elle ne l'était pas.

Nous avons terminé cette conversation sur de vagues conclusions puis, une fois prêt, je suis sorti.

Je n'avais aucune intention de me rendre au travail, ne sachant d'ailleurs quoi faire. J'ai erré dans les rues de la ville haute, retrouvant ici et là des bribes de moments heureux avec Isaline. Le marchand de glace ambulant qui se tenait à l'entrée du parc, sur la place Turenne, a disparu depuis longtemps, mais le souvenir de ses cornets à la pistache reste en moi, plus vivace encore ce matin. Je longe les grilles jusqu'à l'avenue Regnault et me dirige vers la plage. C'est à ce moment-là que le besoin d'aller voir Florian est apparu.

Le temps s'est obscurci. La pluie ne va pas tarder. Effectivement elle vient, mais je continue à marcher, ne prenant même pas la peine d'éviter les flaques. J'aime bien ce temps, brumeux, frais et mouillé. Les parapluies ont fait leur apparition ; je me pose sur un banc du front de mer et je regarde les gens passer. Ils ne se doutent pas que je les observe. Jamais je ne fais ceci, mais aujourd'hui est un jour exceptionnel. Ma vie a pris une tournure inédite qui me dépasse et je ne contrôle plus rien, laissant l'émotion me submerger. Je m'identifie à un monsieur qui passe, semblable à celui de la chanson de Reggiani. Voudrais-je échanger ma vie contre la sienne ? Pourrais-je prendre le risque de vivre une existence dont je ne connais rien ? Cet homme a ses malheurs bien évidemment, mais voudrait-il des miens ? Il s'éloigne. Je le quitte des yeux. Il est trop tard pour le rattraper et lui proposer l'échange. Je reste avec mon destin sur les bras, condamné à le vivre et à le subir. Peut-on être maître de sa destinée ? La question même, m'angoisse. Pour moi, la réponse est non et je me dispense d'y réfléchir davantage.

Lorsque je me lève, le fond de mon pantalon est humide. Je me suis assis sans me protéger de l'eau. Je marche quelques mètres et me résous à me soustraire aux regards indiscrets, grâce à mon pull que je noue autour de ma taille comme aurait pu le faire un collégien de mon époque.

Cette pluie forcément, me remet en mémoire l'heure bénie où, Isaline et moi, nous nous sommes retrouvés trempés par une ondée inattendue. Nous étions le long du port de la Barbotière et c'était le début de notre relation. J'avais dans l'idée de l'emmener dans des endroits calmes avec, en tête, des desseins cachés. Je crois, à la réflexion, qu'elle n'avait pas été dupe de mon stratagème. Pourtant, à aucun moment je ne lui ai pris la main et la pluie, soudaine, nous a noyés en quelques secondes. Mon réflexe a été de courir pour se mettre à l'abri, le sien a été de se précipiter vers moi. L'image d'Isaline, trempée, tout contre moi, reste un souvenir merveilleux. Je ressens encore l'impact de son corps contre le mien, ses bras entourant mon cou et les miens, stupides et ballants. L'eau dégoulinait de mon visage vers le sien. Ses cheveux ruisselaient le long de son dos et de ses jambes nues. Elle a attrapé mes avant-bras avec douceur pour les contraindre à enserrer sa taille. Je souhaitais que cette averse jamais ne s'arrête. Ses lèvres mouillées et entrouvertes ont cherché les miennes. Puis, le bout de sa langue a forcé le chaste barrage de ma bouche close et mon cerveau s'est enflammé. L'instant a duré une éternité, du moins suffisamment longtemps pour que ce souvenir s'imprègne en moi.

L'eau s'est arrêtée de tomber et la magie du moment a été atténuée lorsque, doucement et avec précaution, son corps s'est éloigné du mien. À ma grande confusion, j'avoue que j'ai espéré voir ses mamelons à travers son tee-shirt mouillé. J'ai été déçu de ne pas les entrevoir, ne réalisant pas que j'avais désormais des droits sur eux.

Son sourire, maculé de fines gouttelettes d'eau, traduisait son bonheur. Ses yeux dans les miens me promettaient beaucoup. Sa main s'est saisie de la mienne et nous sommes repartis, heureux et insouciants.

Depuis ce jour, la pluie qui tombe n'est pour moi qu'émotions.

Aujourd'hui, je marche le long de la plage, un sourire béat au coin des lèvres en souvenir de ce moment. Il me faut quelques regards ironiques de passants que je suis amené à croiser, pour comprendre que mon air niais les amuse.

Je poursuis mon errance. Les branches des pins s'égouttent à mon passage. Je finis par me rapprocher du sable pour éviter d'être à leur portée. Je rejoins le boulevard de la plage, bien décidé à marcher jusqu'à Pereire. Là, je m'assois sur un muret et, face au bassin, je laisse mon imagination aller.

Le visage d'Isaline m'obsède, tel que mes souvenirs l'ont laissé. L'image de la petite noyée du début du siècle m'en renvoie le reflet. Souvent, j'ai caressé d'un doigt léger les traits de la photo de papier, imaginant retrouver le contact de mon amour inachevé. Pendant longtemps, une Isaline en a remplacé une autre. Je suis tombé amoureux de la petite suppliciée pour compenser mon adoration de l'absente.

Le visage de Pierre m'échappe. Je n'ai pas de peine, que des regrets, dont celui d'avoir été loin de lui.

Trois heures plus tard, je suis toujours sur mon muret. Mon âme m'a quitté et sans elle je ne suis rien. Je suis de marbre, figé depuis ces heures, immobile. Je n'ai pas froid, je n'ai pas faim, je n'ai pas soif. Un cerf-volant s'élève dans les airs, accompagné d'un sifflement diffus. Quelques rires de gamins sont sans effet sur ma posture. Un chien vient même me renifler. Je ne le chasse pas, indifférent.

Il aura fallu que la question soit répétée deux fois pour quelle atteigne mon cerveau.

— Tu n'es pas au travail ?

Avec difficultés, je reconnais un collègue. Je bafouille une réponse approximative. Mon interlocuteur se croit obligé de préciser :

— Tu fais comme moi, j'ai pris un jour de congé.

Il n'insiste pas et passe son chemin. Je le regarde s'éloigner.

Un timide soleil apparaît, suffisant tout de même pour chauffer mes épaules endolories. Se remettre debout est beaucoup plus difficile que prévu. Mes articulations me font souffrir lorsqu'elles tentent de se déplier. Je parviens, non sans peine, à marcher droit et à retrouver une certaine souplesse.

Je coupe au plus rapide pour rentrer chez moi, par l'avenue du Parc Pereire, puis j'arpente une succession de rues, toutes plus belles les unes que les autres. Devant ma porte, je me décide à téléphoner à Florian, il doit être inquiet à mon sujet, tout comme je le suis pour lui. La sonnerie s'éternise et son répondeur se met en route. Je lui demande de me rappeler et, une fois dans mon salon, je me jette sur le canapé. Il est à peine dix-huit heures et je m'endors. Je ne rêve pas, mon sommeil est anormalement calme.

Vers vingt heures quarante-cinq, je retrouve mes esprits, passablement étourdi. Je mange sans appétit, je lis sans ferveur un article sur le Kilimandjaro et finis par allumer la télévision. La publicité me fait fuir et je fais défiler les programmes sans entrain. Mon attention est immanquablement attirée par les titres qui s'incrustent sur les chaînes d'actualités en continu. Je ne suis pas surpris par la teneur de ces informations : *Un nouveau cadavre sur les ports du bassin d'Arcachon.* Rien sur le suicide de Pierre. Quinze minutes plus tard, j'éteins le récepteur, totalement perdu et incapable d'un comportement rationnel.

Je renouvelle mon appel à Florian. Il ne répond toujours pas. Je lui laisse un nouveau message.

Une heure s'écoule sans que je ne bouge. Vers vingt-deux heures, j'appelle encore une fois Florian. Sans réponse. Je suis triste et fatigué. L'envie de téléphoner à Régent occupe mon esprit un certain temps. Je suis indécis et renonce plusieurs fois après avoir pourtant sélectionné son numéro. Je tente de me convaincre que s'il avait eu connaissance de faits nouveaux, il m'aurait contacté.

Je n'arrive pas à me représenter Pierre ni à imaginer que j'ai appris que j'avais un fils le jour même où je devais le perdre à jamais. Tout ceci me paraît trop grossier et une part de doute demeure en moi. Je refuse inconsciemment cette situation. Alors je me concentre à nouveau sur Isaline.

La sonnerie de mon téléphone m'extirpe de ma somnolence. Immédiatement je pense à Florian et me saisis de mon portable d'une main non assurée. Le nom affiché n'est pas celui de mon ami, mais celui de Régent. L'heure tardive, minuit trente, m'alerte et j'ai du mal à appuyer sur la bonne touche.

Finalement j'y parviens.

— Capitaine ?

Un silence me répond puis une voix calme :

— Vous avez enregistré mon numéro dans votre répertoire ?

La logique de la déduction me fait sourire.

— Vous m'appelez tellement souvent qu'il vaut mieux.

Un léger gloussement me fait écho. Pour différer encore un peu la raison de son appel, je crois utile d'ajouter :

— À cette heure-là j'aurais pu dormir. Il est tard.

Le reproche semble amuser mon interlocuteur qui se défend :

— Je n'allais pas attendre l'heure légale pour vous contacter.

Je ne redoute pas ce que Régent a à me révéler, mais l'heure tardive m'incite à temporiser. Je prolonge la légèreté de nos échanges :

— J'espère que vous êtes en heures supplémentaires.

Régent entre dans mon jeu avec application :

— Si l'administration devait me payer toutes celles qu'elle me doit, je serais riche mais c'est plutôt elle qui est pauvre. À vrai dire, je suis militaire et rassurez-vous, mon appel ne coûte rien de plus aux contribuables.

Il s'interrompt un instant, préservant la quiétude de la nuit. Enfin il se justifie :

— Je savais que je ne vous réveillais pas.

Intrigué je réplique :

— Vous êtes devin ?

— Non, devant chez vous et j'aperçois de la lumière.

J'accuse le coup et constate que la réalité peut me rattraper n'importe où, même chez moi, au cœur d'une nuit douce et calme. Instantanément je fais silence pour tenter, stupidement, d'entendre un bruit attestant ses dires. Je n'entends que le silence. Fataliste, je m'entends lui demander :

— Vous souhaitez me voir ?

Secoue-t-il la tête en signe d'acquiescement ? Je le suppose.

— Ok, je vous ouvre.

Une minute après avoir raccroché, je regarde toujours mon combiné que je tiens dans la main. Chaque jour est porteur de révélations. Aujourd'hui débute à peine et déjà il est frappé de son lot de confidences. Je ne peux leur échapper. Je suis dorénavant à la merci d'une implacable déferlante qui pourrait me broyer. Je n'en ai pas peur.

Je me lève, me dirige vers la porte d'entrée, la déverrouille et une fois ouverte, ne vois rien, ni personne. Je descends les quelques marches du perron pour m'approcher du portail. Il fait nuit mais devant le lampadaire, celui situé sur le trottoir d'en face, le capitaine Régent se tient debout, les mains dans les poches de son imperméable, immobile. La mise en scène est soignée et j'applaudirais des deux mains si l'instant n'était pas si menaçant.

Je ne l'appelle pas, il m'a vu. Je suis dans l'attente, le portail maintenant grand ouvert. Il me toise de sa grande taille, inquiétant. Enfin, il fait un pas dans ma direction, sans descendre du trottoir.

— Habillez-vous et venez. Vous allez avoir froid en caleçon, me dit-il d'une voix posée, mais le ton ferme.

8

Il m'aura fallu dix minutes pour me vêtir. Puis je retrouve Régent, toujours sur le trottoir d'en face, les mains dans les poches mais avec le col relevé. Il me laisse approcher et, sans une parole, oblique sur la droite et marche. Je lui emboîte le pas. Son rythme est lent et je le rejoins rapidement. Je calque mon allure sur la sienne. Nous cheminons, côte à côte, en silence. Je ne suis pas impatient ni inquiet. Paradoxalement je suis bien, à marcher dans les rues désertes. Pas une fois Régent n'a jeté un regard vers moi. Son visage est impassible et ses traits apaisés me rassurent. Nous poursuivons notre marche qui me semble être aléatoire. Régent tourne à gauche, je le suis, il tourne à droite, je fais de même. Plusieurs fois, j'ai l'impression qu'il va se mettre à parler mais, à chaque fois, il renonce. Nous approchons de l'observatoire, que nous dépassons sans que mon compagnon ne le regarde. Là, je comprends qu'il est dans ses pensées et ceci me rappelle que cette balade n'a rien de récréatif. Nous abordons l'avenue de Mentque et avisant un banc, Régent s'assoit, m'invitant à en faire autant. Je perçois, à son air déterminé, que nous allons entrer dans la période la plus difficile, celle des premiers mots qui peuvent être décisifs. En moi déferle un souffle de panique, une angoisse que je ne peux maîtriser. J'ai la crainte qu'il ne le lise sur mon visage alors je m'agite, renforçant le sentiment de peur qui m'envahit. Mon interlocuteur se tourne légèrement vers moi, croisant la jambe droite sur la gauche. Dites avec douceur, ses paroles ne me heurtent pas.

— La journée a été longue et nombreuses les révélations.

Il me fixe de son regard si particulier. Son strabisme ne me perturbe plus. Je me fais la remarque qu'en peu de jours, mon opinion sur cet homme a bien évolué.

Il est une heure passée et deux hommes sont assis sur un banc en bois dans une rue désertée. L'un des deux attend que l'autre lui dévoile sa vie, celle d'avant et celle d'après. Il est attentif, je suis attentif, conscient de la précarité de la minute suivante. Cet homme sait, je n'ai aucun doute. Mon existence se joue dans cet instant que l'autre tente de ne pas piétiner.

Il risque un sourire qui s'efface dès le début de sa question :

— Vous connaissez votre ami Florian depuis combien de temps ?

Je suis déconcerté, mais n'en laisse rien paraître. Docile, je réponds le plus posément possible. Les interrogations s'enchaînent.

— Que savez-vous de lui ?

Florian est pour moi une référence, je l'exprime auprès de Régent.

— Lui connaissez-vous des relations ? insiste-t-il malgré tout.

Mes retours sont positifs. Je dis tout le bien que

je pense de mon ami. L'enquêteur reste impénétrable. À la sixième question sur Florian, me demandant quand je l'avais vu pour la dernière fois, je me révolte :

— Capitaine, quel est le but de cet interrogatoire ?

Le gendarme pince les lèvres et se lève avec lenteur. Il me domine de sa haute stature. Il laisse traîner sa main comme une sollicitation à le suivre. Nous avons marché vingt-deux pas avant qu'il ne me surprenne par une phrase que je lui ai demandé de répéter :

— Pierre n'est pas votre fils.

Il s'est arrêté de marcher et moi j'ai continué. Au bout de la rue, mon cerveau réalise que je suis seul, alors je stoppe net. Régent me rattrape et pose une main sur mon épaule.

— Cette fois, c'est sûr. Il n'était pas votre fils.

Je dois lui faire pitié, car d'une bourrade dans le dos il m'oblige à reprendre la marche. Attend-il une question de ma part ? Sûrement, mais contrairement à la logique, je ne la pose pas.

— Les tests le prouvent, poursuit-il alors.

Je mets quelques secondes à réagir :

— Les tests ? Quels tests ?

Pour la première fois de la nuit, Régent paraît ennuyé. Il agite ses deux mains jointes pour apaiser la situation. Puis il les ouvre, comme Florian a l'habitude de le faire lorsqu'il se veut rassurant.

— On en parlera plus tard. D'accord ? propose-t-il difficilement.

Un homme sur le qui-vive, nous croise. Il nous quitte des yeux, une fois à distance raisonnable.

Je ne peux qu'être d'accord. Régent mène notre conversation et je suis maintenant disposé à suivre son cheminement, même si celui-ci me semble tortueux.

— J'ai parlé avec sa mère, Isaline Delaunay.

Mon cœur tente de s'arrêter. Dix-huit ans de mon existence se contractent en une tranche de vie insignifiante. Finalement, toutes ces années de transition n'auront été vécues que pour entendre ceci. Ces simples mots sont l'aboutissement d'une longue attente, mais mon cerveau est trop petit pour traiter ces informations sereinement. Parler à Isaline est le rêve que je poursuis depuis longtemps et pour cet individu, en face de moi, tout cela se réduit en une phrase « J'ai parlé avec sa mère ». L'espace d'un instant, je lui en veux d'avoir eu ce bonheur. Où est-elle ? Qu'a-t-elle dit ? Comment est-elle ? Comment va-t-elle ? Vous a-t-elle parlé de moi ? Toutes ses questions restent bloquées au fond de moi. Une seule, stupide, résume l'ensemble :

— Et alors ?

La réponse est du niveau de l'interrogation :

— Vous imaginez qu'elle n'est pas très bien.

Dans la fraîcheur de la nuit, je secoue la tête. Il est question de la mort d'un adolescent et je focalise mon attention sur sa mère. J'ai un sentiment de honte qui me ramène à plus de tact. Je fais silence.

Un jour, nous étions, Isaline et moi, sur la petite plage du port et brusquement elle m'a pris par la main pour m'entraîner à l'eau. Elle riait et lorsqu'elle a perdu pied elle s'est accrochée à moi, ses jambes autour de mes hanches. Elle riait toujours et cette situation est vite devenue gênante pour moi, pas pour elle. Notre proximité et notre posture ont eu des effets que je n'ai pu maîtriser. J'ai passé mes mains sous elle pour la soutenir, elle ne s'en est pas offusquée. J'avais le sentiment que tout le monde nous regardait et que personne ne pouvait ignorer mon état. Le jeu a continué de longues et merveilleuses secondes. Je suffoquais parfois, mais demeurais héroïque. C'est là, dans cette position équivoque, qu'elle m'a posé cette question appropriée :

— Tu voudras des enfants ?

Puis elle m'a lâché en me repoussant, elle riait encore et m'a laissé au milieu de l'eau. Je suis sorti longtemps après, espérant ainsi effacer tout état physique humiliant.

Régent a les mains dans les poches. Ce soir, mon passé resurgit, loin, bien loin, de ce que j'avais rêvé. Nos retrouvailles devaient être superbes, au moins égales au plus beau scénario de la plus belle histoire d'amour un jour imaginée. Elle me serait apparue parmi une multitude d'étrangers, sûrement sur la jetée Thiers ou le long de la plage. L'endroit devait être idyllique, bien évidemment. Sa beauté surclasserait celle des autres femmes, son sourire suffirait. Nous n'aurions besoin d'aucune parole pour briser ces années d'éloignement et continuer notre été comme si le temps depuis, n'avait été que malentendu. Nous devions reprendre le cours de notre amour et transformer l'innocence en bonheur quotidien. Seulement, la vie se charge de bousculer les rêves, les transformant bien souvent en instants compliqués. La magie ne peut opérer sans un décor favorable. Là, au cœur de la nuit, dans les restes d'humidité d'une journée grise, un gendarme me dévoile ce que depuis une éternité, j'avais idéalisé. La réalité n'a que faire de mes fantasmes et, dans ces heures sombres, elle balaye mes espérances de la plus ingrate des manières.

Déjà Régent me prend par l'épaule et, au milieu de la chaussée, nous avançons le nez baissé.

— Je ne l'ai pas rencontrée physiquement, je lui ai uniquement parlé au téléphone, croit-il utile de préciser.

Après un très bref instant, il complète :

— Assez longuement d'ailleurs.

Nos pas résonnent sur le bitume mouillé. Je ne cherche même plus à éviter les flaques encore formées. Je devine que Régent arrive à une étape cruciale de notre conversation. Pierre n'était pas mon fils et égoïstement, je m'en réjouis. Reste alors la difficulté de comprendre qu'Isaline a connu un autre homme et ceci, peu de temps après notre rencontre. Je m'immobilise. Régent me force à continuer à marcher et finit par rompre le silence.

— Savez-vous où se trouve votre ami Florian ?

— Chez lui, je présume.

Sans le regarder, je comprends qu'il ne partage pas ma supposition. La confirmation arrive rapidement.

— Non, il n'y est pas.

Je hausse les épaules pour signifier que ceci n'a que peu d'importance pour moi. Régent, lui, ne semble pas partager mon désintérêt.

Contre toute attente, il s'immobile brusquement.

— Monsieur Sournet, le moment est venu de tout vous expliquer.

Je m'arrête à mon tour au moment où il repart. À deux mètres de moi, il poursuit :

— Je vous préviens, ce que je vais vous révéler est difficile à entendre.

Nous abordons la rue qui borde l'arrière du Parc

Mauresque et longeons les grilles, chacun regardant devant soi. J'imagine les pires choses et les images s'entrechoquent dans ma tête. Est-ce par manque d'imagination ? Mais jamais je n'aurais pu construire une histoire si glauque.

Les révélations de Régent s'entassent. La suivante renforçant immanquablement la stupéfaction produite par la précédente. Tout n'est que noirceur.

Pendant de longues minutes, le gendarme, avec des mots les plus doux possible, a tenté de me décrire ce qui maintenant me paraît insoutenable.

Il est cinq heures du matin et Régent m'a quitté sur le pas de ma porte, il y a de cela quinze minutes. Il y avait de la sollicitude dans son regard et dans sa poignée de main qu'il a prolongée exagérément. Il m'a simplement dit : « Je vous téléphone demain », puis se ravisant : « Ou plutôt tout à l'heure ». Il est parti dans le petit matin qui peinait à se lever et moi, en proie à une tristesse immense, je l'ai regardé s'éloigner, ses pas résonnant longtemps après qu'il eut tourné le coin de la rue. J'ai fermé ma porte à double tour, comme un symbole fort.

Maintenant, le nez collé à la fenêtre, je repasse en boucle les phrases du capitaine. Les mots employés sont d'une dureté affligeante et le contexte, lui, est terrible. Ces mots que jamais je n'avais prononcés ne représentaient que de vagues notions abstraites, mais ils sont pourtant venus me percuter dans ma naïveté. Entrés dans mon univers par effraction et par surprise, il me faut bien les prendre en compte. Actuellement, je ne sais pas si je pourrais les accepter ou s'ils resteront trop forts pour moi. Ces mots, je les ressasse jusqu'à l'écœurement.

L'aube, enfin, blanchit les rues et les jardins. Une voiture passe, témoin de la vie qui reprend. Quelques ombres d'arbres centenaires se projettent sur des façades endormies. Un cycliste peine sur un vélo d'un autre temps. Le grincement des roulements l'accompagne au rythme de son pédalier. Je le laisse passer et aller.

Mes jambes sont lourdes. Je les ai sollicitées longuement, sans ménagement. Ces dernières heures, elles m'ont porté tout au long des rues et même sous la rudesse des aveux, elles n'ont pas tremblé. Je rabats le fin voilage et me dirige vers la cuisine. J'imagine qu'un café pourra me donner l'énergie de penser, encore une fois, à tout ceci.

Je ne suis pas révolté, uniquement abasourdi. Je ne suis pas en colère, uniquement triste. Je glisse un morceau de sucre dans la tasse et remue à peine le breuvage pour le diluer. Avec volupté, la boisson glisse dans ma gorge et cet acte anodin me procure un grand bienfait. La tasse en main, je parcours mon salon avant de me poser dans mon canapé. Là, je ferme les yeux pour instantanément les rouvrir, les images incrustées sur mes pupilles ne me conviennent pas. Je n'ai d'autres solutions que de me lever et marcher dans mes pièces exiguës. La tasse est maintenant vide et j'hésite entre aller la remplir à nouveau ou la troquer contre un verre d'alcool fort. Le dilemme ne dure qu'un instant. Le café m'a réchauffé l'œsophage, l'alcool me réchauffe l'estomac.

Le portrait d'Isaline en médaillon, la petite noyée du début du siècle dernier, attise ma tristesse. Paradoxalement, après l'avoir regardé pendant de longues minutes, les degrés d'alcool aidant, une pensée unique accapare ma réflexion. Les révélations faites par Régent peuvent et même, doivent expliquer, l'apparente indifférence d'Isaline à mon égard. Tout paraît simple. Après cette épreuve subie, Isaline, mon amour de vacances, a préféré disparaître de ma vie.

Mon cerveau bouillonne. Je ne tiens plus en place. Mon excitation dure vraisemblablement une petite heure puis la fatigue me gagne. Dans mon canapé, coincé entre deux coussins, mon rythme respiratoire s'apaise et je m'enlise dans un sommeil peu profond.

Je me réveille peu de temps après. Tout me revient en mémoire, même une anecdote que j'avais occultée. Sur la plage d'Arcachon, au beau milieu d'une foule dense de baigneurs, Isaline avait émis le souhait de faire du monokini. J'étais totalement terrifié à cette idée, sans comprendre qu'elle me provoquait uniquement, par jeu ou par défi. J'avais argumenté en lui énumérant les risques encourus, dont celui de la tentation qu'elle pouvait provoquer. Je n'avais pas employé le terme de viol, par pudeur. Elle avait éclaté de rire et m'avait embrassé. Florian était avec nous. Funeste présence.

J'envisage de passer le reste de café aux micro-ondes, mais renonce. Je me couvre, enfile des chaussures et, une fois dehors, respire profondément. Il est près de huit heures et j'ai envie de pain frais. Je descends vers la ville basse et prolonge la balade vers le port. Je m'assois sur un banc et face à la mer, la bouche pleine de viennoiseries, je me divertis du ballet des bateaux qui sortent. L'extase ne dure qu'une période courte avant que ne resurgissent les épreuves de la nuit.

Régent n'a pas eu une tâche aisée. Comment aborder sereinement une telle situation ? Il m'a mis en garde, mais a tenu à exprimer aussi son sentiment.

— Sournet, je vous aime bien.

Ceci n'a pas été pour me rassurer mais rapidement, comme une estocade, il est entré dans la réalité :

— Pierre était homosexuel.

En soi, l'affirmation n'avait rien pour me choquer, mais la suite n'a pas été si anodine.

— L'homme qui a été assassiné en premier était son compagnon. Cet individu était plus âgé que lui. Qui l'a tué ? Pierre a avoué mais je n'y crois plus, d'autant qu'il y a eu un dernier meurtre pendant sa garde à vue, a continué Régent.

Je suis resté incrédule devant ce militaire qui me parlait comme à un ami. Il ne soupçonnait pas Pierre et il ne me soupçonnait pas moi, pourquoi ? Je n'ai pas osé lui poser à nouveau la question, me contentant de lui demander :

— Et les deux petits vieux ? Et le quatrième meurtre ?

Le visage de Régent s'est assombri. Il a eu une moue qui m'a alerté. J'ai nettement compris qu'il ne souhaitait pas aller plus avant. Je me suis contenté de prononcer un « OK » hors de contexte.

Le capitaine a alors abordé le point qui me tenait à cœur. Il a parlé d'Isaline et de son contact téléphonique avec elle. Il a tenu secret l'endroit où elle vit, mais n'a pas tardé à me raconter :

— Madame Delaunay a été prévenue par mes collègues du suicide de son fils et j'ai été mis en relation avec elle. Elle a été digne et de suite m'a avoué qu'elle redoutait un tel acte. Elle l'avait vu l'année dernière et sans nouvelle, elle ignorait ce qu'il faisait. C'était un garçon qu'elle a qualifié d'écorché vif, toujours en révolte. L'absence d'un père pouvant sans doute l'expliquer.

Régent s'est tu un instant. Le rôle délicat du père arrivait et ne sachant comment l'aborder, le gendarme a simplement commencé par :

— Je suis désolé, mais vous devez savoir.

Sans réaction de ma part, il a poursuivi :

— Vous n'êtes pas le père. Attention, je vous raconte tout ceci sans trahir le secret de l'enquête, mais Madame Delaunay souhaite expressément que vous soyez informé. Je n'accuse pas, je n'en ai pas le droit et c'est contraire au principe de la présomption d'innocence et je prends un risque à vous parler.

À nouveau, il s'est interrompu.

— Pierre est le résultat d'un viol, a-t-il lâché enfin.

Tout, autour de moi, a explosé. Pas instantanément, mais une fois les sept mots assimilés, la rue s'est fissurée, les arbres sont devenus flous et de grands éclairs blancs ont même déchiré le ciel noir.

Régent m'a jaugé du regard. Péniblement j'ai articulé :

— Qui c'est ?

La réponse n'est pas venue. J'ai tenté une supputation :

— Le coupable n'est pas connu ?

Face à moi, mon interlocuteur hocha la tête.

— Si.

J'ai en souvenir la seconde précise où j'ai su, le moment où Régent a prononcé le nom. À cet instant, une fine brise secouait les feuilles des arbres à nos côtés. Je me suis attaché aux mouvements des branches, suivant des yeux la seule feuille qui a fini par tomber au sol. Elle s'est décrochée et a tournoyé quelques secondes puis s'est posée en douceur tout près du caniveau. Mes yeux ne se détachaient plus d'elle. J'étais comme cette feuille, misérable et perdu.

— Vous ne vous en doutiez pas ? Rien n'a pu vous mettre la puce à l'oreille ?

Me mettre la puce à l'oreille, quelle vilaine expression ! Lorsque j'ai interrogé Régent sur les raisons pour lesquelles Isaline souhaitait que je sois au courant, il m'a dit qu'il était mieux que je sache, avant de l'apprendre par les journaux. J'ai secoué bêtement la tête, peu convaincu. J'ai appris également que Florian avait disparu, il n'était pas chez lui. J'ai pris les informations comme elles venaient, issues d'un tamis qui visiblement ne laissait passer que les mauvaises choses.

— Que suis-je sensé apprendre d'autre ?

— C'est suffisant, ne croyez-vous pas ?

— Les tests, Capitaine. Vous m'avez parlé de tests ?

— Oui, les tests. Là, je suis en dehors de toute légalité. Sournet, j'ai fait réaliser des tests de paternité vous concernant. Je n'en avais pas le droit, mais j'ai exploité cette possibilité qui m'était donnée. J'ai récupéré une tasse de café où vous aviez bu à la gendarmerie et je l'ai confiée à notre laboratoire. C'est, disons, empirique mais instructif et j'avais besoin de savoir. La fiabilité sur de tels échantillons n'est pas maximale, simplement indicative.

Je n'ai pas été outré par cette liberté prise et n'ai fait aucun commentaire à ce sujet.

À ma question : « Pourquoi Isaline a-t-elle dit que l'enfant était de moi ? », Régent a eu une mimique et une réponse peu satisfaisante : « Elle n'a pas osé parler de viol ».

Il était près de cinq heures et Régent m'a raccompagné. Bien évidemment je m'étais inquiété d'Isaline en abreuvant Régent de questions ou recommandations. Pensez-vous qu'elle veuille me revoir ? Si vous lui parlez à nouveau, dites-lui qu'elle est restée présente dans ma mémoire. Plus d'autres banalités de ce genre.

Sur le port d'Arcachon, les viennoiseries mangées et les miettes ramassées, je comprends maintenant que ma vie vient d'échapper à quelques règles élémentaires. Je n'ai pas le courage de faire le bilan de ces dix-huit dernières années ni de tirer un trait définitif sur mon passé proche. Jamais la solitude ne m'a effrayé, mais ce matin, je suis isolé, sans réel soutien. Seul un gendarme m'apporte une humanité dont je suis démuni.

L'information ne reste pas secrète bien longtemps. Dès midi, les réseaux sociaux ne parlent que de ce médecin d'Arcachon soupçonné d'un viol commis une vingtaine d'années auparavant. À quatorze heures, le lien avec les crimes de ces dernières semaines est fait. À quinze heures la personnalité de Pierre, vraisemblablement caricaturée, est bâtie autour de son suicide. À dix-sept heures, il est question d'un mandat de recherche lancé contre Florian. À vingt heures, j'éteins définitivement ma télévision et je débranche internet. À vingt et une heures, je sors et je déambule dans la ville. Peu de gens peuvent voir que je pleure. À vingt-trois heures, Régent me donne rendez-vous le lendemain midi à *La cabane de l'Aiguillon* avec, avant de raccrocher, une précision réconfortante : c'est lui qui m'invite. À deux heures du matin, je rentre chez moi, titubant de fatigue.

9

Des ombres chinoises dansent sur mon plafond. Toutes les misères du monde y sont représentées, toutes les trahisons y sont déposées, toutes les espérances s'y sont fracassées. Ces ombres me fascinent et je ne peux détacher mon regard de leurs mouvements. J'y perçois un bateau coulé, un château hanté, un chien famélique et même une colline déboisée. Plus de deux heures durant, je reste dans mon lit, immobile sur le dos, à voir dans ces reflets des silhouettes agitées, des mondes se créer puis disparaître. Mon esprit se libère et se confronte à ces taches de lumière blafarde passées au tamis de mes volets hachurés. Une fine brise semble jouer avec les lampadaires de la rue pour projeter un ersatz de réalité sur mon plafond immaculé. Là, des assassins se cachent, des pêcheurs rentrent au port, des jeunes filles jouent de leurs charmes, des policiers enquêtent, des maisons s'effondrent. Et tout ceci rien que pour moi. Mon imagination travaille et mon cerveau s'occupe à gérer d'impossibles scénarios en assemblant des formes juxtaposées au-dessus de moi. Ma quête du néant s'arrête à deux mètres cinquante de mes yeux fatigués. Je suis le spectateur privilégié et unique d'un monde perpétuellement renouvelé. Ces images inventées me permettent d'absorber ce que ma conscience a en charge, le trop-plein de révélations brutales. La vie, dans ce qu'elle a de plus dégradant, vient de me percuter sans ménagement. J'ai dormi trois heures, sans savoir si ce repos a pu être profitable et si mon âme anéantie a pu trouver apaisement. Je me lève lorsque les images enfantées rejoignent la véracité des choses et des faits. Je suis debout alors que l'aube n'a pas encore dispersé les miasmes sombres de la nuit. Je respecte le silence qui m'entoure, lourd et protecteur. Ces heures-là, rien dans mon attitude ne vient contrarier la quiétude qui m'isole. Mes gestes sont minimalistes sans chercher à être efficaces. Mes mouvements sont totalement décorrélés de mon jugement, obéissant davantage à mes besoins primaires qu'à mon intelligence accaparée par les cycles répétitifs de mes sombres pensées. Elles tournent en boucle, sans possibilité immédiate de répit. Pendant des années j'ai construit des théories autour de l'amour et de l'amitié, de l'attente et de l'espoir, des théories, qui cette nuit ont été pulvérisées en une phrase contenant un mot redoutable. Ce mot, je pensais innocemment qu'il ne servait que dans les séries noires et qu'il n'était employé que par des raconteurs d'histoires sordides. Il n'est pas long ce mot, pas même laid, ni difficile à prononcer. Il claque pourtant à la manière d'une sentence définitive. Il est irrémédiable comme la mort peut l'être. Un objet cassé peut être remplacé, une image déchirée recollée, un cœur brisé consolé, mais ce mot à lui seul sonne le glas de toutes espérances.

Jamais cet acte ne m'a attiré. Mon âme bienveillante m'a préservé de ce besoin de prendre et de posséder ; ou bien est-ce la peur du jugement et de la punition ? Qu'ai-je raté, à côté de quoi suis-je passé ? Quel bas instinct ne m'a pas guidé vers cette simplification des rapports humains où seul un des deux partenaires doit convoiter le désir ? Quelle jouissance n'ai-je pas connue ?

Paradoxalement, je pense peu à Florian comme si notre amitié le préservait de ma haine. Je ne sais pas encore comment mesurer le mal qu'il a pu me faire. Je n'ai d'ailleurs pas envie de penser à lui maintenant.

Souvent, nous imaginons que le pire est pour les autres. Comment classifier le pire, si nous ne l'avons pas connu ? Serais-je capable de supporter cette épreuve ? Combien de fois me suis-je posé cette question ?

Je revois Isaline et sa jeunesse, mais surtout je l'imagine souillée par un autre. La vision de cette scène m'est insupportable. J'agrippe un coussin et j'étouffe un hurlement en le plaquant contre mon visage. Puis j'ouvre la fenêtre et violemment, je repousse les volets. L'air entre et me fouette. Je respire longuement, les yeux pleins de larmes. Les minutes qui passent apaisent ma férocité. Je redeviens le candide que je suis.

J'ai inventé des paroles que jamais je ne lui ai dites, un langage qui ne parle que de nous, que d'elle et de moi. Ces phrases qu'elle ne connaît pas, elle ne peut les entendre. Elle ne se doute même pas que j'ai écrit, pour elle, des textes si beaux que je les ai notés dans un petit cahier pour ne pas les oublier. Cahier que je cache avec pudeur. Ces rédactions intimes parlent de pureté, écartant les bassesses du monde en sauvegardant des principes désuets. Moi qui possède une imagination sinistrée, je me suis trouvé capable, pour Isaline, d'écrire des choses admirables.

Je frissonne devant la fenêtre grande ouverte.

Il est pratiquement huit heures trente et mon monologue s'achève. Je referme la fenêtre soigneusement. Ce temps passé à réfléchir, hurler, me débattre et rêver, me permet de retrouver une paix apparente.

Je m'attache à faire les quelques tâches ménagères que j'avais négligées, à me préparer un petit déjeuner complet, à l'apprécier avec quiétude. Une fois tout en ordre, je me rase et me douche. Je me choisis de beaux vêtements et m'admire devant le miroir de l'entrée.

À midi, j'ai rendez-vous avec Régent et j'en suis plutôt content. J'ai tant d'incertitudes en moi.

Je passe au marché et me mêle aux premiers touristes. Je gaspille les cent vingt minutes qui me séparent de midi.

Un jour, Isaline m'avait traîné ici même, sur ce marché. C'était un mardi. Elle m'avait fait honte lorsqu'elle avait volé une poignée de cerises et m'avait entraîné à l'écart pour les manger. Dans une ruelle qu'elle croyait déserte, elle avait mis plusieurs fruits dans sa bouche et après les avoir dénoyautées avec ses dents, elle m'avait embrassé de force pour me les donner avec sa langue. Sa salive fruitée se mélangeait à la mienne et le résidu débordait de nos lèvres emmêlées. J'ai aimé cette complicité et ce jeu sensuel sans oser lui avouer. Nous avons gardé des tâches de ce fruit rouge sur nos tee-shirts jusqu'au soir. Aujourd'hui, je remercie le ciel de m'avoir permis de vivre des moments aussi forts. Nous les avons partagés et seuls elle et moi les connaissons : les gestes que nous avons osés, les paroles que nous avons prononcées, les silences que nous avons respectés, les regards que nous avons échangés. Tout nous unit. Nous devions être inséparables.

Ce matin, une légère brise arrive du large. Le long de la plage, je frissonne à nouveau. Je ne me suis pas assez chaudement vêtu. Je croise des gens qui commentent l'actualité criminelle du moment. Ils en parlent comme d'une fatalité, certains même s'offusquent et bien peu compatissent. Derrière ces ignominies, des femmes et des hommes sont touchés. Pour eux, pour moi, le fil de la vie a basculé du mauvais côté.

Je fourre mes mains profondément dans mes poches puis abandonne le marché et ces personnes qui ne peuvent comprendre la détresse des innocents.

En arrivant sur la promenade qui longe la plage, à l'angle de la rue, devant le buraliste, un panneau est posé au sol. Il barre pratiquement le passage et nul ne peut l'ignorer. Il reflète l'actualité et doit donner envie de lire les journaux en recourant à des titres ravageurs et outranciers. Généralement je n'y prête qu'une attention relative, mais aujourd'hui est exceptionnel et ce que je lis, arrête mes pas. Mon cœur cogne plus que de raison, mais je me refuse à acheter le *Sud Ouest* du jour. Je ne veux pas en savoir davantage, je m'échappe, préférant apprendre de la bouche de Régent ce que je suis en droit de savoir.

Je marche sans réellement y prêter attention et je laisse inconsciemment aux personnes que je croise, le soin de m'éviter. Mes pas me portent là où je suis censé aller. Mes pensées sont prioritaires et accaparent totalement ma lucidité.

— Vous êtes arrivé. Vous pouvez vous arrêter.

Je suis face à Régent qui me barre la route. Il a même été obligé de poser sa main sur mon épaule pour me ramener à la réalité. Devant mon expression qui doit automatiquement traduire ma surprise, sinon mon ahurissement, il a un franc sourire. Il tente même une plaisanterie :

— Vous comptiez marcher jusqu'où ?

Désemparé, je masque une moue plutôt amusée. Je bafouille une excuse, qui d'ailleurs ne s'impose pas, puis lui tend la main, qu'il saisit chaleureusement. Sans la lâcher, il me montre le restaurant et, lui aussi, cherche à être rassuré.

— J'ai réservé à l'intérieur. Il fait encore un peu frais sinon.

Nous sommes accueillis comme des habitués et une table nous est désignée. Une fois installés, Régent tient à se justifier :

— J'ai pensé qu'il serait bien de se retrouver autour d'un repas. Il me semble indispensable de rompre avec l'enchaînement de ces derniers jours.

Il me sonde et après une brève halte, il s'enquiert de savoir si je connais ce restaurant. Je secoue la tête négativement, un peu gêné.

Nous passons commande et j'accepte de prendre un apéritif.

Du coin de l'œil, j'observe ce grand diable au regard si déroutant. Lui s'active à faire un peu de place sur notre table pour les verres qui vont arriver. Il me paraît si différent des premiers jours, totalement dissemblable du gendarme froid et cynique que j'ai détesté. Le serveur s'approche et dépose nos boissons ainsi qu'une coupelle de cacahuètes.

Aussitôt Régent la pousse vers moi.

— Je parie que vous adorez ça.

Machinalement j'en prends une, lui donnant implicitement raison. Il saisit son verre et le fait tournoyer légèrement pour activer la fonte du glaçon. Sans me regarder, le nez plongé dans son anisette, il me prend au dépourvu :

— Vous ne m'aimez pas beaucoup.

Aussitôt il enchaîne, comme si mes éventuelles protestations n'y pourraient rien changer.

— Dix-sept ans de criminelle. Alors des individus, j'en ai côtoyés beaucoup. Des bien et des moins bien, des très bien et des franchement pas bien.

Il s'interrompt un instant avant de continuer :

— Je vous classe dans la catégorie des très bien.

Il lève son verre, me le présente et nous trinquons sans un mot supplémentaire. Je refoule en moi l'envie de le détromper sur mes sentiments, mais je juge plus opportun de rester distant. Pour me donner une contenance, je plonge les lèvres dans ma Suze, boisson que j'adore même si les jeunes de mon âge en boivent peu et ne les ressors qu'un long moment après. Régent semble tout à fait à l'aise, profitant pleinement de ce moment qu'il doit trouver convivial. Il a, une nouvelle fois, une remarque qui fait mouche :

— Tenez, moi, je trouvais cet endroit plutôt rustique et maintenant je m'y fais. Je suis en train de changer d'avis.

Il a un geste de la main pour tempérer ses dires.

— Bon, pas encore complètement, mais peut-être dans l'avenir vais-je m'attacher au bassin d'Arcachon ? Qu'en dîtes-vous ? On peut faire évoluer ses jugements.

Je baisse la tête, échappant ainsi à son regard inquisiteur et me réfugie lâchement dans la liqueur de gentiane que j'avale pratiquement en totalité, ce qui provoque en moi une toux intempestive. Imperturbable, Régent compatit. Une fois mes toussotements calmés, je me décide à prendre l'initiative de la conversation :

— Capitaine, vous êtes marié ?

Régent tend le bras et saisit une cacahuète. Il ne la porte pas à sa bouche, la gardant entre ses doigts. Je jurerais que sa main s'est mise à trembler. Son sourire, lui, est devenu façade derrière laquelle son intimité semble se cacher. Après avoir observé scrupuleusement l'arachide qu'il tient toujours captive, il la dépose finalement sous le bord de son assiette. Alors il lève les yeux pour me regarder fixement et avec douceur.

— Je ne peux pas manger de cacahuètes. Je ne les supporte pas. C'est dommage. Vous avez de la chance, vous de pouvoir, se justifie-t-il sans répondre à ma question.

J'acquiesce pour la forme, abandonnant l'espoir de percer les mystères de cet homme. Je m'accommode de sa discrétion en recentrant notre attention sur le sujet qui nous lie.

— Où en est l'enquête ? Suis-je inculpé ?

Ma provocation ne l'émeut pas ni ne le fait sourire. Il se contente d'un « Ah ! » lourd de sens. Puis ses premiers mots sont vite interrompus par l'arrivée du serveur et des entrées. À peine ai-je pu comprendre « Vous allez être surpris ». Le serveur s'éloigne et déjà Régent attaque son assiette. Je fais de même. Ses harengs marinés ne m'inspirent pas, mais lui les mange de bon appétit. Mes œufs mimosas me semblent plus avenants.

— Ce *Prieuré de la Solitude* est très bon. Sournet, vous avez fait un choix remarquable.

Je prends ce compliment avec humilité, satisfait de le contenter et surtout d'avoir affaire à un connaisseur. Il m'avait bien dit :

— Choisissez un bon vin. Je vous fais confiance.

Je me suis pris au jeu et je suis fier de ne pas l'avoir déçu. Ma réaction est puérile, j'en conviens. Je ne réponds pas, mais soulève mon verre en signe d'approbation.

Je n'ai pas opté pour ce vin par hasard. En réalité, il me rapproche d'Isaline.

Il était tard et elle m'avait mis en demeure de trouver une bouteille d'alcool, car disait-elle, elle voulait connaître ses premiers moments d'ivresse en ma compagnie. Sans trop d'imagination et au hasard, j'avais dérobé une bouteille dans la cave de mon grand-père, une cuvée 1983 de ce Pessac-Léognan. Nous nous étions réfugiés sur le sable du port de Larros et j'avais exhibé mon butin. Isaline n'avait fait aucun commentaire sur la nature de l'alcool et avait sagement attendu que je débouche la bouteille, chose ardue pour le novice que j'étais. Sa main gauche glissée sous ma chemise et la droite sur ma cuisse compliquaient particulièrement l'opération. J'imaginais sa reconnaissance future et espérais une récompense à la hauteur de mon émoi. Elle était blottie tout contre moi et la chaleur qui se dégageait d'elle me promettait des moments d'exceptions. Nous avons bu au goulot sans retenue. Elle trouvait le breuvage à son goût et je n'osais lui avouer que pour moi, il ne l'était pas. Je l'épiais du coin de l'œil, attendant l'état d'excitation optimal dû aux effets pervers de l'alcool. Peut-être même ai-je pu l'encourager à boire un peu plus. Puis après quelques rires incontrôlés, les premières grimaces sont apparues. La bouteille aux trois quarts vidée termina de se répandre sur le sol et le vin fut rapidement absorbé par le sable. Isaline semblait dormir contre ma poitrine, m'interdisant tout mouvement. La position devint rapidement inconfortable, mais je n'osais la repousser. Finalement elle s'est brusquement détachée de moi, s'est tournée et a vomi avec peine. Soulagée, elle m'a souri en s'excusant et s'est à nouveau appuyée contre moi, les yeux fermés. Nous sommes restés ainsi un long moment et c'est le froid qui nous a contraints à partir. Durant tout ce temps où elle était à ma merci dans mes bras, jamais je n'ai tenté un geste déplacé. Ma main caressant seulement la chevelure de cette princesse qui s'abandonnait à moi.

Ce soir, attablé avec Régent, j'ai un sourire ému pour ce garçon que j'étais, un rien candide à défaut d'être innocent.

La voix du capitaine me ramène à la réalité.

— Sournet, savez-vous que je suis médium ?

— Pardon, pourquoi dîtes-vous ceci ?

— Je parie que vous pensiez à Isaline.

Il fait mine de se concentrer, la main sur le front en une pose théâtrale.

— Vous pensiez… à cette bouteille. Du moins à celle, semblable, que vous aviez bue avec elle un soir d'été.

Il s'amuse de mon air surpris et rajoute :

— Elle était malade, normal.

— Mais comment pouvez-vous… ?

Sa mine redevient sérieuse et il se saisit de son

verre. Manifestement il fait durer le suspense.

— Je suis persuadé qu'elle en a gardé un souvenir ému.

Je hausse les épaules, dépassé par le manège du gendarme. Il croit bon de mettre un terme à mes interrogations.

— C'est elle qui me l'a dit. Elle m'a raconté cette histoire et, selon ses dires, elle en a gardé un tendre souvenir. Rassurez-vous c'est la seule chose qu'elle m'ait confiée. Je l'ai rencontrée assez longuement pour les besoins de l'instruction. Elle semble aller bien, malgré la perte de son fils. Elle est courageuse.

Je ne sais quelles questions lui poser ou du moins, mille se bousculent dans mon cerveau, les unes empêchant les autres de sortir.

Il dépose son verre précautionneusement. Pourtant, il ne le lâche pas, pensif, s'attachant à le contempler.

— Je vous ai demandé de choisir le vin et vous avez choisi celui-ci, le même que naguère. C'est formidable je trouve.

Il fait silence puis, le rompant, ses mots sont encore une fois décalés :

— J'étais marié et puis ça c'est mal passé.

Il reprend une posture plus conforme et me fixe maintenant de son regard si complexe. Je ne sais que penser. Rapidement il efface ma gêne, pour la remplacer par une autre.

— Pensez-vous tout connaître de votre ami le docteur ?

Attentif, je le scrute pour décrypter ses intentions. Puis comprenant mon impuissance, je lui laisse l'initiative :

— Allez-y Capitaine.

Après s'être essuyé la bouche avec sa serviette, il paraît plutôt embarrassé.

— Ce Florian semble un homme difficile à cerner. Je ne sais trop que penser de lui. Si vous, son ami, ne pouvez le cerner totalement, qui le pourra ?

Le serveur débarrasse les entrées et amène la suite. Ma dorade déborde de l'assiette et elle me fait peine. Je la contemple bêtement, prêt à recevoir de Régent des révélations monstrueuses. Mon cœur ralentit dès ses premières paroles et s'arrête de battre lorsqu'elles sont prononcées. Puis, petit à petit, le sang cogne à mes oreilles et mes mains deviennent moites. Je serre un peu plus fort ma fourchette.

— Vous ne vous en doutiez pas ?

Je secoue la tête négativement et ma réponse est purement formelle.

— De quoi parlez-vous ?

Cette fois, c'est Régent qui opine de la sienne.

— Votre ami est homosexuel.

La révélation me trouble. Le plus compliqué est d'admettre que je ne connaissais pas Florian si bien que je ne le pensais. Qu'il soit homosexuel, en soi, n'est pas un problème, mais c'est mon ignorance qui m'attriste. Je repense à Isaline et interroge Régent :

— Mais alors il était quand même attiré par Isaline ?

Le sourire rempli de compassion qu'il me renvoie ne laisse aucun doute.

— Ne soyez pas naïf Sournet, l'un n'empêche pas l'autre.

Je me réfugie auprès de ma dorade que je maltraite avec application. Je suis honteux d'avouer que je n'ai pas eu la clairvoyance de lire en Florian. Mes pensées sont confuses, mais je me redresse et toise le gendarme qui me fait face. Une sourde révolte gronde en moi. Je me sens manipulé et souhaite exprimer mon sentiment :

— Capitaine, pourquoi jouez-vous avec moi ? Vous distillez les informations les unes après les autres, sans cohérence. Où voulez-vous en venir ?

Mes bras restent en suspens. Ma bouche reste ouverte un long moment. La réponse tarde. Finalement, sans conviction, il avance une explication :

— Sournet, j'ai besoin de vous, car vous connaissez tout de même bien votre ami le docteur. J'ai le sentiment que tout ceci est beaucoup plus complexe que les évidences ne le laissent à penser. Pierre et son ami, celui qui a été assassiné, ont fréquenté des lieux obscurs de la capitale. Notre docteur lui aussi est homosexuel. Il y a trop de situations communes pour n'être que fortuites. Sournet, je n'en sais rien, mais l'affaire mérite un peu d'attention.

Ma dorade termine de refroidir dans mon assiette. J'ose à peine piquer une frite, mais sans la porter à ma bouche. Une question anodine me vient à l'esprit :

— Comment la presse est-elle au courant de l'homosexualité de Florian ? *Sud Ouest* en fait sa première page.

Régent se redresse.

— Sournet. Partout il y a de bonnes âmes qui divulguent des secrets et ceux de l'instruction n'y échappent pas.

L'évidence me submerge. J'acquiesce.

— Le corps de Pierre va être rendu à Madame Delaunay, poursuit déjà Régent.

Je tente de le couper, mais il intervient aussitôt :

— Ne faites rien. Laissez la période au deuil. Elle viendra plus tard, elle me l'a promis.

Cette dernière information me saisit. Je n'en laisse rien paraître.

Une heure plus tard, en prenant congé, l'idée de mieux le comprendre ne m'a pas quittée. En lui serrant la main, j'ai une dernière interrogation :

— Capitaine, depuis combien de temps êtes-vous divorcé ?

Une légère pression sur mes phalanges m'alerte. Puis promptement, il me libère et un rictus sur ses lèvres se transforme en pâle sourire.

— Je ne suis pas divorcé, je suis veuf, répond-il d'une voix pratiquement inaudible en reculant de deux pas.

Il me salue à nouveau d'un geste de la main gauche et sa haute silhouette un peu courbée s'éloigne.

10

L'après-midi, par sa lenteur, se charge d'accentuer mon mal-être. Je ne suis pas rentré chez moi, mais j'ai à nouveau trouvé refuge sur le port de Larros. Je me suis assis sur la jetée, les jambes pendantes, à la place exacte où je me trouvais lorsque j'ai aperçu Isaline pour la première fois.

La mélancolie me submerge et m'ôte toute lucidité. Je baigne pendant des heures dans une ivresse abrutissante. Je sens bien que je descends sur une rampe qui m'entraîne au plus profond d'un désespoir qui semble ne me laisser aucun espoir de retour. Je devrais avoir l'enthousiasme de la jeunesse, je ne ressens que langueur.

Pourtant, à dix-huit heures, j'ai envie de vivre et de surmonter cette tristesse qui me paraît alors surannée. J'ai simplement secoué ma tête fortement de gauche et de droite pour remettre en place des idées positives dans mon esprit et le miracle s'accomplit. Le constat est particulièrement élémentaire. Je n'ai aucun droit sur Isaline et je ne suis pas responsable des agissements de Florian. Les évènements qui se sont déroulés se sont produits indépendamment de ma volonté et même sans que je ne les connaisse. Je plaide l'innocence, celle qui accompagne ceux qui ne sont responsables de rien. La naïveté n'est pas un délit et je ne peux être condamné pour ceci.

La marche à pied est salutaire pour la santé, mais aussi propice à la réflexion. Je parcours ainsi une grande distance autour des sept ports, les reliant les uns aux autres. Pourtant il m'aura fallu plus d'une heure trente pour parcourir certes, près de sept kilomètres, mais surtout pour entrevoir une petite lueur tout au fond de mon cerveau. Une clarté minuscule scintille en moi sans que je ne puisse précisément l'analyser. D'où vient-elle ? De loin, je le pressens. Je ralentis mon allure et face au canal du port de la Mole, je cherche dans l'eau qui cogne obstinément la coque d'une pinasse, l'explication à mon trouble. Une image se dessine dans les remous de la marée montante et j'y vois le visage de mon grand-père paternel qui s'y reflète. Mon subconscient me joue quelques tours mais j'ai, à cet instant, la certitude que mon aïeul est lié à cette petite lueur, seul point lumineux dans mes sombres pensées. Ma mémoire me fait défaut. Quel est ce souvenir qui se dérobe alors ? Mon grand-père me paraît être concerné, mais tout m'échappe et je suis fatigué.

J'ai des difficultés à rejoindre ma voiture et, avec délice, je me laisse enfin tomber sur le siège. Plusieurs minutes s'écoulent, puis je quitte Gujan.

La soirée est comme les autres, fade et languissante. Je m'épuise à suivre une série à la télévision qui ne me laisse qu'amertume, à feuilleter sans passion une revue ne parlant que de pays où jamais je n'irai, à écouter une radio où une voix sans chaleur parle de bonheur. Je ne suis concerné par rien.

Même l'annonce du troisième but concédé par le PSG ne me réjouit pas, c'est dire…

Je me couche par habitude, me relève par nécessité, traîne dans mon salon par désœuvrement et regagne mon lit par raison.

À trois heures je ne dors pas, une demi-heure plus tard je somnole et à cinq heures, les yeux grands ouverts, l'image de mes grands-parents est en moi. Tirés de leur néant, ils se parlent comme ils l'ont fait il y a longtemps. J'étais, à l'époque, assez âgé pour comprendre les phrases, mais trop petit pour en interpréter le sens. Cet instant volé, j'en avais perdu la conscience. La scène resurgit et, vivants, ils se tiennent l'un face à l'autre, dans le salon, mon salon. Sûrement, l'inquiétude de ma grand-mère m'a impressionné. Elle est debout, se frottant nerveusement les mains. Mon grand-père est assis dans son fauteuil, celui qui est toujours à sa place, dans l'angle de la pièce et dans lequel je ne m'assois jamais. « Tu ne peux pas le garder. Il vaut une fortune ».

Le ton de ma grand-mère est inhabituel. Lui ne la regarde pas et, dans mes souvenirs d'enfant, un très long moment s'est passé avant qu'il ne réponde : « Jamais ils ne viendront le chercher ici, ils ne savent pas qu'il existe ».

Il paraissait fatigué, recroquevillé sur lui-même. Je crois que j'ai eu peur et cette crainte enfantine a gravé l'image en moi, puis je l'ai oubliée jusqu'à maintenant. « Il est là-haut et il y demeurera ».

Son doigt pointait vers le plafond. Il est resté longuement dans cette position. Il l'a baissé lentement lorsque ma grand-mère l'a encore interrogé : « Et le reste, que vas-tu en faire ? ».

Il a haussé les épaules et sa voix a changé, je n'ai pas compris pourquoi. Je ne suis pas certain de ses mots, mais je peux en restituer l'essentiel : « Ce doit toujours être derrière les pieds du pendu ».

Le dernier terme, « les pieds du pendu », m'a affecté. J'ai eu un mouvement de recul et le bruit, aussi léger fut-il, m'a dénoncé. Mon grand-père m'a regardé, il a souri, ouvert ses bras et je m'y suis réfugié, reléguant cette scène dans l'oubli pour les trente années suivantes.

Ce matin, au terme d'une nuit tourmentée et bien avant que l'envie de me lever ne me touche, je revois cet épisode de vie un rien anodin, qui me ramène en un temps où j'étais heureux. Une larme coule de mon œil droit, elle roule sur ma joue et laisse sa trace humide que je n'ose essuyer.

Rares sont les fois où la nostalgie me paralyse mais là, immobile dans mon lit, rien ne me relie plus au monde actuel. Je m'abandonne et je voyage dans le passé.

Il est plus de dix heures lorsque je risque un pied malhabile sur le tapis. Je vacille un peu, mes idées sont brouillées, je tarde à émerger. Sur le pas de la porte du salon, je contemple le fauteuil de mon grand-père, coincé entre la fenêtre et la cheminée. Je m'en approche et du plat de la main en caresse le dossier. Puis, un sourire de béatitude aux lèvres, je m'y assois sans façon. Le coussin me semble doux et je m'enfonce voluptueusement, le dos appuyé. Je ferme les yeux et les images défilent. Comment ai-je pu me priver de ce bonheur simple ? Comment ai-je pu délaisser ce fauteuil pour un canapé sans âme ? Mon bras droit se soulève, ma main se déplie et mon doigt pointe vers le plafond. Je refais le geste de mon aïeul. Avec application, je suis du regard le chemin que mon index montre et sans surprise, le grenier est désigné, celui-là même que ce grand-père ne souhaitait pas que je visite. Bien évidemment, j'y étais allé, mais il était totalement vide, seulement noyé sous plusieurs couches de poussière. Je l'ai abandonné, fermé hermétiquement, oublié.

La conversation, je la refais inlassablement, jusqu'à saturation. Ce fauteuil est mon témoin, puis j'ouvre les bras en un geste symbolique pour accueillir le petit enfant que j'étais. J'ai encore la sensation du gilet un peu rugueux contre ma joue, celui qu'il ne quittait qu'aux beaux jours. Je l'ai jeté lorsque j'ai mis la maison en ordre après leur disparition. Un des regrets de ma vie…

Le jour est levé depuis longtemps et un soleil timide entre dans la maison. J'enfile un jean usagé et un vieux tee-shirt puis je pars à la chasse au trésor. Cette perspective m'excite et m'effraie. Tout d'abord, je dois prendre la vieille échelle qui me permettra de monter pour soulever la trappe du grenier. L'échelle est enfouie derrière un indescriptible bazar accumulé depuis des années sous un appentis que le temps a rempli d'objets inutiles. J'en éprouve un peu de honte que je chasse rapidement. Je m'attelle à la tâche et suis déjà fatigué alors que je viens juste de récupérer le vénérable escabeau. Je le traîne jusqu'au couloir, au-dessus duquel la trappe se situe. Le déplier est fastidieux, je n'ai aucun souvenir de la date où je l'ai utilisé pour la dernière fois. Finalement, il est dressé, prêt pour l'escalade. Je récupère de mes efforts en buvant un grand verre d'eau. Enfin, je m'accorde quelques minutes qui me permettent d'aller chercher le courrier déposé à l'instant par le facteur. Je parie sur une facture…

Cela fait maintenant trois quarts d'heure que je suis assis sur la marche du perron, la lettre dans mes mains. Mon regard ne se détache plus des mots écrits. L'écriture au stylo bleu est équilibrée et régulière. Une écriture féminine.

L'enveloppe, elle, est classique : mon nom, mon adresse et c'est tout. Au dos, pas de correspondant identifié. J'ai bien failli ne pas l'ouvrir pour retourner sans tarder à l'exploration du grenier. Je me suis ravisé et je l'ai ouverte sans méfiance, nullement intrigué. J'échappais à une facture et c'était bien là le plus important. Je l'ai déchirée d'un doigt vif, persuadé d'y trouver une publicité ciblée. Et là… parfois, il est des instants qui marquent une vie. Je crois que gagner à la loterie est de ceux-là, mais l'enveloppe ne contenait pas de numéros gagnants. Elle contenait bien mieux, une page, une simple page couverte de mots. Cet instant, je l'avais attendu pendant vingt ans, mais je ne le savais pas encore lorsque mes doigts peu attentionnés ont extirpé la lettre en la froissant. Maintenant je la connais par cœur, chaque mot a été lu cent fois. J'ai même recouvert mon visage de la feuille de papier et embrassé en un geste puéril l'endroit où se trouve la signature.

« Tu sais, je voudrais que tu m'écrives de belles lettres. Pas des lettres banales, non, des lettres avec de belles phrases qui me prouveront ton amour. Je répondrai selon mon humeur en gardant quelques réserves pour t'obliger à toujours plus rechercher pour me séduire ».

Isaline, il y avait longtemps, m'avait dit cela et

la perspective de devoir la satisfaire par mes écrits, m'avait un peu effrayé. Je n'avais pas répliqué pour éviter de prendre de tels engagements. J'avais bien tenté de changer le cours de notre conversation, mais l'adolescente persistait : « Je suis sûre que tu écris bien, tu sauras trouver des phrases pour me faire rêver ». Taquine, elle ajoutait : « Tu ne voudrais pas que je t'oublie ? ». J'étais mal à l'aise mais, malgré tout, un peu fier de susciter un tel engouement. J'avais bien essayé de l'embrasser pour rompre le cheminement de ses pensées, mais elle m'avait repoussé. J'avais par avance la crainte de la décevoir par des écrits insipides. « Tu m'écriras ? ». Il me paraissait un peu tôt pour qu'elle me formule une demande comme celle-ci. Il nous restait trois jours avant son départ et cette échéance me semblait bien lointaine. Ai-je répondu « Bien évidemment » ou alors « Sûrement » ? Je n'en garde pas le souvenir. Seule Isaline présente en cet instant, n'avait d'importance à mes yeux. J'ai réussi à la saisir et à la plaquer tout contre moi, mais elle continuait : « Je veux une lettre dès le lendemain de mon départ, sinon… ».

Jamais je n'ai cherché à savoir de quelle vengeance elle me menaçait. Aujourd'hui sur mon escalier, je pleure toutes les lettres que je n'ai pas envoyées et pourtant écrites. Je n'avais pas son adresse, piètre excuse. La correspondance que je tiens dans mes mains n'a pas la verve enflammée que mon amour pour elle, réclame. Cette lettre a la pudeur que toute séparation impose, une retenue qui marque l'éloignement. C'était ça, sa vengeance, une missive polie emplie d'humilité, mais dénuée de sentiments, transmise dix-huit ans après.

Dix minutes plus tard, j'ai honte de ne penser qu'à moi et de ne pas prendre en compte son chagrin.

Sa lettre est repliée et remise dans son enveloppe. Je la soupèse et constate qu'elle ne pèse rien, pas même le poids des mots. Je remarque alors que le timbre qui l'affranchit est un timbre de collection et je lui en sais gré. Ainsi elle n'a pas choisi une simple vignette et j'y vois un signe réconfortant. À y regarder de plus près, l'image est celle du bassin d'Arcachon. Ceci ne peut résulter d'un hasard bienheureux. Le cachet de la poste mentionne *Angoulême gare*. Je ne tire aucune conclusion.

Bêtement, je porte l'enveloppe à mes narines, espérant y déceler son odeur, celle qui persiste en moi. Rien. Je suis déçu, mais parviens à sourire de mon angélisme.

Je suis toujours assis sur mon bout de béton, remettant toujours plus l'exploration prévue. Je suis indécis, ne pouvant me résoudre à abandonner le mince fil qui me relie à Isaline. Malgré l'enveloppe glissée dans ma poche, elle me paraît si loin alors que je peux contempler son écriture, mélanger ses empreintes aux miennes, ressentir son souffle et comprendre ce que ses phrases cachent encore. Elle me parle et si le son de sa voix a disparu de ma mémoire, je veux l'écouter, chérir ce que ses mains ont touché. Une nouvelle fois, je relis le précieux message :

Hugo.

Je suis désolée d'ainsi t'écrire et de m'immiscer dans ta vie, mais mon souhait n'est nullement de t'importuner. Des évènements tragiques ont eu lieu, il y a longtemps, d'autres viennent de se produire. Ma vie fut compliquée et les relations avec mon fils y sont pour beaucoup.

Le capitaine Régent, un homme particulièrement humain, a dû t'expliquer l'essentiel, à savoir le drame de mon existence qui m'a donné l'amour sous la forme d'un enfant. Cet amour, je l'ai perdu, non par ma faute (j'ai pratiquement fait tout ce qui était en mon pouvoir) mais par fatalité. Oui, fatalité. Je n'ai fait qu'une seule erreur, la suite n'a été qu'enchaînements.

J'assume et accepte ce que la destinée m'offre. Je ne me révolte pas, je ne l'ai pas fait par le passé, je ne le ferai pas plus aujourd'hui.

Nos chemins peuvent se croiser à nouveau par le hasard du malheur, crois bien que jamais je ne l'aurais espéré. Je suis sortie de ton esprit, à n'en pas douter et depuis ces années, tu m'as oubliée. Si tu préfères que l'on ne se rencontre pas, dis-le au capitaine.

Pourtant, j'ai le sentiment d'avoir besoin, je dis bien besoin, de revenir ici, chez toi, sur le bassin, pour exorciser mes peurs et en finir avec mes angoisses. Je repartirai vite, n'aie crainte.

Si par ta volonté, jamais on ne se revoit, sache que je ne t'en tiendrai pas rigueur.

Isaline.

Avec lenteur je tente de défroisser la feuille puis je la replie avec précaution. Une fois rentré dans la maison, je la dépose sur la table basse et sans un regard de plus, je me focalise sur l'échelle dressée. Je souffle longuement, un pied sur le premier barreau et quitte le sol pour une exploration pleine d'imprévue. La trappe grince un peu mais s'ouvre, répandant un nuage fin de poussière sur mon visage. Les débuts ne sont guère encourageants. Je passe la tête dans l'encadrement et constate que le manque de lumière rend l'endroit hostile. Je peste, obligé de descendre chercher une lampe. L'affaire dure une bonne demi-heure. Finalement, torche en main, je prends pied sur le plancher. Tout n'est que vide, la charpente comme seule limite. Je balaie l'endroit d'un faisceau peu puissant. Il n'y a rien qui puisse servir de cache. J'inspecte les bois, ausculte les murs, sonde le plancher. Vraisemblablement une heure s'écoule ainsi. Ma motivation décline. Je m'assois au milieu du grenier, les fesses dans la poussière, projetant la lumière au hasard, chagriné par mon échec.

Isaline occupe à nouveau mon esprit. J'associe la faible clarté qui m'entoure au clair de lune qui, un soir, nous avait accompagnés. Je la ramenais chez elle, il était tard. Nous étions main dans la main et j'ai rallongé le chemin pour que ce moment dure plus longtemps. Ensemble, nous étions libres et heureux. Nous marchions dans les rues de Gujan et j'étais fier. Fier d'être avec elle, fier de la guider, fier qu'elle m'ait choisi. « Tu ne trouves pas que c'est beau, toutes ces ombres ? ». Sa question me déconcertait car, pour moi, il n'y avait que nous et rien autour. « La lune est magnifique et son éclairage est magique ». Enthousiaste et excitée, elle se serrait encore un peu plus contre moi et c'était là l'essentiel, le reste n'était qu'accessoire. Je l'avais embrassée par surprise et elle m'avait adressé en retour un reproche qui m'avait semblé injuste : « Tu ne t'intéresses pas à ce qui t'entoure. Regarde ». Son bras libre balayait l'espace. « Tu as tout près de toi des merveilles et tu n'y prêtes pas attention ». J'avais protesté en la désignant : « Mais si, je sais bien que j'ai une merveille à mes côtés ». Elle avait ri et secoué la tête. Nous avions marché quelques dizaines de mètres et elle avait ajouté sur un ton professoral : « Hugo, tu regardes et tu ne vois pas ». Puis, par crainte de m'avoir vexé, elle avait conclu d'un ton plus feutré : « Uniquement parce que tu n'es pas ouvert à la découverte ». Devant mon silence, c'est elle qui m'avait embrassé. Ce soir-là, elle pouvait me dire toutes les vérités, seuls ses baisers comptaient.

Assis dans la poussière, à la lueur vacillante d'une torche en manque d'énergie, le reproche d'Isaline est en moi : « Tu regardes et tu ne vois pas ». Je me demande si c'est encore le cas aujourd'hui. J'ai regardé partout, mais je n'ai pas su voir. Alors je me forge l'idée qu'il y a quelque chose à trouver et minutieusement je repars inspecter, ausculter, sonder. Vers vingt heures trente, je fais une pause. Trente minutes plus tard, l'envie d'abandonner m'effleure et je me donne deux heures de recherche supplémentaires. Pourtant à minuit, couvert de poussière, les mains écorchées et les genoux endoloris, je suis toujours dans le grenier. J'ai tenté de soulever chaque latte du parquet, gratté chaque brique, scruté chaque boiserie ou élément de la charpente. Je n'ai trouvé que deux boutons, une dizaine de pointes, une capsule de bouteille et une souris séchée, morte depuis longtemps. À deux heures du matin, je dois me rendre à l'évidence, il n'y a rien.

Une douche chaude qui s'éternise me réconforte. Je dévore un plat cuisiné et l'estomac plein, je n'ai pas sommeil. Je suis à nouveau en errance dans mon salon, hésitant à brancher la télévision. Je choisis la musique et, au hasard, des mélodies se propagent. L'effet anesthésiant se produit rapidement et je somnole sur le fauteuil de mon grand-père, comme il avait l'habitude de le faire. Parfois, une note plus haute que les autres me tire de mon engourdissement pour mieux y replonger. Sans véritablement me reposer, je puise dans un demi-sommeil, une énergie minimale.

Vers sept heures trente, je suis réveillé. Le doute s'installe en moi, ai-je bien cherché partout ? Ne faut-il pas recommencer ? J'ai la ferme conviction que l'objet est toujours en place. Le grenier était déjà vide durant mon enfance et mon aïeul est tombé gravement malade peu de temps après la conversation. Chercher ? Mais où ? Là où j'ai abîmé mes mains et mes yeux ? Franchement je n'ai plus le courage à l'aube de cette journée. À vrai dire, je n'ai le courage de rien, ni même de me lever. Pourtant la perspective de revoir Isaline doit me motiver et je dois être prêt lorsque le moment sera venu.

Il me faut passer à autre chose et oublier cette conversation d'adulte. Comment interpréter leurs paroles, d'autant que je ne suis pas sûr de m'en souvenir mot pour mot.

« Hugo, tu as une imagination déroutante ».

Là encore, comment comprendre la remarque d'Isaline alors que je ne me remémore même pas les circonstances qui ont motivé cette sentence ? Seule cette phrase me reste, totalement sortie de son contexte. Ma défense, si je devais la présenter, ne pourrait être que succincte. Puis-je invoquer un excès de naïveté ou un trop plein de sensibilité ? Sûrement, mais en aucun cas ces arguments ne sont suffisants pour contrer une plaidoirie à charge. Les faits sont têtus, dit-on et ils sont tous contre moi. J'ai fait une promesse à ma grand-mère, celle d'être heureux et ce serment, je ne le respecte pas. Je n'ai pas les codes pour cela.

Toujours prostré dans le fauteuil ancestral, je me mets à parler à voix haute. Je m'adresse à mon grand-père et avance des excuses :

— J'ai cherché partout, longuement. Pas un centimètre n'a été oublié.

Je montre mes mains abîmées comme preuve de ma bonne foi.

— J'ai exploré le néant et j'ai rencontré le néant.

Je pointe un doigt rageur vers le haut.

— Il n'y a que poussière, du bois et des murs. J'ai tout vu. Il n'y a que la trappe que je n'ai pas démontée.

Le nez en l'air, le doigt vertical, je fais silence. Puis j'incline de quelques degrés mon index et celui-ci pointe maintenant vers cette trappe qui ferme l'accès aux combles. Je n'ose y croire. La solution est-elle face à moi ? Je me contracte pour réguler le flot d'adrénaline qui m'envahit. Mon index se met à trembler, d'abord imperceptiblement.

— Papy, c'est là ?

Je m'attends à obtenir une réponse. Un éclair qui traverserait le salon, le tonnerre qui gronderait, ou encore un signe moins conventionnel, tel un souffle sur ma nuque, me donnerait raison. Ma question demeure sans réponse. Papy n'est pas là.

Avec difficulté je m'extirpe du siège et sans quitter la trappe des yeux, je m'approche. L'échelle est toujours en place, j'hésite à la gravir. La peur de l'échec me paralyse. Je pose une main sur le montant et je me retourne. Dans le fauteuil, à dix pas de moi, mon grand-père est assis. Il a un regard suppliant qui m'émeut et sans une parole, j'entends qu'il me dit :

— Non. Hugo, ne monte pas.

11

Au bas de l'échelle, je suis indécis, partagé entre hier et aujourd'hui. L'image de mon grand-père s'évapore. Jamais je n'avais revu son image ni son visage aussi nettement que ce matin. Jamais je n'avais ressenti aussi fort son absence. Je suis anéanti, bêtement agrippé à ces montants de bois, un pied sur le premier barreau et incapable d'aller plus haut. Je reste figé de longues minutes, n'osant enfreindre les recommandations de mon aïeul. Pourtant, le fauteuil est vide, vide de tout, vide de vie, il ne sert plus à rien.

Souvent ma grand-mère intervenait et tançait son mari : « Laisse ce petit se débrouiller et arrête de toujours vouloir tout lui montrer ». Puis elle se retournait vers moi et, une main me caressant les cheveux tandis que l'autre me poussait vers l'extérieur, elle souriait et sa voix m'accompagnait : « Ce vieux grincheux est incorrigible. Va, Hugo, découvre le monde ». En ce temps-là, le monde dont elle parlait se limitait au quartier.

Cette brave femme nous a quittés une triste journée de novembre et lorsqu'elle a rejoint mon grand-père dans la tombe, j'ai immédiatement su que sa disparition serait irréparable.

« Oui mamie, je vais découvrir le monde ». Je monte les barreaux et la trappe se rapproche, je la touche et même je la cogne. Les sons sont discordants. Il est difficile pour un profane de se faire une juste idée. De quoi est-elle faite ? Visiblement de bois et d'une armature en ferraille. Elle est lourde mais facilement manœuvrable. Je l'ouvre et je me hisse dans le grenier. Mes traces de la veille sont partout. J'ai oublié la lampe alors je redescends puis remonte avec. L'organisation n'est décidément pas une de mes qualités.

Avec minutie, j'étudie cette trappe. Quelques vis semblent tenir les panneaux. À nouveau, je redescends pour chercher un tournevis, qui s'avère être trop gros, puis le suivant trop petit. Il me faut trois allers-retours pour enfin trouver un outil de la bonne dimension. Très rapidement, je m'esquinte un doigt et je dois encore affronter l'échelle pour m'équiper d'un sparadrap. Je remonte pour constater que des gants me seraient utiles. Puis un autre voyage me permet d'amener du dégrippant qui se révèle totalement inefficace. Un pied-de-biche semble une manière trop violente pour résoudre mon problème. J'y renonce rapidement. À la dixième escalade, je pense à optimiser le voyage vers la caisse à outils en prenant un marteau et une pince multiprise. Je constate, une fois penché sur la trappe, qu'une clé anglaise serait plus adaptée. Finalement, celle-ci en main, je déchante et privilégie un ciseau à bois que je mets une demi-heure à trouver. Malheureusement, il se montre également inopérant. Je suis bien obligé d'admettre que la seule chose que j'ai réussi à ouvrir, ce sont mes bouts de doigt. Heureusement que les gants ont joué leur rôle de protection lorsqu'un coup de marteau a raté sa cible. Seul un de mes ongles est devenu violacé.

Le génie a ceci d'incroyable qu'on ne peut le maîtriser. Il est fâcheux qu'il attende toujours le dernier moment, lorsque la situation est désespérée, pour se manifester. À vrai dire, je ne sais si je dois attribuer ma réussite à mon génie ou à la chance, mais en retournant par hasard la trappe, je constate que quatre gros goujons tiennent l'envers. Une simple clé plate doit permettre de les dévisser et uniquement quatre voyages suffisent pour trouver la mesure exacte. Sans beaucoup d'efforts, les quatre écrous cèdent et muni du pied de biche, je désolidarise le panneau arrière de la trappe.

Je braque le faisceau de ma lampe vers l'intérieur du coffrage. Un paquet y occupe tout l'espace. Mon cœur cogne plus que de raison. J'observe attentivement, ne voulant pas faire de geste malheureux. Puis, délicatement je me saisis de l'ensemble. Manifestement une boîte rigide et plutôt plate est enveloppée dans une toile lisse. Avec d'infinies précautions, je l'extrais et pose le tout à mes pieds sur le plancher.

Je souffle pour réguler ma respiration et j'écarte les pans du tissu. Effectivement, un coffret apparaît. Il est de grande taille mais de faible épaisseur. Il est hermétique et plutôt léger. Je décide de le descendre, ce qui est fait sans dommage, et je le pose sur ma table basse. Il n'a rien de particulier, ne présente aucune marque ni écriture. Mes mains tremblent un peu, mais l'instant est magique, le rêve ultime de découvrir un trésor se réalise. Je ne sais rien de lui. Il est face à moi, à ma merci. Que va-t-il me donner ? Une grande déception ou une richesse immense ? A-t-il de la valeur ? Financière ou sentimentale ? L'excitation est une douce sensation. Je ménage ces moments de doute, où le possible côtoie l'impossible. Je repousse les limites du raisonnable avec ce mystère et j'hésite à le briser en ouvrant trop rapidement cette boîte anodine. Est-elle vide ? Est-elle pleine de la vie de mon grand-père ? Pourquoi la dissimuler ? J'aime me poser ces questions, moi dont la vie est sans saveur. Cette boîte m'apporte le piquant qui me fuit depuis longtemps. Va-t-elle engager mon existence future ?

C'est difficile à croire, mais cet écrin est posé depuis plus de deux heures sur ma table et je n'y ai pas touché. Je suis remonté dans les combles pour récupérer la multitude d'outils, plier la toile, vérifier minutieusement la cache, refixer le panneau arrière pour finalement rabattre la trappe et la fermer. L'échelle a également regagné sa place.

« Le meilleur moment est celui qui précède ».

Jamais je n'ai pu trouver une explication logique à cette phrase que ma grand-mère avait l'habitude de dire. À l'époque, je ne percevais aucun plaisir à contempler un gâteau, le principal était selon moi d'y croquer et de le sentir fondre sous ma langue. L'attente n'était que torture inutile. Pourtant, la peur d'être déçu aujourd'hui, modère mes envies. Il ne s'agit pas réellement de crainte, mais d'un sentiment particulier, dû à l'espoir et à la curiosité suscité par tant d'efforts consentis. De plus, en ouvrant cette boîte, j'allais certainement entrer dans l'intimité de mon grand-père.

Le couvercle a cédé à une forte pression. À l'intérieur, un chiffon enveloppe un objet. Je le retire et, entre les mains, je tiens un tableau. Je suis surpris par cette toile visiblement abîmée uniquement dotée d'un cadre en bois sur le côté supérieur. À première vue, c'est un tableau auquel il manque une grande partie et j'ai la fraction haute, en totalité ou pas. Je fais de la place et dépose ma trouvaille sur la table. La scène représente une tête de lion et un homme de dos qui plante une lance dans l'animal. Un autre homme, roux, se protège avec un bouclier. Sous mes doigts, le relief me confirme que c'est bien une peinture et non une gravure ou une lithographie. Les bords de la toile sont visiblement brûlés, ce qui pourrait expliquer pourquoi il ne reste que cette partie-là. Je la mesure et constate ses dimensions : quatre-vingt-dix-sept centimètres sur soixante-treize. Je suis dubitatif.

Une grande fatigue s'abat sur moi. J'ai mal au dos et mes épaules sont endolories. J'ai besoin de prendre l'air. Je laisse tout en l'état, passe des vêtements propres et quitte la maison. Il est dix-sept heures et il fait plutôt frais. Je marche dans les rues à une vitesse soutenue. Que faire de ce bout de toile ? Que peut-elle représenter ? Pourquoi la dissimuler aussi soigneusement ? Les interrogations s'accumulent. Dépassé une fois de plus, je pense alors à Florian, car c'est dans ces moments-là qu'un ami est utile. Mais il n'est plus question d'entendre sa voix posée et rassurante, d'écouter son raisonnement qui, immanquablement, trouverait la meilleure solution. Il existe un décalage immense entre ses actes, qui me touchent et mon sentiment à son égard. Je n'en suis pas encore à la haine et je ne peux analyser mon ressenti.

Je shoote dans une bouteille en plastique qui vole cinq mètres plus loin. Ma culpabilité me rattrape et je fais demi-tour pour la ramasser et la jeter dans la poubelle à l'angle de la rue sous l'œil reconnaissant d'une vieille passante. Je suis confus lorsqu'elle me gratifie d'un « C'est bien, jeune homme ». Pour elle, visiblement, je viens de sauver la planète. Le costume de héros intersidéral me semble particulièrement large, alors je file, honteux d'un compliment que je ne mérite pas.

Je me pose sur un banc qui domine la basse ville. Le constat est clair, je n'ai plus personne à qui me confier ou qui puisse m'écouter. Mes relations sont plaisantes, mais il n'est jamais question de familiarité ou de proximité, encore moins d'amitié. À la réflexion, je suis resté bloqué il y a près d'une vingtaine d'années sur ma relation avec Isaline. L'échec est dur, je ne m'en suis pas remis, attendant éternellement un signe, restant disponible, à sa guise.

Alors l'idée germe. Sûrement est-il trop tôt pour me décider, mais mon problème vient de là, je suis toujours trop indécis pour réussir quelque chose de bien. Dois-je rentrer chez moi, regarder à nouveau le bout de toile sans comprendre ? Dois-je rester en tête à tête avec cette énigme ? Je n'ai plus envie de subir, de chercher seul des solutions qui se dérobent. J'ai besoin d'aide et besoin d'en parler. Je saisis mon téléphone et compose son numéro. Après trois sonneries, il décroche :

— Sournet ? Que vous arrive-t-il ?

— Capitaine, êtes-vous sur le bassin ?

— Je suis sur la route, je rentre à mon hôtel.

— Capitaine, je vous invite chez moi pour l'apéro. Ça vous va ?

Un bref silence me répond, puis :

— Avec plaisir Sournet. Vers vingt heures ?

— D'accord Capitaine.

Je reste immobile sur mon banc, le regard surplombant les toits de la ville d'été. Je suis content de moi sans savoir si c'était la meilleure chose à faire, mais au moins, elle est faite. « Il vaut mieux risquer de se tromper en agissant, que de toujours perdre en ne faisant rien ». Je secoue la tête de dépit en pensant au pauvre type qui a popularisé une citation pareille.

Je passe faire quelques courses, puis je rentre pour ranger un peu.

Bien évidemment, j'ai de nouveau ausculté le morceau de tableau, sans résultat probant. J'ai même cherché sur internet avec des mots clés comme « lion » et « lance », là non plus, sans résultat.

Un quart d'heure avant vingt heures, une voiture se gare devant chez moi et deux minutes plus tard, la sonnerie retentit...

*

— J'ai du nouveau, Sournet.

Régent vient de s'installer sur mon canapé. Je ne réponds pas, lui servant l'apéritif demandé. Il me remercie et nous trinquons.

— Toujours pas de piste de votre Florian, poursuit-il.

Il hausse les épaules. Je lui tends un bol contenant des olives.

— Vous aimez les olives, Capitaine. Je le sais.

Il se sert en souriant.

— Je disais que nous n'avons pas de trace du médecin. Vous ne savez pas où il peut bien se cacher ?

Cette question, je me la suis posée souvent. C'est étrange, car auparavant jamais Régent ne s'est inquiété de savoir si j'avais la moindre idée à ce sujet.

— Sournet, je crois que l'affaire dépasse les limites du bassin d'Arcachon. Le petit copain de Pierre était mêlé à des trafics importants à Paris.

Je ne sais quoi répondre. J'avoue que maintenant, la découverte du tableau amputé me semble bien dérisoire par rapport au lourd dossier criminel. J'hésite à en parler.

— Capitaine, Florian peut-il être poursuivi pour le viol d'Isaline ?

Régent paraît surpris :

— Oui, bien sûr.

— N'y a-t-il pas prescription ?

— Le viol concerne une mineure. Encore faut-il qu'elle porte plainte.

Je marque la surprise.

— Pourquoi ne porterait-elle pas plainte ?

La mimique du haut gradé, si elle ne concernait pas un sujet si sensible, pourrait paraître amusante. Il finit pourtant par répondre avec précaution.

— A priori, elle ne le souhaite pas.

Je m'abstiens de tout commentaire. Mon silence pourtant est significatif. Régent se lève, visiblement intrigué. Au passage, il me tape sur l'épaule en un geste qui se veut réconfortant. Il s'approche de la une de *l'Illustration* accrochée au mur et, sans façon, se penche vers le cadre. Puis, il se recule et se tourne vers moi :

— C'est un montage ? C'est vous qui l'avez fait ?

Je suis surpris par sa réaction. Je m'informe :

— Pourquoi dites-vous ceci ? Qu'est-ce qui vous choque ? Le prénom ?

Son menton s'agite, alors je lui raconte l'anecdote et même mon trouble né de cette une. Mes confidences vont parfois au-delà, mais raconter me fait du bien. Régent l'a bien compris. Je me livre et nous buvons plusieurs verres sans jamais oublier de trinquer à chaque fois. Lorsque je me tais, il met du temps à rompre le silence. Un faible sourire sans joie écarte ses lèvres et lui aussi, se confie par une simple phrase :

— Ma femme est morte à ma place. C'est moi qui étais visé et elle est morte.

Je ne sais comment réagir. Je lui propose de me raconter mais, de la tête, il dit non. Je n'insiste pas. Nous trinquons à nouveau aux petits bonheurs de la vie, selon son expression. Reprenant un visage plus jovial, il m'assène une vérité :

— Sournet, votre amour à vous est bien vivant, ne le gaspillez pas, sachez ne plus le lâcher.

Déstabilisé, je me réfugie dans la cuisine et en ramène des assiettes bien remplies de toutes sortes de tapas. Régent se frotte les mains et allégrement, pioche avec plaisir. Une fois rassasiés, nous nous calons dans le fauteuil et le canapé. Une fois de plus, il a la question qui déconcerte :

— Maintenant, expliquez-moi pourquoi vous m'avez fait venir.

Son regard si étrange me fixe. Il est calme, sûr de lui. Il ne bouge plus.

*

Le tableau en main, Régent est incrédule. Il l'a regardé, soupesé, rien de plus que je n'ai déjà fait jusqu'à ce qu'il le retourne. Son visage s'approche du dos de la toile et, pour mieux y voir, se tourne vers le lampadaire. Il semble avoir quelques difficultés, mais finalement il articule :

— Arts, Bordeaux. Je ne lis que ça.

Il me montre et effectivement, un tampon rogné laisse voir ces mots. Le reste est absent. Régent est pensif. Un doigt sur la bouche, il regagne son siège. Le tableau posé sur le canapé à côté de lui, il sort son téléphone.

— Puis-je prendre une photo ? demande-t-il.

Il n'attend pas mon autorisation et fait plusieurs clichés, qu'il regarde attentivement.

— Celui-là est bien.

Il semble encore réfléchir.

— Sournet, je propose que l'on envoie cette photo à un expert pour voir s'il peut nous aider. Je connais parfaitement celui qui nous assiste fréquemment par ses expertises. Il est également attaché auprès des tribunaux de Paris.

Soudain, il s'arrête. Il prend le tableau et le retourne.

— Les inscriptions. Arts, Bordeaux, probablement les Beaux-Arts de Bordeaux. Pourquoi pas ? On verra bien ce qu'il pourra nous en dire. Vous êtes d'accord ?

J'opine, pourtant une chose me chiffonne :

— À condition de rester discret sur l'origine de ce bout de toile.

Il me fait un clin d'œil de connivence. Il tape un SMS puis me le fait lire. Le contenu est neutre, il me convient parfaitement. Il le transmet à son contact, accompagné de la photo.

— Demain nous aurons certainement une réponse.

Les bouteilles se vident sans que nous n'y prenions garde. Nous changeons d'alcool lorsque les réserves s'épuisent, nous mélangeons allégrement les genres. Passer du whisky au vin rouge puis du cognac à la Suze ou du pastis à la bière ne nous rebute pas. Je n'ose pas m'avouer qu'à cet instant je suis heureux. Mon pessimisme se noie dans des plaisirs d'ivrognes de comptoir et mes peurs se diluent dans des exaltations artificielles. Nos conversations ne sont pas toutes d'une haute tenue académique, mais elles me passionnent. Régent, lui aussi, semble radieux.

Mon grand-père avait cette formule imagée qu'une fois, il avait employée : « Le bonheur, Hugo, c'est la famille, mais c'est aussi quatre copains et une bonne bière bien fraîche ». Un malicieux clin d'œil avait accompagné la fin de sa phrase.

Nous fêtons dignement le passage au jour suivant car à minuit pile, nous ouvrons une bouteille de champagne et je peux confirmer que sabrer une bouteille dans un salon n'est pas une idée des plus sensées.

*

Le bruit est presque imperceptible, une faible sonnerie à deux temps, classique de l'arrivée d'un message sur un téléphone. Régent, lui, ne l'a pas entendu. Je lui signale, il vérifie. Il se redresse, son air est interrogatif et son commentaire lapidaire.

— C'est Bergniac.

Discret, ne sachant qui est ce Bergniac, je retourne à la cuisine remplir quelques assiettes de charcuteries. À travers la cloison, je perçois alors un juron étouffé, et instantanément Régent jaillit dans l'encadrement de la porte. Il tapote son écran d'un doigt rageur.

— Bergniac, c'est mon expert. Il ne lui a pas fallu longtemps pour identifier le tableau.

Je suis attentif. Il me tend son portable et je découvre une peinture qui ressemble fortement à la mienne ou du moins au bout que je possède. Impatient de savoir, je le presse :

— Que dit-il ?

Régent retourne vers le canapé, je le suis.

— Je vous lis ce qu'il m'écrit. « Manifestement, la partie de tableau en votre possession est un bout d'une reproduction d'une œuvre de Rubens du XVIIe siècle nommée La Chasse au Lion. Nous ne possédons que des copies, car l'original a disparu.».

Nous restons silencieux un moment, déçus de n'avoir qu'une simple contrefaçon entre les mains. Régent rompt le premier notre apathie.

— Peut-être que cela a un peu de valeur tout de même ?

Je réprime un sourire qui, avec l'aide de mon hôte, se transforme en fou rire. Il faut dix bonnes minutes pour que nous retrouvions nos facultés, puis nous trinquons avec un verre d'armagnac à ce grand maître de la peinture.

Particulièrement intrigué, je décide de consulter internet pour en savoir un peu plus sur cette mystérieuse *Chasse au lion*, prématurément disparue. Les sites sont abondants sur ce thème et je suis rapidement renseigné :

— Pierre Paul Rubens, peintre flamand a peint, sur commande, quatre tableaux sur la chasse : *La chasse au tigre*, *La chasse à l'hippopotame et au crocodile*, *La chasse au sanglier* et donc, *La chasse au lion.* Ce dernier date de mille six cent quinze.

Je change de site pour avoir les dimensions de ces œuvres. Toutes sont de tailles équivalentes : deux mètres cinquante sur un peu plus de trois mètres. Je fais alors un trait d'humour qui déclenche, à nouveau un éclat de rire :

— Heureusement que je n'en ai qu'une partie, sinon, il ne rentrait pas dans la pièce.

Régent apprécie mais sa gaieté est contrariée lorsqu'il me voit figé devant l'écran, les sourcils froncés. Il s'inquiète et questionne, mais je suis trop absorbé pour lui répondre. Je repousse ma chaise et me précipite vers mon morceau de tableau. Je le saisis, le retourne et je dois être livide, car mon invité s'émeut :

— Sournet, ça va ?

Je secoue la tête, me voulant rassurant. Le tableau toujours en main, j'éprouve le besoin de m'asseoir et vide d'un trait le fond d'armagnac restant dans mon verre.

— Régent, et si c'était le tableau de Rubens ?

Le capitaine ne comprend pas.

— Bergniac nous l'a dit. C'est le tableau de Rubens. Une reproduction. On le sait.

— Non, pas une copie, le tableau original.

Je lui montre les inscriptions figurant au dos de la toile.

— Il est noté arts puis Bordeaux et on devine qu'il peut s'agir d'un tampon. Je lis également *Inventaire : BxE41*.

Je modère mes propos, car ils me paraissent exagérés. Je lui montre les contours et toutes les marques évidentes de brûlures. Il acquiesce et me laisse poursuivre.

— Le tableau est réputé avoir disparu dans un incendie.

Je mets quelques instants avant de continuer.

— Les quatre tableaux ont été répartis dans divers endroits : Rennes, Marseille, Munich. Quant à celui de *La Chasse au Lion*, il a été donné au Musée des Beaux-Arts de… Bordeaux, musée qui a brûlé en dix-huit cent soixante-dix.

12

Régent est parti au milieu de la nuit, plus pragmatique et raisonné que moi. À peine a-t-il concédé un « C'est possible en effet » en échange de mon enthousiasme.

La question était de savoir quoi faire. Peut-on faire surgir ce bout de toile et le soumettre à une expertise ? En marge de l'enquête suite aux affaires qui nous touchent, ce tableau ne semble pas être une priorité. Le capitaine a pu me convaincre de taire ma découverte et d'attendre des instants plus sereins pour exposer ma trouvaille au grand jour. Il devait partir à Paris dans quelques heures pour des raisons de services et revenir environ quarante-huit heures plus tard. Nous avons convenu de laisser le temps nous conseiller et apaiser notre excitation bien légitime. Il était en contrepartie judicieux que je consacre mes journées de liberté à faire quelques recherches sur ce tableau et l'incendie du musée de Bordeaux.

La fin de la nuit a été blanche, car il m'a été impossible de trouver le repos malgré une fatigue importante. Vers huit heures, je me suis assoupi.

J'ai passé la fin de la matinée à chercher des informations sur internet. Si celles-ci sont nombreuses, elles ne sont guères variées et je n'apprends rien qui puisse satisfaire ma curiosité. Le tableau est déclaré perdu dans cette catastrophe. Ce fait divers succède à un autre sinistre quelques années auparavant et c'est plus d'une vingtaine de chefs-d'œuvre qui sont partis en fumée, selon la formule consacrée. Je m'attache ensuite aux reproductions et je constate qu'elles possèdent des différences avec mon exemplaire. Pourtant la filiation est évidente. Dans tous ces articles, rien ne laisse supposer qu'un reliquat de *la Chasse au Lion* ait pu être sauvé. Je reste malgré tout sur une impression mitigée, n'osant, à la réflexion, rêver d'avoir auprès de moi une peinture d'un maître aussi réputé. L'atelier de Rubens, grâce à ses disciples, a produit également beaucoup de toiles dites « à la façon de ». Mon euphorie s'efface devant la raison et je ressens de la tristesse en moi. La logique implacable d'un juste discernement me procure une amertume au goût acide. La réalité, encore une fois, me ramène durement à des logiques bien prosaïques. Je contemple mon bout de tableau. Sa valeur ne doit dépendre que de mon attachement sentimental.

Je me prépare un café, mais avant de l'avoir bu, j'ai une envie irrésistible de sortir pour aller déjeuner sur le port. J'ai besoin de lumière. Je me prépare sommairement, ferme la porte et m'éloigne. Un doute me vient et je fais demi-tour. Je ne peux laisser ce tableau posé sur ma table. Je le cache sous le canapé, l'originalité me fait défaut.

Inconsciemment, je me dirige vers un restaurant qu'Isaline et moi avions fréquenté. Ses spécialités sont les fruits de mer et l'idée d'un plateau bien présenté n'est pas pour me déplaire. *Le Pitt* a très bonne réputation et je me découvre un grand appétit. La salle a bien changé depuis notre dernière visite, c'est normal. Pourtant je reconnais le coin où nous étions, elle et moi, presque cachés dans un angle. Actuellement un couple y déjeune et je suis installé pratiquement à l'autre bout. Qu'importe. Je commande.

« Isaline, veux-tu un apéritif ? ». Elle a rougi et dans un souffle m'a répondu : « Tu es malade ? Nous ne sommes pas majeurs ». J'ai souri par défi, mais je n'ai pas osé en commander un. De même, nous n'avons pas pris de vin. J'avais insisté pour lui faire connaître les tourteaux, coquillages et autres, car elle avait décidé qu'elle ne les aimait pas. Je l'avais mise en demeure d'accepter ce repas et elle avait joué le jeu. Je lui ai appris à décortiquer un crabe et elle a été éblouie par ma dextérité. Elle suçait les pinces avec application et je n'osais la regarder faire. Sûrement même, accentuait-elle mon malaise. Je lui donnais la chair accrochée à une petite pique et elle semblait particulièrement apprécier ce manège. Les coquillages, palourdes et coques, ont été bien acceptés, mais les huîtres, impossibles à avaler. Les bulots trop volumineux ont été écartés au profit des bigorneaux, de tailles plus raisonnables. Disséquer des gambas à la fourchette et au couteau avait une meilleure allure qu'avec les doigts, elle en était convaincue, mais l'art était difficile. Chaque geste qu'elle accomplissait était pour moi d'une sensualité extrême. Son baiser au sortir du restaurant avait le goût merveilleux des crevettes.

Le souvenir de ce jour-là est en moi, ce midi. J'accomplis le même rituel, la solitude en plus.

En tête-à-tête avec les crustacés, j'ai l'avantage

de pouvoir réfléchir sereinement. Deux recherches pourraient être intéressantes : l'arrivée de la Croix des Marins au port de Larros et le naufrage qui avait coûté la vie à la petite Isaline. L'après-midi promet d'être studieuse.

J'ai marché longuement le long de la jetée avant de rejoindre mon domicile.

*

Il est plus de vingt heures et, les yeux gonflés, je m'éloigne de l'écran. Je suis perplexe plus que de raison et je ne me risque pas à exprimer ce qui me hante.

J'ouvre la fenêtre en grand pour respirer profondément. Les yeux clos, l'afflux d'oxygène me fait tourner la tête. J'allume la radio et sélectionne le premier canal qui diffuse de la musique. Celle-ci emplit mon esprit et chasse les mauvais pressentiments qui s'y bousculent. Je m'attache à la rengaine et la thérapie est concluante. Je me surprends à fredonner des paroles bien pauvres en qualité, mais la mélodie est apaisante.

Trois feuillets totalement maculés de notes gisent sur mon bureau, le résultat de cinq heures d'exploration de sites en ligne, blogs et autres archives. La première page est peu sensationnelle. Je la relis sans passion : « Après la construction du port de Larros et de sa jetée en mille huit cent quatre-vingt-quatre, des cas de naufrage étaient signalés par mauvais temps. Le conseil municipal vota l'édification d'un phare au bout de la jetée. Le cantonnier fut chargé, chaque soir de l'allumer et de l'éteindre au matin ». Le phare est toujours présent sous la forme d'une lampe, maintenant électrique, juchée au bout d'un mat et planté en arrière de la Croix du Christ. « Le dimanche vingt-cinq octobre mille huit cent quatre-vingt-onze fut un jour de fête à Gujan. Une croix commémorant la mission que les Pères Rédemptoristes avaient menée en ramenant à Dieu les âmes égarées, était érigée. Cette croix, arrivée du nord de la France, fut portée à dos d'hommes, de la gare jusqu'à la jetée. Le Christ en fonte fut fixé et le tout relevé ». Depuis, la sainte statue veille sur les marins qui quittent le port. Fondue dans le paysage, beaucoup ne la voit plus. Peu recommandent leur âme au Seigneur en partant.

Sur les rares images retrouvées de cette journée mémorable, une adolescente y figure. Il m'a été impossible de reconnaître Isaline, la petite noyée de l'année suivante. La mauvaise qualité des photographies ou des gravures interdisent toute certitude.

Les deux feuillets suivants sont instructifs et posent beaucoup de questions dont une qui m'obsède. Ce morceau de tableau, caché depuis des décennies et connu de mes grands-parents, n'aurait-il pas un lien avec la tragédie qui a enlevé la vie d'Isaline Sournet ? Mes idées ne sont pas claires, pourtant les témoignages que j'ai pu lire au sujet du naufrage, surtout dans le quotidien *La Petite Gironde,* ancêtre du journal *Sud Ouest* mais également dans un périodique plus local *L'avenir d'Arcachon*, me laissent penser qu'une étroite relation existe. Je mets mes notes au propre pour les restituer avec plus de précisions, comme cet article : « Le naufrage de la pinasse a eu lieu dans la nuit du vingt-six au vingt-sept octobre mille huit cent quatre-vingt-douze peu avant minuit. Le bateau, typique et adapté au bassin, venait de la pointe du Cap-Ferret et rentrait vers Gujan. Le temps était particulièrement mauvais, mais les marins, ostréiculteurs et pêcheurs, étaient expérimentés ». Je suspends ma lecture pour écrire des informations complémentaires glanées dans mes recherches. Parmi les quatre occupants de l'embarcation se trouvaient mon arrière-grand-père, l'arrière-grand-père de Florian, la petite Isaline et un dénommé Yves Bardin, propriétaire du bateau, qui m'est inconnu. Je suis surpris de voir mon aïeul mentionné en compagnie d'Isaline mais aussi par la présence d'un parent de Florian.

Délaissant pour un temps mes investigations sur le naufrage, je m'investis dans les archives départementales de la Gironde pour trouver une relation entre Isaline Sournet et ma famille. En partant des actes de naissance et de mariage de mon arrière-grand-père pour remonter à ses parents, puis à l'aide des tables décennales, je trouve aisément leur descendance, dont Isaline Sournet, née le six mai mille huit cent soixante-dix-sept. J'ai devant moi la preuve qu'Isaline Sournet était la sœur de mon arrière-grand-père. Mais les découvertes sont loin d'être finies. En parcourant les écrits sur le naufrage, plusieurs témoignages m'interpellent. « Je les ai vus partir du Port de la Vigne vers vingt-trois heures. L'ambiance n'était pas bonne, les relations tendues et le plus grand a crié : fais attention au tableau, ne le mouille pas. La petite grelottait. ». Une autre déclaration, plus technique, m'intrigue également : « Il me semble impossible qu'une pinasse se fracasse de la sorte, même si les conditions météorologiques étaient exécrables ». Je comprends alors que la restitution qu'à pu en faire le journal *l'Illus-*

tration, celui dont la première page est accrochée sur mon mur, n'est pas complète et occulte carrément l'aspect délétère qui régnait sur cette embarcation.

Je parcours la lecture numérique des journaux des jours suivants et le mercredi, un court entrefilet narrait l'enterrement de celle qui avait été appelée la petite noyée de l'automne. Titre qui sera repris par le journal *l'Illustration* début décembre. Je ne suis pas au bout de mes surprises pour autant. Deux semaines plus tard, *La petite Gironde* rendait compte de l'arrestation d'un certain Yves Bardin pour proxénétisme. Il n'y a que peu de doute, ce Bardin-là était bien le Bardin propriétaire de la pinasse coulée, l'article le mentionnait. Ce qui est encore plus remarquable tient dans ses antécédents. Outre le fait qu'il avait eu un parcours chaotique, il était gardien de nuit au Musée des Beaux-Arts de Bordeaux au moment de l'incendie qu'il a donc vécu. En effet, le journaliste mentionne clairement que cet homme avait sauvé plusieurs œuvres d'une destruction certaine en les sortant du brasier naissant. Bardin avait manifestement eu un comportement héroïque.

*

Vingt-deux heures me surprennent, englouti dans mes pensées. J'ai l'impression de ne plus avoir la force de condenser ce que j'ai appris. Machinalement j'allume la télévision. Plus aucune chaîne ne parle de l'affaire du bassin d'Arcachon. Un attentat déjoué à Madrid, une finale à venir de la Coupe des Champions et la sortie d'un film bosniaque sur la lapidation des chèvres en Ouzbékistan font maintenant l'actualité. Je l'éteins rapidement.

J'ai installé le Rubens sur une petite commode en acajou. Je le contemple longuement et il m'émeut. Assis face à lui, en cette nuit calme, il a trop de beauté pour n'être qu'une copie. Il me renvoie des ondes positives et exacerbe mes sentiments. Il est le fruit du travail d'un grand maître et possède la perfection d'un chef d'œuvre, il ne peut en être autrement. Je doute parfois, mais il me suffit de le regarder pour sentir la foi m'envahir. Je le pressens, Rubens a peint cette splendeur.

Je ne le quitte pas des yeux, fasciné. J'ai imprimé sur papier le tableau tel qu'il devait être et je l'ai punaisé tout près. Quelle valeur peut avoir un fragment d'un tableau de Rubens ? Des millions d'euros peuvent-ils être segmentés au prorata d'une surface ? Qu'importe l'argent, quel a été son parcours ?

Je dîne d'une soupe devant le tableau comme d'autres devant le poste de télévision. Je ne me lasse pas. Vers vingt-trois heures quinze, abattu de fatigue, je m'en éloigne à regret. Par réflexe, je me saisis de mon portable et sitôt dans ma main, il sonne et je sursaute. Je suis heureux de cet appel et réponds avec empressement.

— Régent ? C'est vous ?

Il ne riposte pas à la futilité de mes interrogations, mais s'excuse de son appel tardif. Il a une voix un peu rauque et je m'en inquiète. Il prétexte un léger coup de froid.

— Avez-vous fait des recherches ? Avez-vous trouvé des choses intéressantes ? s'informe-t-il après quelques banalités.

Je ne sais pas par où commencer alors je lui livre sans ordre ce que j'ai appris : mon arrière-grand-père était présent, Isaline est bien de ma famille, Florian par son aïeul est associé à ce naufrage, des tensions existaient entre les passagers du bateau, il est fait également mention d'un tableau à ne pas mouiller et indice supplémentaire, le propriétaire de la pinasse, homme sûrement peu fréquentable, était présent lors de l'incendie du musée. Régent observe un temps de réflexion assez long, avant de me féliciter.

— Bravo pour ces découvertes. Le plus exaltant est le possible lien entre notre tableau et le musée de Bordeaux. Il va falloir y réfléchir plus sereinement.

Il s'interrompt à nouveau et, d'après le bruit d'un papier que l'on manipule, je perçois ce qu'il peut être en train de faire. Pourtant il rebondit sur mes investigations.

— Sournet, je n'aime pas voir apparaître notre cher docteur dans cette histoire. À propos, toujours pas de traces de lui. S'il le faut, nous mettrons Interpol dans le coup. Bon. J'ai deux grandes nouvelles, une concernant le tableau et l'autre concernant la série de meurtres. Par laquelle souhaitez-vous commencer ?

Mon rythme cardiaque s'accélère sensiblement. Le choix est aisé à faire et, sans hésitation, je me lance :

— Le tableau, Capitaine, le tableau.

Régent a un petit rire ironique.

— Votre spontanéité est désarmante, pourtant vous êtes facile à cerner, prévisible. Je l'aurais parié.

Je n'écoute pas ces commentaires désobligeants.

— Alors Capitaine. Je vous écoute.

À nouveau j'entends le bruit caractéristique du papier que l'on défroisse. Je lui laisse la parole, qui tarde à venir.

— J'ai rencontré Bergniac.

Il s'interrompt et précise :

— L'expert en tableau. Nous avons parlé en général de la perte subie lors du sinistre des Beaux-Arts de Bordeaux. Il a mentionné que certaines œuvres avaient été retrouvées ou sauvées à moitié calcinées. Il m'a donné en exemple un tableau de Delacroix, dont la partie supérieure était brûlée. Savez-vous quel est nom de ce tableau ? Tout simplement *La Chasse aux lions* comme celui de Rubens. Seulement ici *Lions* est au pluriel. D'après lui, les œuvres mutilées furent nombreuses, mais la pièce où se trouvait celui de Rubens qui nous intéresse, a été totalement détruite, anéantissant toute possibilité de survie. Maintenant, vous me parlez de ce Bardin qui y travaillait… Tout est possible.

Il semble reprendre son souffle et j'attends avec impatience la révélation qu'il a à me faire. Je le taquine :

— Capitaine, vous me faites perdre patience.

— J'y viens, se justifie-t-il, Bergniac m'a appris que tous les tableaux étaient immatriculés, car inventoriés. Ceci peut sembler tout à fait normal. L'air de rien je lui ai demandé s'il connaissait le numéro attribué au Rubens. Bien évidemment il m'a répondu par la négative, mais m'a promis de me le transmettre. Il y a à peine une heure, il m'a envoyé le numéro.

Je m'approche de la toile et la prends en main.

— Où se trouve ce numéro ? Il vous l'a dit ?

— Oui, en dessous du tampon du musée.

Déjà je retourne le bout de tableau pour en inspecter soigneusement le dos. Je suis obligé d'amener de la lumière et de chercher une loupe. Rapidement j'identifie quelques signes peu lisibles. Avec ténacité, je déchiffre une série et énumère :

— Je crois lire un P, un B puis un 0, un 2.

Je plisse des yeux et continue mon dur labeur :

— Puis un 5 et un 7, il me semble.

Régent ne parle pas et ne réagit pas. Je poursuis mon décryptage :

— Maintenant un…

Dans le téléphone, Régent hurle presque :

— Et après un 3 et enfin 2 ?

Je suis obligé de m'asseoir et bêtement j'acquiesce de la tête.

— Alors, que lisez-vous ? s'impatiente Régent.

Faiblement, je parviens à articuler :

— Oui, un 3 et un 2.

Un long silence s'installe. Je pose le tableau, craignant de le souiller en le manipulant. En tremblant, je note la série relevée et la dicte :

— J'ai bien PB025732. Est-ce bon ?

— Le B est un E. Mais tout est correct. Il manque la première partie qui a été brûlée, mais la fin est la même. Et la marque *BxE41* que nous avions vue est bien le numéro d'inventaire du tableau.

Fort de son enseignement, je vérifie et confirme que le B est finalement un E. Je résume nos pensées respectives.

— Capitaine, nous avons là l'original peint de la main de Rubens ?

— Tout le laisse supposer. Quelle incroyable affaire.

— Combien peut-il valoir ?

— J'ai posé la question de l'évaluation à Bergniac. Il est resté évasif. Selon lui, tout dépend de la grandeur récupérée. Mais automatiquement, une grande partie de la valeur d'origine si le morceau est conséquent. Je ne me suis pas épanché davantage pour ne pas éveiller ses soupçons. Il me semble pertinent de ne pas ébruiter encore votre découverte. Qu'en pensez-vous ?

Rester en possession d'une telle peinture m'effraie un peu. J'ai la vague impression d'être en faute. Je le rassure mollement.

— Oui Capitaine, vous avez raison.

Les jambes chancelantes, je m'éloigne un peu plus. Le téléphone toujours en main, je me sers un grand verre d'eau.

— Sournet, il faut être très prudent. Je peux vous affirmer que les enjeux sont importants.

Je me borne à répéter ces dires.

— Importants ?

— Oui Sournet, n'oubliez pas l'affaire présente.

— Vous aviez une autre révélation à me faire concernant les meurtres.

— Exact. Le dernier meurtre n'en est pas un.

L'annonce est brève, mais peu claire. Je lui fais reformuler. Il me précise que la mort, après autopsie, se révèle être naturelle. Une crise cardiaque suivie d'une chute et d'une blessure à la tête. Je tente d'en tirer quelques conclusions. Deux remarques m'apparaissent évidentes :

— Alors ce meurtre, qui n'en est pas un, ne disculpe pas Pierre qui était cette nuit-là en prison.

— En garde à vue et en prévention dans les locaux de la Police.

— Pardon ?

— Pierre était en garde à vue, pas en prison.

Je hausse les bras, geste que ne peut pas voir

Régent. Je poursuis :

— Bref, là où il était, en prison ou en garde à vue. Ceci est la première conséquence. La seconde est que je ne m'explique pas comment vous avez trouvé ma carte vitale à ses côtés. Il n'y a pas eu d'assassin malveillant cette nuit-là.

Il toussote et je le sens gêné. L'explication, je n'espère pas à ce qu'il me la fournisse et pourtant, contre toute attente, il est explicite :

— Sournet, je vous dois la franchise. J'ai une enquête à mener et des témoins à interroger. J'utilise des subterfuges parfois grossiers et prends quelques libertés avec la vérité. La carte vitale n'a pas été trouvée près du corps de ce malheureux, mais bien avec les corps du vieux couple. J'ai tenté de provoquer une réaction de votre part, mais j'ai échoué et c'est très bien.

Je suis soulagé, ce qui ne règle en rien le mystère de mes papiers auprès de cadavres. Je me borne à souffler un peu fort.

Nous convenons d'attendre son retour, programmé le mardi suivant, soit trois jours plus tard, pour prendre des décisions. Ceci me convient parfaitement, car je ne suis plus lucide et le besoin de repos me semble incontournable. Une fois la communication coupée, je baisse la lumière, je m'assois dans le fauteuil de mon grand-père et la tête en appui sur le dossier, je ferme les yeux en me laissant envahir par une douce torpeur. Le calme absolu m'apaise. Sous la garde bienveillante de mes aïeux et celle, plus surprenante d'un maître flamand, mon cerveau se vide et mes pensées s'éclipsent. Aucun de mes muscles n'est sollicité, aucune fonction non vitale n'est stimulée. Pendant de longues heures, au contact du tissu centenaire, dans le moelleux de coussins affaissés, mon repos est total. Je ne rêve pas, mon sommeil n'est pas troublé, je suis en état de vacuité parfaite.

13

Dire que je suis resté en contemplation auprès du Rubens toute la journée du dimanche est exagéré. Mais le désœuvrement a considérablement simplifié mes activités et jusqu'à environ dix-sept heures, ma motivation a juste été suffisante pour me permettre d'ouvrir un paquet de gâteaux et décapsuler une bouteille de bière. J'ai bien tenté de m'intéresser à la pêche à la daurade royale près des parcs à moules, mais je n'ai pas accroché, pas plus que pour la fabrication d'un appeau de vanneaux à l'aide d'une cartouche vide. Le présentateur n'y était pour rien, il semblait passionné, mais les sujets me paraissaient simplement décalés de mes préoccupations. J'ai pourtant changé de chaîne et la rediffusion d'un épisode de *La petite maison dans la prairie* n'a pas non plus contribué à mon épanouissement. Le moral au plus bas, je me suis tourné vers ce que je considérais comme une valeur sûre, le sport. La défaite de Bordeaux par trois buts à zéro, m'a convaincu que parfois la vie ne valait pas la peine d'être vécue. J'ai éteint la télévision et je me suis réfugié dans le silence.

Cette thérapie n'a qu'un bienfait relatif et j'en découvre toutes les limites. J'espère remédier à ce constat en branchant la radio qui s'avère pire que le mal. Une femme, à la voix crispante, souhaite me convaincre d'acheter son livre alors que le titre à lui seul contribue à abaisser, si cela était encore possible, mon moral. Heureusement, ayant atteint le point le plus bas, les conséquences sont minimes.

Pour la deuxième fois, la sonnette de l'entrée retentit. Je mets un certain temps à réagir, le visiteur s'impatiente. Rassemblant mes esprits, je me dirige vers la porte. Un jeune garçon se tient derrière le portail et agite le bras. Je m'approche pour le questionner :

— Que veux-tu ?

— Vous êtes Hugo…

Il réfléchit, puis :

— Hugo Sournet ?

Je réponds positivement.

— J'ai un message pour vous, poursuit-il.

Surpris, je tends la main, mais le jeune ne me donne rien.

— On m'a dit que vous me paieriez dix euros pour ça.

La main toujours tendue, je n'ai que cette interrogation :

— Pourquoi ?

— Pour avoir le message.

J'ai un sourire narquois devant cette attitude suspecte.

— Je te donnerais dix euros comme ça, sans garantie ?

L'adolescent prend un air atterré.

— Oui, j'avais oublié. Le mot de passe est : ragondin.

Mon sang se fige. Je n'ai plus envie de sourire, la situation ne s'y prête guère. Je fais signe au garçon de ne pas bouger et je me précipite chercher un billet.

— Il vous attend où vous savez, demain matin, me dit-il satisfait et en contemplant le billet.

Et il disparaît sans demander son reste.

Depuis une bonne heure, je ressasse en moi l'incertitude qui me ronge. Je ne peux prendre une décision sereine. Le pour et le contre, la curiosité et le mépris, se disputent mes faveurs. Je veux savoir mais je ne veux pas l'entendre de sa voix. Je veux comprendre, mais la vérité me fait peur. Je la réclame et la redoute. Il a disparu depuis mercredi et se cache tout près. Je n'avais pas imaginé cette situation, persuadé qu'il était parti se terrer fort loin, mettant de la distance entre lui et ses méfaits. Je ne sais que faire…

Tôt, très tôt, le réveil a sonné, me tirant d'un sommeil profond. Aussitôt mes angoisses resurgissent, anéantissant toutes les résolutions prises. J'avais décidé de ne pas y aller et pourtant j'ai programmé mon réveil. Mon inconsistance me navre, mais cette caractéristique fait partie de mon être. Dans un bol de café, je puise le courage d'affronter en face celui qui partage mes joies et mes peines depuis si longtemps, celui que je traitais en frère, à qui j'avais confié mon amitié. Des souvenirs m'encombrent, je les chasse vivement.

Je cherche mon portable un court instant. Je sélectionne un numéro de ma liste d'appel et rapidement mon interlocuteur décroche.

— Miguel, j'ai besoin d'un canot, c'est possible ?

— …

— Non, à moteur.

— …

— Jusqu'au milieu d'après-midi. Disons au plus tard dix-sept heures.

— …

— Super. Je le prends vers dix heures.

Je reste songeur un bref moment. Un sentiment de culpabilité m'assaille, à nouveau le syndrome du feu rouge qui m'avait valu, en son temps, les moqueries d'Isaline : « Hugo, si tu attends encore que le feu passe au rouge avant de traverser, je te laisse sur le trottoir ».

À dix heures, je suis chez Miguel. Bien évidemment, le canot n'est pas prêt. Je m'accommode de ce contretemps avec philosophie d'autant plus que la marée sera alors plus favorable. Une demi-heure plus tard, j'embarque enfin, les conditions sont optimales et il me faudra environ trente minutes pour atteindre mon objectif. L'idée est de partir selon les coefficients du jour pour me permettre d'arriver avant la marée basse et ainsi pouvoir repartir avec l'eau montante.

La beauté du bassin, calme et coloré, me réconcilie avec la noirceur des hommes. J'expurge mes mauvais pressentiments. La dune du Pilat me domine. Je souris en évoquant la confusion concernant l'orthographe de son nom. On trouve souvent « Pyla » qui n'est que le nom de la station balnéaire qui jouxte le côté nord de la dune, le Pyla sur Mer. Le nom correct est « dune du Pilat » qui vient du gascon « Pilàt » qui signifie « tas ». Je suis très fier de bien connaître mon pays et son histoire, d'ailleurs je me raisonne souvent pour ne pas reprendre celui qui, par ignorance, délivre des absurdités. Délaissant la montagne de sable, je fixe mon regard dans la direction visée. L'île aux Oiseaux approche rapidement. Cette île, faite de marais, de plages et de cabanes rustiques, a toujours été pour nous, gamins, un lieu d'exception. Les cabanes tchanquées, plantées tout à côté, nous servaient de repères de Robinson, perdus au milieu des eaux. Nous avions là un terrain de jeux et d'aventures grandeur nature.

Sur l'île, le grand-oncle de Florian était propriétaire d'une maison de bois aux dimensions modestes, sans aucune commodité. Cette cabane est toujours dans sa famille. Nous y passions une grande partie de nos vacances et avons même connu les derniers chevaux qui étaient amenés sur ces terres de pacage. Je m'approche et stoppe le moteur pour terminer à la rame. J'ai abordé l'île aux Oiseaux du côté qui me permet de mettre l'embarcation en sécurité. En foulant le sable mouillé, j'ai une appréhension soudaine. Les maisons que j'aperçois sont fermées, ce qui est normal en cette saison. Celle de Florian est au bout, isolée. Je ne suis pas revenu ici depuis au moins deux ans. J'ai un bon kilomètre à marcher sur des sentiers malaisés. Je récupère mon sac à dos et me mets en route. L'île est désertique, hostile pour celui qui n'est pas d'ici. J'évite les marais, emprunte les bas côtés praticables et retrouve mes joies d'enfant. Nos exclamations couvraient les cris stridents des martins-pêcheurs. Je ne suis pas sûr que nous puissions aujourd'hui encore, déranger de la sorte les cent cinquante espèces d'oiseaux recensées, sans s'attirer les foudres des associations. C'était une autre époque.

Un lapin détale devant moi et je le suis des yeux le plus longtemps possible. Il en rejoint un autre et les deux disparaissent de mon champ de vision. Gardant à l'esprit le but de ma visite, je me recentre sur l'instant suivant, appréhendant le bout du chemin derrière le maigre faisceau d'arbres, qui découvrira la cache de Florian. Les enjambées que je fais sont empreintes de liberté. Je les assimile à celles d'un condamné qui compte les pas restant jusqu'à l'échafaud. J'ai tendance à les raccourcir pour les multiplier. Je gagne de la vie, des secondes où je pense être maître de mon destin. Mais le temps m'est compté comme celui du supplicié. La lame lui rappellera en un éclair que les secondes grappillées n'auront que prolongé son agonie.

J'ai une bataille à gagner, celle qui m'oppose à mon passé. Mes sentiments s'agitent dans mon cerveau, les rendant inopérants. Ils passent les uns après les autres, au fur et à mesure que le bout du chemin approche. Mes pas me portent, plus que je ne les contrôle. Ils sont mécaniques, mais la fin est inexorable. Je tourne au bout du sentier, dépasse les arbres et la maison en bois est devant moi, les volets fermés. J'ai un mouvement de recul fait de doutes, puis je m'avance vers la porte, la touche et manœuvre le loquet. Elle s'ouvre. La pièce est plongée dans l'obscurité.

— Je suis là.

Dans mon dos, la voix de Florian m'interpelle. Un long frisson me parcourt l'échine. Je mets du temps à me retourner. Il est face à moi, les traits tirés, le regard haut. Il ne se dérobe pas et je ne tiens pas le contact visuel, mes yeux se baissent. Nous gardons un silence embarrassant que j'ai peur de rompre avec des paroles banales et inappropriées. C'est lui qui prend l'initiative :

— Tu n'as pas été suivi ?

Mon incrédulité doit marquer mon visage. Jamais je n'ai pensé être surveillé. Je n'ai pris aucune précaution, mais ne lui en fais pas la remarque.

— Tu t'es rappelé des ragondins ? sourit-il tristement.

Là encore, je ne commente pas. Nous appelions ragondins, des rats bruns qui pullulaient sur l'île et nous les chassions sans pitié. Bien évidemment, tout ceci reste vivace dans mes souvenirs, en douter serait une aberration. Enfin, j'ose dévisager Florian et je le plains, plus que je ne le hais, mais je m'applique à conserver une attitude neutre. Il bouge de quelques pas et m'invite à le suivre. Il va en direction de l'eau, distante d'une vingtaine de mètres. Il ramasse un caillou et tente un ricochet. Le caillou s'enfonce immédiatement dans une grande gerbe. Il a un air désolé et se justifie :

— Je n'ai jamais été doué pour ça. Toi, tu as toujours été meilleur. C'est ainsi.

Au fond de moi, il me fait peur, pas physiquement, mais plutôt par son monde secret qui m'échappe et qui m'a échappé depuis si longtemps. Je le regarde alors qu'il est de profil. En sa présence et entendant sa respiration, je ne peux pas croire tout ce qu'on raconte sur lui. Il fixe, au loin, un point que lui seul voit. Ses mains se joignent et s'entrecroisent. Ses lèvres bougent longuement comme s'il réfléchissait ou hésitait à parler. Je ne suis pas impatient, uniquement attentif. Brusquement il se retourne, mais les mots ne sortent toujours pas de sa bouche. Je vois et je sens son regard qui se vrille dans le mien. Une longue minute s'écoule en d'interminables secondes qui s'additionnent les unes aux autres sans cohérence ni légitimité. La phrase est sèche, presque incongrue :

— Hugo, je n'ai tué personne.

Je suis soulagé de cet aveu même si rien dans mes réactions, ne le laisse supposer. À trois pas de moi, un peu voûté, ne sachant où placer ses mains, il me paraît misérable. Devant mon comportement impassible, il me contourne et s'excuse :

— J'ai soif.

Il pénètre dans la petite maison et d'un geste énergique, ouvre un volet. La lumière inonde la pièce. Il se désaltère sans me proposer une quelconque boisson, rince scrupuleusement le verre et le met à égoutter. Appuyé contre la pierre du vieil évier monumental, la tête penchée, il est las. Le moment me semble venu de provoquer sa confession et, sans préjuger de la manière, je lui lance :

— La gendarmerie te recherche, tu le sais.

Je le vois tressaillir. Il ne se révolte pas mais déglutit avec difficulté. Il s'approche du buffet, la porte grince et il en ressort un bout de saucisson et quelques biscottes.

— Je n'ai que ça, il ne me reste que ça.

J'enlève mon sac à dos que je portais toujours et après l'avoir déposé sur la table, j'en extirpe plusieurs sachets en plastique.

— J'ai amené des provisions.

L'œil de Florian s'allume à la vue de l'entrecôte que je lui montre. Nous mettons une nappe et je dispose mes achats : rillettes, boudin noir, pain, fromage et tartelettes, sans oublier une bonne bouteille de Bordeaux. Nous nous asseyons et commençons à manger avec appétit. Je retrouve un bon moral et je suis presque heureux de partager ce repas avec lui. Nous nous nourrissons en silence et les entrées terminées, il se lève pour faire cuire la côte de bœuf, qui se révèle être succulente. Le fromage disparu, nous peinons à ingurgiter les tartelettes. Totalement rassasiés, il me propose un café que nous allons boire dehors. Confortablement installé face au bassin, je le sens prêt à parler. Je l'encourage et il se livre enfin.

— Hugo, je ne suis pas le monstre que la presse décrit. Le viol, les assassinats, l'homosexualité, je ne suis rien de tout ceci.

Mon cœur bat un peu plus vite. Je m'attendais à un système de défense où tout serait nié. Là, je suis perturbé par la sincérité de son ton et de ses propos. Je cherche en lui et sur lui, un signe qui décuplerait ma défiance, mais je n'ai en face de moi, que le Florian que je côtoie depuis si longtemps. J'envoie une accusation pour le mettre en difficulté :

— Pierre est bien ton fils ?

Une douceur apaisante illumine son visage et masque ses cernes. Sa réponse avive mes douleurs.

— Oui, c'est mon fils.

Il est parfaitement conscient de mon trouble et tente de poser une main sur mon bras que j'esquive en le retirant. Il ne m'en tient pas rigueur et poursuit calmement :

— Seulement, je n'ai pas violé Isaline comme on le dit.

Je ne le regarde plus. Me levant d'un bond, je m'immobilise. Tous mes muscles sont contractés et mes mâchoires crispées me font mal. Je ne peux que lui rétorquer :

— C'est elle qui le dit, pas les autres.

Je me tourne violemment vers lui :

— Ce n'est pas une rumeur, c'est elle qui le dit.

J'ai pratiquement crié. Trois oiseaux s'enfuient, effrayés. Je me calme, tire ma chaise un peu en retrait et m'assois. Florian est étrangement flegmatique et d'une voix posée, il me propose de me raconter. Il attend ma réponse et celle-ci, positive, déclenche sa confession.

— Nous sommes ce fameux été ou tu as rencontré Isaline. Durant les quinze premiers jours, vous filiez le parfait amour. J'en étais un peu jaloux, Isaline était si belle. Puis quelques jours avant son départ, son attitude envers moi a changé.

Florian se tait et je n'ose comprendre. À son tour il se lève pour s'appuyer contre le vieil arbre qui me paraissait si grand lorsque nous n'étions que des enfants. Je crains la suite et il me la donne :

— Je disais que son attitude avait changé. Elle me provoquait et même se permettait des petits gestes équivoques en ta présence, veillant à ce que tu ne t'en aperçoives pas. J'étais énormément gêné, mais considérablement troublé. Cette fille me plaisait à moi aussi. Nous nous sommes vus plusieurs fois, seul à seul. Nous avons flirté et le dernier jour, celui de son départ, nous avons eu une relation plus intime. Je la désirais, c'est honteux mais j'avais dix-sept ans et jamais je n'avais connu une fille.

J'ai la vague impression qu'un poids d'une tonne vient de me tomber sur les épaules. Je suis tétanisé. Maintenant il se tient face à moi, comme s'il assumait son comportement, sans se dérober. D'une voix trop faible, je lui demande de continuer.

— Puis elle est partie. Quelques jours après, j'ai

reçu un courrier, puis un autre, elle a même téléphoné chez moi. Je ne lui ai jamais répondu ni ne l'ai rappelée. Un beau jour, mais je ne sais si s'en était un, elle m'a annoncé qu'elle était enceinte de moi. J'étais paniqué. Elle m'a rassuré, elle ne souhaitait rien de moi et le temps est passé. J'espérais qu'elle avorte, mais le bébé est arrivé car, bien plus tard, elle m'a à nouveau écrit pour m'informer qu'il s'appelait Pierre, sans aucune autre information. J'ai eu la lâcheté de taire tout ceci, comme si rien ne s'était produit. Je te voyais malheureux de n'avoir pas de nouvelles, mais je me suis tu. Tu vas me demander comment je peux être certain que cet enfant était de moi ? La réponse est venue bien plus tard, beaucoup plus tard, d'un test de paternité fait en bonne et due forme.

Ma main supporte ma tête. Tant de mensonges me catastrophent. Ma bouche est desséchée et aller à l'évier est une épreuve. Je m'inonde le visage. Je retrouve Florian près du rivage, des cailloux à la main. Les uns après les autres, il les lance dans les eaux qui se retirent. Je les suis du regard, comme si cette action était vitale. Un crabe échappe de peu à un projectile, je ne m'en émeus pas.

— Tu l'as revue ?

— Oui.

— Quand ?

— Quelques fois, mais pas récemment. C'était par l'intermédiaire de Pierre.

Il s'interrompt puis poursuit :

— J'ai du mal à imaginer qu'il est actuellement en prison.

Je manque de bredouiller, mais je m'abstiens. Florian ne sait visiblement pas qu'il s'est suicidé.

Atterré, je manque d'air, ce qui est paradoxal en ce lieu. Je ne veux le perturber davantage et garde pour moi la terrible nouvelle. Simplement, je m'informe :

— Comment est Pierre ? Quel genre d'homme est-il ?

J'emploie le présent avec application. Il a un haussement d'épaules qui semble en dire long, cherche ses mots et ne les trouve pas. Alors il s'exprime par petites touches censées représenter son fils.

— Il est émotif. C'est un écorché vif, un révolté. Il a eu de mauvaises fréquentations, il a plongé dans la drogue. Il travaillait plutôt bien à l'école.

Un ange semble passer, suspendant pour un instant l'énumération de Florian.

— Ah oui, il est homosexuel.

Il a un rire sarcastique :

— J'ai été affublé de ces penchants moi aussi. Je ne sais pourquoi.

Je le freine et l'interroge directement :

— Tu veux dire que tu n'es pas homosexuel ?

— Non. Pas du tout.

Je jubile, ce qui a le don de l'énerver.

— Être homosexuel n'est pas une tare.

Je ne réplique pas, peu fier de ma réaction. Je me cale dans le fauteuil de jardin et, le nez en l'air, les yeux fermés, je constate que beaucoup d'éléments m'échappent encore.

— Tu m'en veux pour Isaline ?

La question de Florian me pose un énorme problème. Pour l'heure, je suis incapable d'y répondre sereinement. Bien évidemment que je t'en veux Florian. Tu as détruit l'amour de ma vie, piétiné mes jardins secrets, anéanti mes espoirs de bonheur et tu me poses la question naïvement. Je t'en veux qu'elle ait eu envie de toi, qu'elle ait eu un enfant avec toi, qu'elle soit restée en contact avec toi et que tu l'aies revue. Oui, je t'en veux, mais aujourd'hui je ne te le dirais pas. Mon absence de réponse ne le chagrine pas. Il marche sur quelques mètres. Revient puis repart. Lorsqu'il passe au plus près de moi, j'ose le sonder :

— Pourquoi ne pas l'avoir rejointe, épousée et fait ta vie avec elle ?

Il ne s'arrête pas et continue son cheminement. Ce n'est qu'à son passage suivant qu'il se plante à moins de cinquante centimètres de mon fauteuil et me fait une révélation qui me bouleverse.

— C'est toi qu'elle aimait.

Sans un mot de plus, il retourne au bord de l'eau. Je ne le rejoins pas. Cinq minutes se passent avant qu'il ne revienne. Son visage s'est fermé, il a un air grave et sa voix est enrouée :

— Hugo, j'ai fait une autre connerie.

Utiliser de tels mots n'est pas dans ses habitudes. Je m'en inquiète. Il oppose ses mains à mes questionnements.

— J'ai parlé du tableau, réplique-t-il.

Je feins de ne pas comprendre.

— Le Rubens, j'en ai parlé et tout est parti de là. Je suis désolé.

Pour la première fois, des larmes envahissent ses yeux et roulent sur ses joues.

14

Je laisse Florian sécher ses pleurs. Jamais je ne l'avais vu ainsi. Il a la mine d'un adolescent fautif, mais j'ai énormément de difficultés à partager les torts et lui attribuer les siens. Je m'éloigne de quelques dizaines de mètres. Cette distance est nécessaire pour permettre à chacun de retrouver une certaine stabilité psychologique. Mon cerveau est en feu et mes membres sont agités de légers tremblements. C'est lui qui s'approche de moi, il a des paroles d'apaisement et d'excuses. Les constats sont terribles, mais les explications, pour l'instant, banalement humaines. Il est question d'amours de vacances, rien de plus, et la trahison semble malheureusement des plus classiques. Restent les meurtres et le tableau qu'a évoqué Florian.

— Le Rubens, Hugo, tu es au courant? s'inquiète-t-il spontanément.

Sans le regarder, je lui confirme de la tête et crois utile de préciser :

— Je l'ai trouvé, c'est tout. Je ne sais pas comment il est arrivé chez moi, même si je sais d'où il vient.

Florian s'assoit sur une souche. Il étend ses longues jambes et époussette ses cuisses des quelques grains de sable qui pourraient s'y trouver.

— Ce bout de tableau vaut vraisemblablement des centaines de milliers d'euros. Mon père m'a raconté son histoire peu avant de disparaître.

Il se recale sur son tronc d'arbre.

— J'ai eu la mauvaise idée d'en parler à Pierre, sûrement pour meubler la conversation. Tu sais, avec lui, nos relations très épisodiques n'étaient pas simples. Je voulais te parler de ce tableau à toi également et je ne l'ai pas fait.

Il se lève, signe de nervosité. Il essuie à nouveau son pantalon et se campe droit, les mains dans les poches.

— Un jour, Pierre m'a avoué sur un ton vindicatif qu'il était rentré chez toi pour dérober le tableau. Il ne l'a pas trouvé et il a laissé croire à un cambriolage en volant quelques objets de valeur, un peu au hasard.

Mon air hébété l'incite à arrêter sa narration. Effectivement, j'ai été victime d'une effraction, il y a de cela trois mois. Malgré la plainte déposée, jamais le coupable n'a été identifié. Je ne peux même pas protester, tant ma stupéfaction est grande. Je suis obligé de m'asseoir, ce que je fais à même le sable. L'eau s'est totalement retirée, la marée est basse et les premiers ruissellements commencent pourtant à revenir. Je m'attache à des détails infimes, une brindille que ce mince filet transporte, une libellule posée sur une flaque, une algue qui semble flotter au vent.

Florian a le regard fixé sur moi. Mon expression atone le déconcerte. Je pense qu'il préférerait que je l'insulte, le menace, lui crie des insanités, mais je demeure anormalement amorphe. Encore une fois, il tente de poser sa main sur mon épaule. Je me recule vivement et froidement le dévisage. Je sens enfin une irrépressible colère monter et j'éclate en injures. Il affronte avec humilité ce déversement de grossièretés. Puis, chacun dans son coin, nous respectons une longue période de silence. Je regrette mon emportement et mon absence de maîtrise. Ces excès salutaires ont néanmoins le mérite de clarifier mes jugements et de faire baisser la pression contenue dans ma boîte crânienne. Je suis beaucoup plus lucide lorsque je l'interpelle :

— Les morts, ils viennent d'où ? Et pourquoi les petits vieux ?

Florian se voûte légèrement. Je crains de nouvelles révélations. Il prend la parole avec de larges respirations entre pratiquement chaque mot.

— Pierre est revenu il y a de cela deux semaines. Il était accompagné d'un type que je ne connaissais pas et il me l'a présenté comme son ami, sans autres précisions. Le jeudi soir, il m'a donné rendez-vous sur le port. Je dois te dire que Pierre n'est jamais venu chez moi. Je l'ai rencontré et le type, lui aussi, était là. Rapidement le sujet sur le tableau a été abordé. Je ne savais pas que Pierre avait été le responsable du cambriolage de ta maison, je l'ai appris brutalement ce soir-là. Ils voulaient le Rubens, à n'importe quel prix. Bien évidemment, il n'était pas question d'argent, mais d'actions violentes. Je me suis insurgé, son compagnon m'a menacé. Le ton est monté, il m'a bousculé. Il s'est saisi d'un manche de pioche et m'a frappé avec.

Florian montre une zone sur son bras gauche et se masse avec quelques mouvements rotatifs avant de continuer son récit avec application.

— J'étais en mauvaise posture, tu sais que je ne suis pas bagarreur. Je n'ose imaginer l'issue si Pierre ne l'avait pas poussé pour me dégager et me protéger. Lorsque je les ai regardés à nouveau, l'homme était étendu par terre, une plaie derrière la tête. Je ne sais pas si c'était un choc dû à une chute ou à un coup porté par Pierre. J'étais paniqué et mon fils parfaitement calme, c'était effrayant. Je ne savais que faire. Il m'a conseillé de rentrer chez moi et de ne rien dire, car aucun lien ne pouvait nous faire suspecter. Il a pris dans sa poche un portefeuille et l'a posé à côté du corps. Il a ajouté en ricanant : « Avec ça, nous sommes tranquilles, ils iront chercher ailleurs ». Hugo, je n'ai pas tenté d'en savoir plus et nous sommes partis.

Je ne fais aucun commentaire, comprenant simplement la raison de la présence de mon portefeuille près du corps. Mentalement je fais les comptes. Il ne manque plus que l'explication quant à l'assassinat des petits vieux. Ironiquement, je pousse Florian dans ce que je pense être ses derniers retranchements.

— Il reste à élucider le meurtre du couple et tout sera clair. Le scénario sera bouclé et on pourra commencer à tourner un long métrage.

Je fais le geste de filmer avec une caméra. Rapidement, je comprends que mes paroles et cette parodie sont déplacées. Je m'en excuse platement, mais le mal est fait, Florian est affecté par mes sarcasmes. Cette pointe de dérision, je l'ai jugée utile, non pas pour lui, mais pour moi. Égoïstement j'ai eu besoin d'être méchant pour canaliser mes rancœurs et ressentir en moi le mordant de la vie.

Inconsciemment, je prie pour que Florian ne

soit pas responsable du dernier double meurtre. J'ai presque envie de lui souffler de ne pas avouer, mais je me borne à lui poser les questions cruciales :

— Alors, les petits vieux. Pourquoi ? Et qui ?

Je suis toujours assis, les fesses dans le sable et lui debout, me dominant de toute sa hauteur. Il a un mouvement d'abandon auquel je ne m'attendais pas, car finalement, il se laisse tomber à mes côtés. Je suis surpris et décontenancé. Je suis en attente de paroles qui ne viennent pas, je m'en offusque.

— Florian, c'est terminé, l'heure est à la vérité. Tu me dois la sincérité.

Je n'ai pas le temps de finir ma phrase qu'il a balbutié quelque chose. Je n'ai pas compris et je lui demande de répéter.

— Je te disais que je n'en sais rien. Pour les deux vieux, je ne sais pas.

La tentation de le rudoyer et l'envie de l'agripper par le col et de le secouer, de l'obliger à avouer, de le frapper même, me viennent mais je n'en fais rien. Je reste calme, imperturbable en surface et pourtant bouillonnant à l'intérieur. La sagesse l'emporte. Je croise l'index et le majeur de chaque main et je les porte devant ma bouche. Ce signe, il y a vingt-cinq ans que je ne l'ai pas fait. Il symbolisait la franchise et nous le faisions lorsque nous avions une chose à certifier. Nous disions simplement : « C'est la vérité ». Aujourd'hui, nous devons sûrement authentifier les affirmations les plus importantes de nos vies respectives et ce rituel ressuscité doit en témoigner. Florian hésite, je le constate et le déplore. Juste avant de lui jeter ses mensonges au visage, il prend la parole :

— Attends Hugo. Quitte à jurer, autant ne rien te

cacher. Isaline m'a dit que c'est toi qu'elle aimait et jamais je ne lui ai reproché. Mais encore une fois, je t'ai trahi. Elle m'avait demandé de tout te dire pour espérer ton pardon, mais je n'en ai rien fait, je ne t'ai pas expliqué, pas avoué, encore moins parlé d'elle. Je lui ai même menti en lui racontant que tu ne voulais plus la voir et que jamais tu ne pardonnerais.

Il a le courage de me regarder droit dans les yeux. Un sourire mécanique se dessine sur ses lèvres. Il croise à son tour les doigts et les porte devant sa bouche. Alors, solennellement, comme autrefois, il articule clairement :

— C'est la vérité.

Pourquoi ai-je à ce moment un sourire qui répond au sien ? Je suis en colère d'avoir été joué, humilié et je trouve la ressource d'afficher un attribut de sérénité. Ce sourire me passe et disparaît devant la gravité du moment. Je me lève en brossant le fond de mon pantalon puis mes mains emprisonnent ma bouche et mon nez. Pendant un temps assez long, je reste ainsi, me remémorant l'ensemble de notre conversation. Une synthèse me paraît indispensable. Solennellement, je reformule à l'adresse de Florian :

— Tu n'as pas violé Isaline, c'est elle qui t'a sollicité et tu as omis de me rapporter ses sentiments à mon égard. Tu as parlé du Rubens à ton fils qui a vu une opportunité de gain facile, il me cambriole pour le trouver. Son ami te menace pour en savoir plus, il est tué soit par accident, soit par ton fils, mais pas par toi. Tu ne sais rien au sujet du meurtre des petits vieux. Tu as fui pour…

Je m'interromps pour le laisser terminer, car le mobile m'échappe. Il prend la parole :

— Lorsque tu es venu à mon cabinet, je me suis imaginé que tu savais tout au sujet d'Isaline et moi. De plus, je sentais que la police, ou plutôt la gendarmerie, allait me considérer comme suspect. J'ai fui, c'est vrai. C'était idiot mais j'ai pris peur.

Je tapote légèrement sur un tronc d'arbre pour tromper ma nervosité. Je ne trouve plus de question à lui poser autre que celle concernant le tableau. Je lui rappelle le contexte :

— Tu me disais que ton père t'a parlé du Rubens. Je t'écoute.

Il secoue la tête, visiblement content de décaler le sujet de notre conversation sur la peinture :

— Lors de l'incendie du Musée des Beaux-Arts de Bordeaux, le tableau a été sauvé des flammes, mais partiellement, par un certain Mardin ou Tarpin, gérant d'une boîte mondaine au Cap-Ferret. Il a contacté ton arrière-grand-père qu'il connaissait, pour lui parler du tableau. Ton aïeul a conclu un marché avec lui et Mardin ou Trapin, je ne me rappelle plus trop du nom, lui a confié le tableau. C'est à ce moment que le père de mon grand-père entre en jeu.

Florian se tait un instant pour rassembler ses souvenirs. Il s'excuse de ne plus pouvoir être précis.

— Le soir du drame qui a coûté la vie à la petite, les trois hommes étaient ensemble. Bardin ou…, enfin le mec du Cap, les ramenait à Gujan avec le tableau. Il faisait un sale temps mais surtout, ils se sont battus. La raison ? Une histoire de pourcentage sur la vente. Ils ont perdu le contrôle de la pinasse et se sont fracassés sur des pieux en bois, la petite est tombée, ils ne s'en sont pas rendu compte, elle s'est noyée.

D'un geste fataliste, il invoque le ciel, le mêlant au récit :

— Justice divine, peu de temps après, ce Mardin, a été arrêté pour proxénétisme et autres crapuleries. Il a été condamné au bagne, oui au bagne, celui de Nouvelle-Calédonie. C'était un « transporté », c'est-à-dire forçat de droit commun sans possibilité de retour, car contraint de rester sur place une fois sa peine purgée. Aux dires de mon père, il serait mort de la malaria douze ans après son arrivée. Le tableau, Hugo, le tableau restait en possession de notre chère parenté et il avait été caché. Puis nos arrière-grands-pères sont morts et le tableau était sous la garde du tien.

Je dévisage Florian, me demandant pourquoi, jamais, nous n'en avions parlé avant. Je me borne à lui clarifier :

— Yves Bardin.

— Pardon ?

— Le gars au tableau qui est mort au bagne s'appelait Yves Bardin.

Je lui explique le peu de choses glanées dans mes recherches. Il opine, puis un silence pesant nous enveloppe. L'eau nous lèche maintenant les pieds, je regarde l'heure, il est quinze heures trente. Dans une heure environ, je dois partir :

— Florian, tu vas rentrer avec moi. Je vais prévenir Régent, tu vas aller les voir.

En réaction, il a un raidissement qui ne dure qu'une seconde et il se détend. Il fait « oui » de la tête en marmonnant que c'est sûrement mieux ainsi. Je sais parfaitement que le réseau ne passe pas sur l'île, je téléphonerai une fois arrivé. Las, je laisse Florian aller rassembler ses maigres affaires et je m'éloigne pour marcher. Les mains dans les poches, je longe la marée montante, au plus près des vaguelettes tout en les évitant soigneusement. Le jeu m'accapare et me distrait. Je suis soulagé des aveux de Florian et je me sens capable de le croire. Paradoxalement, l'image ternie d'Isaline ne m'attriste pas. Les anciennes passions disparues, désormais dissoutes dans la certitude des choses, j'y vois même la possibilité d'un nouveau départ. L'image idéale que j'ai gardée d'elle est en opposition avec ses actes et au fond de moi, je ne ressens qu'une légère frustration, pour l'instant à peine perceptible. Si une pointe d'angoisse me pince le cœur, c'est plutôt l'inquiétude sur le sort de Florian qui en est responsable.

D'un pas le plus nonchalant possible, je vais rejoindre mon camarade, avec toujours en tête la certitude de posséder un bout de tableau de maître.

J'aborde sa cabane par l'arrière et la première image qui me saute aux yeux, est celle de Florian, menotté, encadré par deux gendarmes, fusil au poing. Un autre fonctionnaire vient vers moi par le côté. Il s'enquiert de mon identité et me fait signe de le suivre. J'échange avec Florian un regard consterné, nous n'avons pas une parole.

Plusieurs gendarmes sont disposés alentour et deux d'entre eux fouillent la maisonnette. C'est à n'en pas douter une opération d'envergure. Je me retourne vers Florian qui est toujours immobile. Il me sourit tristement. Encore quelques pas et je devine une haute stature que j'identifie immédiatement. L'homme, à mon approche, décroise les bras et m'accueille.

— Bonjour Sournet. Décidément, vous avez

toujours une longueur d'avance sur moi.

Je hausse les épaules sans répondre. Son strabisme divergent me semble encore plus prononcé, il paraît fatigué, mais je ne m'en inquiète pas. Au loin, un couple de bernaches préfigure le retour migratoire de leurs cinquante mille congénères vers leur toundra natale. Le printemps n'est pas loin et elles vont bientôt quitter le bassin. Parfois, j'envie cet instinct qui les pousse à partir, mais mes ailes sont fragiles et je demeure là, les pieds fixés sur la terre de mes ancêtres. Je n'ai rien bouleversé, je reste où on m'a posé.

Régent m'observe. Je sens son regard. J'ignore totalement quelles sont ses pensées. Je dissimule les miennes derrière un épais rideau d'impassibilité. Encore une fois, il rompt le silence.

— Allez chercher vos affaires, on rentre.

Je croise Florian qui est emmené. Nos regards se mélangent et il me fait même un clin d'œil. Mon sac à dos est appuyé contre la porte close de la maison, je le charge sur une épaule et je contemple une dernière fois la vue qui s'offre à moi, elle me réjouit. J'ai dû m'attarder plus que de raison, car une voix grave me rappelle à l'ordre derrière moi.

— Sournet, il faut y aller.

Je m'arrache à ma contemplation, constatant amèrement que je n'ai pas eu droit au traitement habituel du délinquant. Mes mains sont libres. J'hésite à lui en faire la remarque, mais pense ne rien avoir à gagner à être caustique. Je le rejoins et lui emboîte le pas. Non loin de là, Florian et les militaires sont sur le bateau de la gendarmerie. Je m'apprête à y monter, mais Régent me freine.

— Vous me ramenez avec votre bateau ?

Un dernier regard vers mon camarade avant que son embarcation ne s'éloigne, me laisse démuni. Je contourne Régent et marche d'un bon pas.

Les embruns nous éclaboussent et je ne fais rien pour atténuer les chocs sur les vagues. Je rentre en ligne droite sans aucun respect de la limitation de vitesse imposée à cinq nœuds, je suis en bonne compagnie pour m'affranchir de cette règle. Pendant la demi-heure du trajet, le capitaine semble apprécier d'être secoué. Pas une parole n'est échangée. Nous arrivons et je rends le canot à Miguel.

— Je vous raccompagne.

La proposition de Régent me surprend. Je lui livre le fond de ma pensée :

— Vous ne m'amenez pas à la gendarmerie ?

Sa réponse est nébuleuse.

— Pour quoi faire ?

Je ne cherche plus à interpréter, seule une information pratique me manque :

— On rentre à pied ?

Il acquiesce d'un hochement de tête et nous nous mettons en route. Quitte à être à ses côtés, autant comprendre. Partant de ce constat de base, je le sonde :

— Comment nous avez-vous retrouvés ?

Un sourire sans joie étire ses lèvres. Devant l'office du tourisme, il marque un léger temps d'arrêt pour regarder le mélange de la pierre et des larges vitres. Manifestement, il n'apprécie guère, mais repart sans avoir fait le moindre commentaire. Dix mètres plus loin, il répond enfin.

— Sournet, vous étiez surveillé et nous avons intercepté le jeune qui avait sonné chez vous. Figurez-vous qu'il ne voulait pas parler et nous avons été obligés de lui donner dix euros pour savoir.

Je m'amuse intérieurement de cette situation cocasse, puis la réalité me rattrape. Ainsi, j'ai amené les gendarmes auprès de Florian. Je me crois autorisé à prendre sa défense :

— Florian n'a pas violé Isaline. Elle était consentante.

Régent s'arrête subitement, je continue à marcher. Derrière moi, j'entends son irritation.

— Il faudrait savoir. Mettez-vous d'accord une bonne fois pour toutes.

Je considère que cette intervention est maladroite et je m'apprête à lui en faire la remarque, lorsqu'il poursuit :

— En plus, il n'a pas assassiné ces gens. Il va sortir indemne de cette histoire notre bon docteur.

Ma question fuse :

— Qui a tué alors ?

Je me retourne juste pour apercevoir une moue sur son visage et sa réponse me consterne.

— Allez savoir.

Me contenir est difficile et je ne peux éviter une réplique cinglante.

— Régent, c'est votre boulot de trouver. Chercher, c'est bien, mais trouver, c'est mieux. Placez-moi en garde à vue et cesser de jouer avec mes nerfs, j'en ai plein le dos de vos manières.

Je repars d'un pas rapide en mettant un point d'honneur à ne pas me retourner. Je longe le parc Mauresque, persuadé d'avoir le fonctionnaire dans mon sillage. Arrivé devant chez moi, tout en fouillant mes poches à la recherche de mes clés, je jette un œil circulaire à la dérobée, Régent n'est plus là. La rue vide me désarçonne, je ne m'attendais pas à ce qu'il me laisse sans explication. Un froid glacial descend jusqu'au bout de mes doigts et j'ai beaucoup de peine à déverrouiller la porte. Je la claque immédiatement dans mon dos et m'y adosse en fermant les yeux. Un léger vertige m'envahit et une fatigue intense s'abat sur moi. L'image de Florian menotté est imprégnée dans mon cerveau.

Je suis en colère contre lui, en colère contre Isaline, contre Régent et toutes les autorités qu'il représente. Je me saisis d'une bouteille d'alcool fort et sans même retirer mon blouson, à même le goulot, j'ingurgite plusieurs longues gorgées. Mon œsophage est en feu. Ma tête explose. Mes jambes ne me portent plus.

La bouteille est vidée en moins d'une heure. Elle gît à mes pieds comme un symbole de l'inutilité des choses. Son rôle est achevé, elle ne sert plus, elle est dépouillée de sa raison d'être. Je la regarde fixement, elle qui va terminer misérablement sa vie au recyclage. Elle a cessé de m'intéresser et a perdu tout son attrait en même temps que son contenu, que j'irai vraisemblablement vomir dans mes toilettes au cours de la nuit.

15

Le réveil est complexe. Durant la nuit, je me suis entendu ronfler, signe d'un abus d'alcool. Mis à part un mal de tête lancinant, des jambes tremblotantes, des muscles tétanisés et une langue chargée, je n'ai pas à me plaindre, il doit y avoir pire comme condition physique. Je râle un peu contre moi-même et le fait de se mettre, seul, dans un état pareil. Je n'ai pas trop de souvenirs vivaces de ma soirée, hormis l'image de la bouteille vide sur mon tapis. Avec difficultés, je gagne le salon pour la retrouver et j'ai la surprise d'en découvrir trois, bêtement alignées sous la table basse. Une est à moitié pleine. Visiblement, elle a échappé à la purge. Tout est en ordre, rien n'est dérangé.

J'ouvre les fenêtres et constate qu'il pleut. Avec délice, je tends les mains et recueille de l'eau. Un quart d'heure s'écoule dans un état de contemplation positive.

Sagement, je me convaincs maintenant que l'urgence est de dissiper les brumes apportées par les boissons ingurgitées. Sans façon, je fais couler l'eau chaude et m'assois dans le fond de la douche. Le bonheur tiendrait-il dans ces moments très simples ? Mais tout semble avoir une fin. Ignorant mon indisponibilité, mon téléphone, s'évertue à carillonner et, à bout de patience, bascule vers le répondeur. Je me sèche puis, perplexe devant le numéro d'appel inconnu, j'écoute le message enregistré. La première phase est énigmatique : « C'est moi », suivie par : « Si tu veux, on peut se voir, je suis là » et par un grand silence. J'entends une respiration et la voix d'Isaline reprend : « Donne-moi une réponse » et la communication est coupée précipitamment. Je reste longtemps, le portable en main, nu au milieu du salon.

Sa voix, je l'ai reconnue instantanément. Son visage émerge du passé, mon cœur s'est accéléré, à défaut de s'être arrêté. Je quitte ma position statique lorsque des frissons parcourent mon dos. J'ai envie de crier que je souhaite la rencontrer, la voir, lui parler, lui pardonner. Mais ma fierté, que je n'ai guère ménagée ces dernières années, m'appelle à plus de discernement. Si j'ajoute une part de lâcheté, je suis prêt, dans l'instant, à me barricader chez moi, volets fermés et porte verrouillée. Il me paraît plus facile de ne pas répondre que d'accepter la confrontation, mais je suis conscient que ce refus deviendrait le regret d'une vie. J'ai imaginé cette réunion si souvent, au point de la rêver, que je ne peux m'y soustraire.

Je sors mes plus beaux habits de la penderie, des chaussettes de la commode, celles qui n'ont pas de trou, et me désole devant mon faciès de lendemain de fête qui pourrait me faire paraître plus âgé que je ne suis.

Je ne veux pas lui téléphoner, pas lui parler, alors j'écris un SMS en retour : « Jetée Thiers – 12 h 30, possible ? ». La réponse a tardé et à onze heures quinze, elle accepte par un laconique « OK ». La frustration d'un retour si bref me perturbe. J'espérais inconsciemment une explosion de joie de sa part, des remerciements à n'en plus finir, des louanges sur ma capacité à être magnanime et un lapidaire « OK » douche mes attentes.

Trente minutes plus tard, je suis face à mon miroir, celui qui me montre des pieds à la tête. Quatre fois j'ai changé de chemise et à chacune, accordé la couleur des chaussettes. Mes souliers sont impeccables, cirés comme au premier jour. Mon allure a tout de celle d'un entretien d'embauche. L'instant du départ se rapproche, mon estomac fait des nœuds. Mon image reflétée me convient et je me regarde sous toutes les faces. J'essaye un sourire qui met en valeur mes pommettes, je l'adopte. Dans quelques minutes, je serai face à elle et j'ignore ma réaction. Je me jure de rester digne et distant.

J'aspire une grande bouffée d'air qui est censée équilibrer mon mental, mais manifestement il n'en est rien, la panique monte en moi. Un dernier coup d'œil dans le miroir et je sors rapidement pour foncer au plus vite dans la réalité. Il ne pleut plus. J'ai tellement imaginé l'instant de nos retrouvailles que je m'inquiète de ne pas savoir comment me comporter. J'ai vécu virtuellement tant de fois cette situation que je devrais être totalement maître de moi, pourtant la terreur est bien présente.

Le premier kilomètre est parcouru en apnée, le suivant en haletant. Au troisième, je décide de ralentir et à l'approche du front de mer, je me fais violence pour ne pas marcher à reculons. Je débouche sur l'avenue Gambetta, au droit de la jetée qui débute dans moins de cent mètres. Je me mêle aux promeneurs, masquant ainsi mon arrivée.

Jamais la réalité ne se confond avec l'imaginaire, c'est impossible et même inconcevable. Aujourd'hui, lundi vingt-cinq mars, à douze heures trente-trois, je peux attester que l'humanité est dans l'erreur. Depuis la nuit des temps, il est dit que les chimères appartiennent aux rêves et sous mes yeux, à vingt mètres de moi, la preuve du contraire est éclatante. L'adolescente que j'ai aimée et idéalisée, celle qui a occupé mes pensées des années durant, en mettant ma vie en esclavage, s'est métamorphosée en femme et cette femme est magnifique. Mes songes les plus intimes n'ont pas, même par folie, espéré la retrouver si sublime. Par sa beauté, je la devine capable de survoler la vie. Sa tenue et sa prestance me rassurent. Elle est grande, mince, ses cheveux châtains sont très courts et sa silhouette affolante. Son jean modèle des formes parfaites, des bottines lui ajoutent de la hauteur et un blouson recouvre un chemisier blanc immaculé. Un foulard gris ne fait qu'accentuer son éclat. Je n'ai plus peur.

Je suis à vingt pas d'elle et, elle aussi, m'a vu. Je ne sais quelle impression je peux lui faire avec mes habits choisis, mais elle me sourit. Délice suprême. Je redécouvre ses yeux, ceux qui exprimaient tant de choses silencieusement. Ils sont clairs et le maigre soleil de mars leur donne une profondeur où des âmes pourraient disparaître. Dix-huit ans, c'était hier, et durant cette nuit un peu longue, la jeune fille est devenue femme. Je l'ai quittée il y a de nombreuses heures en lui disant « à bientôt », sans savoir à l'époque qu'une éternité s'écoulerait avant nos retrouvailles. Je m'approche, elle s'approche et ma main tendue effleure la sienne. Je ne la saisis pas, seul ce contact furtif comble son absence si douloureuse. Le temps n'est pas encore aux paroles et, à un mètre l'un de l'autre, son odeur inonde mon cerveau. Elle me fixe comme si son regard, jamais, ne s'était détourné du mien. Plusieurs minutes plus tard, sûrement pour rattraper le temps perdu, elle rompt le silence de dix-huit longues années, sa voix m'électrise.

— Bonjour Hugo.

Mes yeux se mouillent. Je n'en ai pas honte, l'émotion que je ressens est si agréable. Je me sens vivre enfin, face à elle. J'ai l'impression absurde de sortir d'un interminable tunnel et de discerner à nouveau la lumière. Son souffle est perceptible et elle est en attente de mes paroles.

— Bonjour Isaline.

Je m'entends prononcer son prénom et, à ce moment précis, je comprends que ma vie d'adulte débute enfin à 34 ans. Elle semble rassurée par mon accueil, mais demeure immobile et silencieuse. Je me dois de briser le mur qui nous sépare. Mes mots sont d'une banalité consternante, mais je n'ai pas trouvé mieux.

— Comment vas-tu ?

Elle a une moue en accord avec son hochement de tête qui atténue sa réponse.

— Ça va.

Je me contente de cet embryon de syntagme. J'ai conscience que le plus facile a été fait et que nous allons entrer dans une période de gêne mutuelle. Je ne sais comment aborder cette inconnue avec qui j'ai été si intime. Est-ce vraiment elle ? Je n'ose la contempler, estimant que la zone de ses yeux est la zone la plus convenable à regarder. Les miens n'osant pas s'abandonner à parcourir ses contours et à détailler ce qu'elle est devenue. Son corps d'adolescente s'est proportionné et je sens des rougeurs gagner mon visage. Mon trouble m'oblige à agir et prestement je m'empare de son bras et l'entraîne sur la promenade. Le contact de ma paume de main sur son coude ancre ce moment dans la réalité. Nous marchons ainsi, distants de quelques centimètres, durant une centaine de pas. À peine me suis-je hasardé à lui avouer :

— Je suis content de te voir.

C'est elle qui s'est arrêtée, me forçant à lui faire face. La phrase qui suit, elle a dû la préparer depuis longtemps, j'en ai l'intuition. A-t-elle tout résumé en la disant ? Les sentiments sont difficiles à exprimer, ils passent souvent par des mots, parfois mal choisis, parfois inopportuns, mais ils se dévoilent aussi par les yeux et les yeux ne peuvent mystifier. J'ai senti là une forte corrélation entre ses paroles et la profondeur de son regard. Je ne l'ai pas interprétée comme une demande d'absolution, mais comme un constat.

— Je suis désolée, j'ai voulu grandir trop vite.

Je ne réponds pas, persuadé de ne pas avoir la répartie adéquate. Alors je remets les éventuels reproches à plus tard, répliquant par un sourire qui se veut triste. Nous sommes l'un en face de l'autre, nos visages à cinquante centimètres et les premières larmes coulent de son œil droit. Elle les essuie d'un revers de main et se dérobe. Elle est de dos et s'éloigne de quelques pas. Ses talons résonnent sur les dalles et je jure que jamais, je n'ai vu femme plus désirable.

Il eut simplement fallu qu'elle me demande de

lui pardonner, sans une parole de plus, pour que mon pardon lui soit acquis. Je la rejoins et la regarde de profil. Elle s'enveloppe de dignité et ses traits se durcissent. Un instant, Isaline m'échappe et je vois ses pensées s'envoler. Elle me fait de la peine, son malheur me rattrape. Je m'autorise à la questionner :

— Ton fils ?

Elle se raidit et se tourne vers moi. Ses pupilles sont transparentes, mais j'y perçois une détermination farouche. Sa voix est assurée.

— Ils ne m'ont pas rendu le corps. Bientôt sûrement.

Sa détresse de mère me touche. Rien n'a d'équivalence à ce qu'elle subit. Je respecte son chagrin et pour l'heure, mes griefs s'effacent. Agrippant une rambarde en béton, elle fixe au loin le sommet du belvédère de l'Observatoire. Comme si elle parlait pour elle-même, je parviens faiblement à distinguer sa question dans un souffle de voix.

— Te souviens-tu Hugo ? Jamais je n'ai voulu monter tout là-haut.

Puis, d'un ton affirmé, elle aborde un sujet plus cruel :

— Mon fils a manqué d'un père. Je n'ai pas su l'élever.

Elle s'interrompt, visiblement agacée. Elle balaie l'espace devant elle par des mouvements de mains.

— Je ne suis pas venue pour parler de moi. Le capitaine Régent m'a conseillé de te rencontrer, sinon je n'aurais pas osé. Hugo, je te l'ai dit, je ne veux pas perturber ta vie. Je peux t'expliquer, c'est tout, mettre des mots sur mes fautes, mais cela a-t-il encore de l'importance ?

L'instant me paraît très difficile à gérer. L'orientation de notre discussion vers des révélations sensibles me semble inéluctable, toutefois, je ne souhaite pas ternir l'instant présent. Avec délicatesse, je pose un doigt devant ma bouche et m'enquiers :

— Tu as faim ?

Du menton, elle me fait signe que oui. L'heure tardive, treize heures vingt-cinq, restreint les possibilités. Souvent j'avais imaginé nos retrouvailles à la table d'un chef étoilé, d'un grand restaurant. Bizarrement aujourd'hui, la nécessité d'un tel décor n'est plus primordiale. Je lui prends la main et l'attire à ma suite. La sensation de sa main dans la mienne me rend heureux, je la libère pourtant. Je l'emmène dans un restaurant des plus simples, où nous serons accueillis malgré l'heure.

Je pousse la porte du fast-food et dans un éclat de rire, je confesse :

— Je ne cherche pas à t'épater, tu vois.

Nous nous installons dans un coin avec nos hamburgers et nos bières. Elle rit de voir dégouliner de la sauce tomate sur mon menton et je ne suis pas en reste lorsqu'un morceau de sa viande hachée choit sur la table. La durée du déjeuner est une trêve extraordinaire, une parenthèse dans cette période compliquée. Pour une heure environ, nous mettons de côté nos questions et reléguons nos affres à plus tard. À la fin du repas, emporté par l'euphorie de la situation, je lui tends un morceau de mon gâteau pour qu'elle le goûte. Cette familiarité la bloque, je le vois instantanément et une tension apparaît entre nous. Je me ravise, lui propose un café qu'elle refuse et nous quittons l'établissement. Je ne sais quel comportement adopter et nous marchons en silence jusqu'à ce que je le brise énergiquement :

— Isaline, tu me proposais des explications, je suis prêt à les entendre.

Sans me regarder, elle avise un salon de thé qu'elle désigne.

— Allons prendre quelque chose, veux-tu ?

Elle commande une infusion et je reste traditionnel avec un expresso. Longuement, elle tient la tasse fumante entre ses mains puis se décide :

— Hugo, je vais te raconter, mais ne m'interromps pas, s'il te plaît. D'accord ?

Je la rassure d'un hochement de tête.

— Je n'avais jamais connu de garçon avant toi, commence-t-elle. Je ne voulais pas rater mes vacances et tu me plaisais bien…

Pendant de longues minutes, Isaline a parlé. Jamais je n'ai eu la sensation qu'elle cherchait à se soustraire à ses responsabilités ni à ses actes, elle les assumait, même si des regrets saupoudraient ses confessions. Des larmes ont parfois voilé ses yeux. Elle n'a pas quémandé mon pardon, ni pendant, ni après. Pour elle, ses intentions étaient claires, solder son passé et venir chercher son fils. Puis je lui ai posé des questions, quelques-unes maladroites, d'autres inutiles. Elle a répondu avec la sincérité de celle qui souhaite pouvoir maintenant vivre avec ce que la vie lui imposait. Sa conclusion, terrible, fut : « Je dois faire le deuil de mon enfant ».

Il est dix-sept heures trente. Je viens de quitter Isaline sur un trottoir, au milieu d'une foule agitée. Je lui ai tendu la main, elle a déposé un baiser sur ma joue. Elle n'a pas souhaité rester plus longtemps, elle avait de la route à faire. Nous ne nous sommes pas dit « à bientôt », ni « au revoir » mais simplement « porte-toi bien ». J'ai eu la tentation de rajouter « sèche tes larmes » mais je ne me suis pas senti capable de juger de la hauteur de son malheur présent.

L'impression d'être seul au monde m'envahit. Je m'éloigne vers le front de mer et l'image d'Isaline, belle et digne, imprègne mon cerveau. L'idée de téléphoner à Régent surgit et ne me quitte plus. Je compose son numéro, attends quelques sonneries et sa voix, endormie, me répond. Je m'inquiète :

— Je vous ai réveillé ? Il est dix-huit heures. Vous avez pris un jour de congé ou vous dormez pendant le service ?

Un grognement me fait écho. Sans me formaliser, je continue :

— C'est quoi cette histoire de nouveaux tableaux ?

Il boit un verre d'eau, je le devine, puis il réagit :

— Sournet, je me suis couché à quatorze heures après une nuit blanche à interroger votre ami le docteur. Je ne suis pas trop en forme. Vous disiez ?

— Les tableaux…

— Ah, oui, les tableaux. Madame Delaunay vous en a parlé ?

— Oui Capitaine. Normal, vous aviez vu ça avec elle, non ?

Il grogne à nouveau et se racle la gorge.

— Qu'allez-vous faire de tous ces tableaux ? Ouvrir une galerie de peinture ?

Je secoue la tête, navré. Vertement, je lui concède que je ne comprends rien.

— Régent, plutôt que faire de l'humour, expliquez-moi et retournez vous coucher.

Un petit rire me met une pression supplémentaire. Après quoi, il admet la justesse de mes propos et d'une simple phrase, me révèle une déclaration de Florian.

— Deux autres tableaux rescapés du musée, sont encore chez vous, mais le docteur ne sait pas où, ni comment les trouver.

Je crie ma stupéfaction :

— Régent, mais…

— Sournet, je vous rappelle plus tard. Bonne nuit, me coupe-t-il poliment.

Mon portable en main, je demeure sidéré. Mécaniquement, je m'assois sur la rambarde. Le froid de la pierre n'est pas très agréable, mais je ne bouge plus. Isaline m'avait bien confessé qu'elle ne savait rien au sujet des tableaux, mais Régent lui avait demandé de les évoquer. Ce qu'elle avait fait, sans s'éterniser.

Je reste à traîner sur le port, encore marqué par ma rencontre du jour. Parmi toutes ses confidences, une m'obsède : « J'ai rencontré Florian, par hasard, le jour de mon départ. Nous avons parlé, j'étais chagrinée de partir, il a su trouver les mots pour me réconforter. Sur le point de nous séparer, il m'a embrassée sur le coin des lèvres. J'ai ressenti une attirance pour lui. En réalité, je souhaitais prolonger la magie des vacances et ce que nous avions vécu, toi et moi. Il m'a proposé d'aller chez lui et il a été surpris lorsque j'ai accepté. La suite a été agréable et nous nous sommes quittés peu après avec la certitude de ne plus se revoir. Je suis rentrée à Angers avec mes parents sans savoir que je portais un enfant. Je l'ai compris que bien après et je l'ai dissimulé le plus possible. Par la suite, il était trop tard pour avorter et je l'ai gardé. Tu imagines la tête de mes parents, celle de mon père surtout.

Pourquoi avoir accepté de suivre Florian chez lui ? Je ne voulais pas partir et ceci me donnait l'illusion de vivre encore des instants exaltants. J'ai eu tort, mais c'est ainsi… »

Isaline s'était alors arrêté de raconter, ses yeux scrutant mes réactions. Devant mon impassibilité, elle a repris : « L'enfant est né. Jamais je n'ai révélé l'identité potentielle du géniteur. C'était affreux, je ne savais pas, lui ou toi… Mon père est décédé, j'ai tout expliqué à ma mère et nous avons convenu de ne pas chercher à savoir. Malgré mon envie, je ne voulais pas te contacter. Le temps est passé, Pierre a grandi et ses fréquentations l'ont amené vers des zones douteuses : drogue, violence, vol. Puis il a cherché à connaître son origine et j'ai pensé que ce pouvait être un bienfait. Je lui ai raconté mes vacances de cette année-là et mon incertitude concernant son père. Il en a ri, j'ai eu mal. Pour moi, l'affaire semblait close, mais pas du tout. Il a fait des tests de paternité sur vous deux. Ne me demande pas comment il s'y est pris, il m'a simplement dit qu'il avait des connaissances. Je l'ai cru. »

Lorsqu'elle a stoppé son récit, j'ai voulu le continuer : « Le résultat des analyses a désigné Florian ? Il a pris contact avec lui ? Ils se sont vus ? ». Elle a hoché la tête et a poursuivi : « Pierre était paumé, dépendant de la drogue, cherchant de l'argent par tous les moyens. Lors d'une de nos rares rencontres, il m'a lancé méchamment que son père était Florian. On m'a averti de son suicide alors que je ne l'avais pas vu depuis plusieurs mois. ».

La suite me paraissait banalement sordide. Florian avait révélé l'existence du Rubens et vraisemblablement des deux autres tableaux. L'appât du gain facile a été le prétexte à l'enchaînement macabre. Isaline m'avait également assuré qu'elle n'avait jamais revu Florian, bien qu'il m'ait prétendu le contraire. Finalement, elle est partie vivre à Annecy.

Je contemple sans les voir les bateaux sagement amarrés sur les pontons. Le visage d'Isaline marqué par la fatigue est face à moi continuellement. Elle n'a pas été surprise par mon interrogation : « Pourquoi m'avoir désigné comme le père ? Pourquoi avoir dénoncé un viol par la suite ? ». La raison est évidente, la jeune femme n'a pas voulu paraître facile. Elle a invoqué ma paternité puis pour se rétracter, a parlé de viol sans préjuger de la gravité de l'accusation. C'est simple et compréhensible, mais totalement irresponsable.

Ce soir, je m'endors très tôt, apaisé par l'image d'Isaline et de sa beauté infinie, conforté par la chance de l'avoir tenue dans mes bras et d'avoir joui de son corps. Je m'endors, la tête posée sur sa poitrine, la main sur son ventre. Je m'endors, bercé par sa respiration, sous sa bienveillante protection.

Mes rêves sont calmes. Sur des toiles virginales, son corps prend des poses en autant d'esquisses épurées. Rien n'est impudique, tout est pureté.

Je dors paisiblement pour la première fois depuis six mille cinq cent soixante-dix nuits.

16

On tambourine à ma porte. Les parois de mon cerveau en tremblent. J'abandonne à regret mon rêve sous ce déluge de coups de boutoir, le réveil n'indique pas plus de sept heures cinquante. En ordre dispersé, je parviens à me lever, à enfiler une robe de chambre et à aller jusqu'à l'entrée pour demander qui est là. Je déverrouille, ouvre et la tête mâchée, je vois la haute silhouette de Régent, tout sourire.

— Sournet, debout, c'est l'heure.

Je ne goûte guère sa plaisanterie et lui fais savoir.

— Si vous, vous dormez le jour, moi c'est la nuit.

Il ne s'offusque pas de ma remarque. Il me fait reculer et ferme la porte derrière lui.

— Le portail était ouvert, je me suis permis de rentrer.

Désabusé, je concède :

— Faites comme chez vous, je vous en prie.

Sur le même ton jovial, il poursuit sans se départir de son entrain.

— Je prendrai bien un café. Pas vous ? Notez que j'en ai déjà pris un et, sans abuser, je prendrais également un biscuit, si vous avez, bien entendu.

Je suis incapable de répondre intelligemment à

ce flot de paroles, submergé par la fatalité de cette intrusion. Deux minutes plus tard, le café coule et nous sommes assis autour de la petite table ronde dans la cuisine. Régent n'en a pas fini :

— Je pensais que nous pourrions démonter pierre à pierre votre maison pour trouver ces tableaux, mais je ne suis pas un manuel.

Interloqué, je le dévisage :

— Les tableaux ?

— Oui, les tableaux, Sournet, ceux qui sont chez vous.

Ma matière grise, encore en morceaux, peine à suivre. L'aide du gendarme n'est pas de trop.

— Les deux tableaux rescapés du musée qui sont cachés ici.

Il désigne successivement du doigt divers endroits.

— Le cher docteur a expliqué que ce n'était pas seulement un bout de tableau qui avait été sauvé des flammes, mais deux toiles de plus, intégralement intactes, continue-t-il.

Je plonge dans ma tasse, maudissant la peinture et toutes les formes d'art. Je tenterais bien de lui demander s'il est sûr que ces toiles sont cachées ici, mais je renonce. Je privilégie l'ironie :

— Vous trouverez une masse dans le cellier, commencez, je vous rejoins.

Décidément, Régent est d'humeur joyeuse ce matin, car il allonge son bras et me tape sur l'épaule avec ces mots :

— Sournet, je vous aime bien. Vous avez de l'humour.

Je secoue la tête et complète :

— Oui, principalement à huit heures. Après, je le perds.

Il me regarde avec insistance, son strabisme ne me choque plus, question d'habitude, puis il a une mimique bizarre qui m'interpelle. Il prend le temps d'avaler un gâteau, de boire une gorgée de café avant de poursuivre :

— Si je suis venu, ce n'est pas pour me venger parce que vous m'avez réveillé hier au soir, rassurez-vous, mais peut-être n'allons-nous pas avoir besoin de démonter systématiquement votre maison pour trouver ces fichus tableaux.

Il se penche vers moi. Je suis attentif, car je suis persuadé qu'il va m'annoncer une chose importante.

— Je peux prendre le dernier biscuit ? À moins que vous ne le vouliez, me demande-t-il d'une voix plus feutrée.

Déjà il tend la main mais je le précède dans le geste en saisissant la pâtisserie. Je la porte à ma bouche par défi. Il ne cille pas et se recule. Il racle sa gorge.

— Vous souvenez-vous de m'avoir parlé d'une question de votre grand-mère : « Et le reste, que vas-tu en faire ? », et de la réponse de votre grand-père : « Ce doit toujours être derrière les pieds du pendu » ?

Je ne peux qu'admettre, attendant la suite. Elle vient rapidement :

— Et si la solution se trouvait au pied du pendu ?

Je me lève. Dans le placard, j'attrape un nouveau paquet de madeleines que je dépose sur la table, près de mon interlocuteur. Celui-ci poursuit sa démonstration après s'être servi.

— Allons chercher ce qui nous manque. Pourquoi pas ?

Je freine ses ardeurs :

— Où trouver ce pendu ? Je n'ai jamais entendu parler d'un supplicié dans le secteur.

En même temps que je prononce cette phrase, l'illumination me frappe. À mon raidissement, Régent comprend.

— Sournet, vous pensez à la même chose que moi.

Je suis dubitatif et lance :

— Le Christ ?

Il fait oui de la tête, excité et content de lui.

— Le terme de supplicié convient beaucoup mieux que celui de pendu. Je parie que votre grand-père était anticlérical pour employer une telle formule.

Je ne sais que répondre et ignore. Régent a réussi à me communiquer son enthousiasme. Même s'il ne repose sur rien de concret, il a le mérite de nous motiver. Persuadé que le fonctionnaire a mûri son plan, je m'informe :

— Que faisons-nous ? Escalader le piédestal ? Je vous écoute Capitaine.

Il prend un air grave et me questionne à son tour.

— Vous connaissez parfaitement le monument. À quelle hauteur sont les pieds ?

Je réfléchis quelques secondes et, sûr de moi, donne une estimation.

— Le haut du piédestal est à deux mètres et debout dessus, les pieds du Christ sont facilement à portée.

Déjà il se frotte les mains de contentement. Je trouve son comportement des plus puérils, mais je m'abstiens de commenter.

— Allons-y. Partons à la recherche du trésor, me bouscule-t-il.

Je ne partage pas sa frénésie et le tempère en lui montrant ma tenue un peu légère pour sortir. Visiblement contrarié, il m'accorde dix minutes pour me préparer. Quarante-cinq minutes plus tard, je me présente à lui, douché et habillé, avec une bonne excuse :

— Je me suis rasé, car si nous sommes placés en garde à vue pour dégradation de monument public, je souhaite être correctement affublé.

Il me pousse vers la sortie, mais je renchéris :

— Je prends une petite laine, je présume que vos cachots sont humides.

Neuf heures approchent et il est déjà dehors lorsque je verrouille ma porte. Il m'attend devant le portail, dans une voiture de la Gendarmerie, gyrophare allumé. J'ai quelques scrupules à embarquer. Une nuit bien tranquille, j'ai établi un record entre mon domicile et le port de Larros, sans respect pour le code de la route, mais aujourd'hui, Régent le pulvérise, en plein trafic et toute sirène hurlante. Tétanisé, je vois les voitures, camions, fourgonnettes, piétons, motos et cyclistes s'éjecter de notre trajectoire. Seul un handicapé en fauteuil a eu droit à une indulgence de notre part. Nous l'avons contourné, certes sans ralentir, avec ce commentaire exagéré de mon chauffeur :

— Il a failli nous retarder celui-là.

Arrivé au port, je suis heureux de pouvoir m'extraire sain et sauf de l'habitacle, souffrant uniquement d'une forte nausée. Mes premiers pas sont approximatifs, les autres chancelants. En me retournant, je suis catastrophé de constater qu'en remontant la totalité du port à vive allure, toujours à l'aide du gyrophare et de la sirène, nous avons drainé bon nombre de curieux dans notre sillage. Nous sommes garés en travers, au seuil de la jetée, portes ouvertes. Une dizaine de personnes déjà présentes sur les lieux nous regardent partir sur la digue avec effarement. Peinant à le suivre, je le laisse même prendre une certaine avance. Je le rejoins alors qu'il est déjà agrippé sur le haut du piédestal, battant des jambes pour se donner de l'élan. Il retombe misérablement en pestant. Une deuxième tentative infructueuse lui arrache une supplique sous forme d'ordre.

— Faites-moi la courte échelle plutôt que me regarder bêtement, allez !

J'avise les rares personnes autour de nous et les désigne à Régent.

— Gendarmerie, circulez ! les invective-t-il immédiatement.

Les uns partent, qui croisent d'autres qui arrivent, tant est si bien qu'ils sont maintenant une douzaine à nous observer, attendant la suite. Quinze secondes après, j'en compte une vingtaine qui attire immanquablement la dizaine restée en retrait. Carte tricolore en main, Régent ordonne à un groupe de cinq de partir, ce qu'ils font sans attendre, mais en s'empressant d'informer au passage un autre groupe de badauds de la situation, qui décide à leur tour de venir jeter un œil. En vérité, pour dix personnes chassées, quinze arrivent, intriguées. La foule se masse, attentive, sage et disciplinée. Elle ne cesse de grossir au grand dam du capitaine qui use et abuse de sa carte d'Officier de police judiciaire. Les ostréiculteurs, restaurateurs et autres employés des chantiers navals abandonnent leur travail. Les promeneurs, randonneurs ou touristes y voient une source de distraction. Mêlé à eux, je me suis placé au premier rang des spectateurs, profitant du spectacle offert par ce bonhomme gesticulant et attirant de plus en plus de monde. Quelques commentaires évidemment des plus avisés fusent : « C'est la ville qui organise cette attraction. », ou encore : « J'espère que ça va être bien ! », un autre : « Attendez, je vais chercher mes enfants ! ». Un homme qui a tout vu, s'exclame : « Il était accroché au socle comme un pantin, c'était drôle ! » tout en assurant « Il va le refaire ! ». Plusieurs bras s'agitent en direction des nouveaux, cent mètres en arrière, pour les inciter à se dépêcher de les rejoindre. J'évalue l'affluence actuelle à une bonne centaine d'individus et encore sans compter ceux qui tardent à nous rallier. Régent est tout rouge, bousculant le premier à sa portée. Des voix se font entendre « Ne vous approchez pas si près, vous le gênez ! », ou « Ne débutez pas encore, d'autres arrivent ! ». Je lis la désolation sur le visage du gendarme, impuissant et totalement dépassé. Un regain d'énergie lui fait prendre son portable et rageusement, il compose un numéro, sous quelques applaudissements. Puis il reste immobile, toisant avec arrogance toutes ces figures pointées sur lui. Certains s'impatientent « Alors ça commence ? » d'autres sont plus catégoriques « C'est nul, je vous l'avais dit. » ou, plus optimistes « Je l'ai vu à Arès, c'était très bien. ». Pendant dix minutes, rien ne bouge, hormis la trentaine de nouveaux, venue accroître l'assistance.

Une sirène fait se retourner toutes les têtes, la mienne comprise. Au pas de charge, deux policiers municipaux foncent vers nous, sous les vivats et les multiples avertissements « Chut, ça commence ! ». Il faut préciser également qu'en arrivant, les deux néo-policiers ont entraîné dans leur sillage, un nouveau groupe d'une vingtaine de personnes jusque-là indécises. Quelques huées se font entendre, des opportunistes crient même « Remboursez ! », mais la majorité réclame le calme. Le silence est maintenant total, deux cents paires d'yeux fixées sur Régent, attendent le début imminent de l'attraction.

Deux heures plus tard, la jetée est vide. Il n'a pas fallu moins d'une vingtaine de policiers municipaux pour faire évacuer l'endroit. L'effectif local a dû être étoffé par des renforts venus de La Teste et d'Audenge. Quelques spectateurs frustrés, évalués à une quinzaine, prennent la direction de la mairie, bien décidés à se plaindre de la piètre qualité de la représentation. Heureusement, aucun blessé n'est à déplorer, les deux journalistes spécialement détachés pour couvrir l'évènement peuvent en attester. L'équipe de *France 3* est arrivée trop tard et n'y consacrera que quelques minutes dans son journal du soir. *TV7* n'a pas voulu se déplacer, *InfoBassin*, très réactif, a mis en ligne un article et *Radio Bassin Arcachon* interroge des témoins. Le responsable pédagogique du Lycée de la mer de Gujan envisage d'amener les jeunes à la représentation de demain, si elle a lieu, comme l'affirment les mieux informés.

Régent s'est assis sur le sol, abattu. Je ne trouve pas les mots pour le réconforter, l'épreuve a été rude. Il me foudroie du regard lorsque je mets en doute l'utilité du deux-tons pour accéder jusqu'ici. À l'entrée de la jetée, la police municipale interdit l'accès et nos recherches vont pouvoir commencer. Régent reste pourtant prostré dans la position du fœtus. Je crains un moment pour sa santé mentale, mais son œil gauche, quoiqu'un peu glauque, recèle encore un peu de vie.

Un simple effort me permet d'accéder à la plateforme du support et j'accède sans difficulté au Christ. Minutieusement, je scrute ses pieds, tâtonnant pour inspecter les endroits difficiles. Au bout de cinq minutes, je découvre finalement sous mes doigts une cavité obstruée par une pierre plate que je retire avec patience. De la brèche ainsi libérée, j'extrais une chaînette et un médaillon très corrodés. Sous le coup de l'excitation, je manque de tomber et je redescends prudemment d'un saut maîtrisé. Debout, Régent m'observe et semble avoir recouvré ses esprits, mais je ne m'en soucie guère. Je n'ai d'attention que pour le bijou au creux de ma main. Je le frotte délicatement. J'ai déjà vu ce genre de pendentif qui représente une goutte d'eau stylisée et manifestement il doit pouvoir s'ouvrir. Sur le côté, je peux distinguer une petite charnière. Je m'attache à tenter de l'ouvrir et Régent intervient.

— Sournet, ne forcez pas, vous allez le casser. On va rentrer et on verra plus tard.

À contrecœur j'abandonne ma besogne, enveloppant mon butin dans un mouchoir.

Il remercie vivement la police municipale pour son aide. Je m'inquiète de savoir s'il pourra conduire, ce qui déclenche un grognement de sa part, suivi d'un autre lorsque je lui conseille de ne pas mettre la sirène. Sur le chemin du retour, parcouru à une allure classique, je me préoccupe des conséquences d'un tel déploiement de force pour canaliser une foule artificiellement regroupée. Il ne répond pas, se contentant d'un haussement d'épaules.

Il se gare pratiquement devant chez moi sur une place réservée aux handicapés et je l'invite à entrer. Visiblement, il en avait l'intention. Mon premier travail est de servir à boire puis je déploie le mouchoir. Je soulève méticuleusement la chaînette pour observer l'ensemble plus précisément. Le bijou en main, je me dirige vers le portrait de la petite noyée et je demeure interdit, le bras droit en l'air, le médaillon pendu au bout des doigts, face à elle. Confortablement installé, sa bière en main, Régent met quelques instants à comprendre que mon immobilisme n'est pas normal.

— Vous êtes paralysé ? s'informe-t-il sans bouger.

Finalement, il me rejoint et il ne lui faut pas longtemps pour repérer la cause de mon trouble.

— C'est le médaillon de la gamine ?

Aucune réponse n'est nécessaire, l'évidence est flagrante. Nous nous regardons, muets. Je tiens le pendentif qu'Isaline Sournet porte sur cette photographie de la fin du 19e siècle. Une grande émotion me gagne, j'emprisonne l'objet dans mon poing et le porte à mes lèvres. Ce geste symbolique me donne un frisson qui me parcourt de la tête aux pieds.

Il ne me faut que peu de temps et d'efforts pour l'ouvrir. De l'intérieur, je retire une fine plaque que je pense être du zinc et qui porte des gravures malhabiles. Munis de ma loupe et à la lumière de la plus puissante de mes lampes, nous nous attelons au déchiffrage. Dix minutes suffisent pour valider les inscriptions. Nous sommes tombés d'accord pour lire, tout d'abord « Trappe » puis les mots « plancher chambre arrière ». Assez vite, la solution est venue de Régent.

— La trappe contenait le Rubens. Devons-nous

comprendre que, sous un plancher, se trouvent les autres tableaux ?

Ni l'un ni l'autre ne bougeons, puis je l'invite à me suivre. La chambre arrière a été transformée en bureau mais le plancher, décapé et vitrifié est toujours là. Nous le contemplons et sondons par échantillonnage, grâce à des petits coups secs. Bien évidemment, le procédé est inefficace. Les lames de bois sont toutes solidement fixées et résistent à la pression à laquelle nous les soumettons. Dépité, je lui lance une proposition :

— Allons manger.

L'idée est adoptée à l'unanimité et nous faisons honneur à un gigot d'agneau. Je lui réclame des informations sur l'interrogatoire de Florian, mais il reste évasif et se réfugie derrière le secret de l'instruction.

— Beaucoup de choses restent à vérifier, me confie-t-il pourtant. Nous n'avons pas de certitudes pour le moment. Nous lui avons appris le suicide de son fils, il l'ignorait.

Régent semble méditer et son attitude à ce moment, me fait comprendre que le cas de mon ami est plus complexe que je ne l'avais imaginé. J'espère un complément d'information ou des révélations, mais il demeure silencieux. Insister serait déplacé, je le conçois.

Délaissant le cas de Florian, je le mène vers lui, cherchant à connaître son histoire, mais en premier, j'exprime ma surprise :

— Capitaine, pourquoi envoyer un gendarme de Paris pour enquêter ? Il n'y pas ce qu'il faut ici ?

La bouche pleine, il secoue son index pour dire non. Je dois patienter qu'il retrouve l'usage de la parole pour savoir.

— Le poste de chef de groupement est vacant et la succession des meurtres constituait une affaire sensible.

Je réfléchis rapidement :

— Pourquoi ne pas postuler à ce poste ?

Il sourit sans répondre. J'ose le provoquer :

— Vous y pensez ? Finalement la région devient attirante ?

Il balance ses mains en avant pour évacuer les suppositions. Je poursuis pour le taquiner :

— Un capitaine peut y prétendre ?

Il boit une gorgée de rouge, fait claquer sa langue et concède :

— Plutôt un officier supérieur, un commandant.

Je ne lâche pas le sujet et anticipe :

— Une promotion bien méritée peut-être ?

Je le sens gêné, mais son embarras vaut début de preuve. Je bats en retraite. Les deux verres de vin bus me poussent à être indiscret.

— Vous m'avez dit que votre femme était morte à votre place.

Il ne paraît pas surpris. Il se coupe un morceau de fromage, m'en propose un, découpe du pain et baisse la tête. Je suis prêt à m'excuser de ma hardiesse, mais je suis devancé :

— Sournet, jamais je ne parle de ça, mais parfois, j'ai envie, sinon besoin, de raconter et raconter encore. Alors je parle tout seul ou à des psychologues et même à des psychiatres, bref à des gens payés pour écouter.

Il fait mine de mordre dans un bout de pain, mais y renonce et le repose. Maintenant il me regarde pour me jauger. Je ne bouge pas, pour ne pas l'effrayer.

Le récit qu'il me fait me glace le sang et jamais je ne trouverai les mots capables d'atténuer sa peine et de minimiser ses responsabilités. Il a débuté sa narration comme commence une histoire banale, mais cette histoire est tout, sauf banale.

— C'était un soir de semaine. Nous étions, ma femme et moi, en plein cœur de Paris. Nous sortions pour aller au spectacle, puis au restaurant. Nous étions mariés depuis quinze ans. Le spectacle avait été bon, le repas correct et en marchant vers notre véhicule, nous avons entendu crier une jeune fille. Pas grand monde n'a bougé mais moi, le flic de service, toujours prompt à aider l'opprimé, j'ai réagi et je me suis interposé pour dégager une adolescente des griffes de deux jeunes voyous. Je me suis bien débrouillé et j'ai mis en fuite les agresseurs. Elle a été prise en charge, j'ai témoigné auprès de la police arrivée sur place et l'affaire semblait close me concernant, malheureusement non. Les malfrats nous ont suivis et durant le trajet, ils ont tenté de nous stopper à plusieurs reprises. J'aurais pu les semer, j'en suis persuadé mais vous pensez, un gendarme d'élite ne recule pas. Force doit rester à la loi. Foutaise ! Ma femme me suppliait de continuer à rouler et de rejoindre un lieu plus animé, mais je me suis arrêté. Ils étaient cinq, un était armé et il a tiré immédiatement. Il m'a raté, je me suis battu, j'ai été roué de coups et laissé à terre. J'en garde des séquelles au niveau de mon œil droit, pour que jamais je n'oublie. Peu après, je me suis relevé, sonné et j'ai couru vers ma voiture. Ma femme gisait à même le sol, la jupe relevée, les vêtements déchirés… étranglée.

17

Le silence s'immisce dans la cuisine. Je n'ai aucune idée de la manière dont je dois réagir, mais Régent n'a pas d'exigence ni d'attente. Il trempe un biscuit dans son café vraisemblablement tiède et masque sa détresse dans ce geste a priori inhabituel. Je le regarde faire, catastrophé. J'ai détesté cet homme et je me suis réjoui de son strabisme, sans savoir. Je me suis plaint à lui de mes amours perdues, il m'a réconforté avec des paroles toujours positives, pourtant rien ne pouvait égaler son malheur personnel. Les aiguilles de la pendule de ma cuisine continuent malgré tout d'avancer, insensibles mais réparatrices. Je les regarde bouger, mécaniques, emportant inexorablement sans état d'âme nos jeunesses, une grande partie de nos espoirs et nos détresses. Le baume que peut mettre le passage du temps sur les cœurs esquintés est une pommade à effet lent. Je fixe mon attention sur ma vénérable comtoise pour divertir mon cerveau afin qu'il ne s'imprègne pas des images de cette tragédie. Je fuis mentalement ce drame, laissant Régent à nouveau seul, face à lui-même. Puis, ma couardise me répugne et si je n'ai pas les mots, je peux avoir la tonalité de la sincérité à offrir.

Il est toujours occupé à tremper sa madeleine dans le café, maintenant froid. Je pose ma main sur son avant-bras et lorsque son regard croise le mien, j'y découvre des fragments de larmes. Sa panoplie de gendarme ne le protège plus. Je lui exprime ma compassion :

— Régent, contrairement à ce que vous pensez, je vous apprécie. Je me suis habitué à vous, au militaire aussi, celui qui masque votre véritable humanité.

De sa main libre, il tapote plusieurs fois la mienne. Nous échangeons un sourire. Avisant sa tasse, je lui propose de la remplir à nouveau, il accepte. Lui aussi regarde ma pendule.

— Il est bientôt quinze heures, que faisons-nous ? On inspecte sous le plancher ?

Content de constater qu'il a ainsi retrouvé de l'allant, je ne peux qu'être d'accord :

— Faisons cela proprement, si c'est possible.

J'ai tout de même des scrupules à retirer les lames de bois, sans garantie de les retrouver intactes. Je suis néanmoins prêt à sacrifier mon parquet pour trouver un Modigliani ou un Van Gogh.

Nous avons pris le temps d'observer le plancher pour mettre au point une stratégie intelligente qui minimiserait les dégâts. Nous étions d'avis divergents et ceci a pu nous occuper quarante-cinq minutes de plus. Puis, la première lame a craqué misérablement, réduisant à néant nos espoirs pieux d'un travail soigné. Planche cassée en main, j'ai souri devant nos mines déconfites. Régent a même éclaté d'un rire communicatif et j'ai été heureux de le voir joyeux.

Maintenant, je suis seul. Le capitaine a été obligé

de me quitter et d'abandonner les recherches. Le commissariat central de Bordeaux l'a appelé et sa présence là-bas a été requise. Il a bien tenté de négocier, mais sans résultat. Il m'a confié le pied-de-biche et l'arrache-clou puis il est parti, à regret.

Trois lames enlevées me permettent de voir sous mon parquet. De la poussière et des lambourdes apparaissent. Immédiatement, je distingue un bout de tube cylindrique en métal sous ces poutres. Je sais que je touche au but, mais je constate que la grandeur de ce tube empêche son extraction sans avoir déposé, au préalable, une grande partie du sol de la pièce. Le travail est harassant. Il me faut une heure trente pour vider la pièce de ses meubles et au moins autant pour démonter la moitié du parquet. Les lattes sont stockées dehors et forment un impressionnant monticule. Je ne ménage pas ma peine et à ce stade, j'ai une vue globale de l'ouvrage. Le tube a un diamètre de soixante-cinq centimètres, pour environ trois mètres de longueur. Il est énorme et je ne pourrai le retirer qu'en sciant trois lambourdes qui servent d'assise au plancher. Cependant, en explorant plus attentivement les espaces encore protégés, j'aperçois un second cylindre, un peu moins long.

La tâche est épuisante, mais finalement je pense pouvoir extraire un des cylindres. Le poids me semble énorme et ce n'est que centimètre après centimètre que je parviens à l'extirper. Je le tire avec grandes difficultés dans le salon où il gît désormais, après quatre heures trente d'efforts.

Je m'accorde un temps de pause et je vais me rafraîchir la figure et les bras à l'eau froide. Je demeure un instant appuyé sur le lavabo pour tenter de récupérer un peu de l'énergie déployée.

Ragaillardi, j'attaque au burin un des embouts qui saute après s'être déformé. Sans surprise, le tube contient une toile roulée. La sortir tient d'un travail de forçat. Vingt minutes plus tard, les meubles poussés, la toile est déroulée. Elle mesure trois mètres cinquante sur trois et occupe pratiquement la surface de la salle à manger. Elle représente une scène pieuse avec a priori, la vierge au centre. Je suis bien en peine de l'examiner plus précisément, car je ne peux décemment pas marcher dessus. En la roulant pour la ranger, je cherche attentivement un tampon d'appartenance et surtout son numéro d'enregistrement au dos. Encore une fois, la confirmation me saute aux yeux, le tampon des Beaux-Arts de Bordeaux y figure, suivi d'un numéro que je note scrupuleusement. Ne pouvant la remettre dans son étui, je la transporte dans le couloir pour l'y déposer.

Le second tube est plus petit et moins lourd. J'en retire une toile que je déroule également. La taille est sensiblement moindre que la première, trois mètres cinquante sur deux cinquante. Manifestement, on peut y voir une étable avec des bergers et sur de la paille, un nouveau-né qui a l'air d'être le Christ. En tout point, la crèche de mon enfance ressemblait à celle de ce tableau. Une signature peu lisible laisse à penser à un nom comme « Trager » ou « Prages », je ne peux la déchiffrer avec certitude. Au dos, je trouve le tampon des Beaux-Arts et un numéro d'immatriculation. La toile va rejoindre l'autre dans l'entrée.

Je suis exténué et couvert de poussière. Éventré, mon bureau est dans un état indescriptible. Je ramène ma table de travail, un fauteuil et un meuble de rangement que je dispose sur la partie de parquet encore intacte et je ferme la porte. Je mets mon salon en ordre, enjambe les toiles gisant dans le vestibule et, avec bonheur, me réfugie sous la douche.

Installé profondément dans le canapé, un verre posé à mes côtés, je tape un texto à destination de Régent : « Trouvé deux toiles roulées dans étuis métalliques avec tampon de Bdx. N° 000PE022026 et 000PE025734 ».

Le dernier bruit est celui du message qui part. Mon dos me fait mal et mes phalanges sont douloureuses. J'ai travaillé plus de sept heures et les yeux me brûlent. J'éteins la lumière, m'abrite dans le noir et sombre dans une torpeur paisible. Mon rêve est doux et Isaline partage mon sommeil. Nous nous sommes aimés et, assouvis, nous dormons l'un contre l'autre. Je nous vois sourire à la vie, protégés par un songe merveilleux. Isaline se penche sur moi, elle me sourit toujours et me couvre de baisers. Ses lèvres parcourent mon torse et je devine qu'elle tend son bras pour se saisir de mon portable. Elle me le présente, je ne comprends pas. Elle insiste, puis la sonnerie m'agresse. Je me réveille en sursaut. J'ouvre les yeux dans le noir, seule la faible clarté de mon téléphone accroche mon regard. Il est secoué de convulsions frénétiques et fait un boucan terrible. Le nom de Régent est affiché. Je réponds à l'aide d'un mélange de sons inaudibles. Il ne s'en offusque pas, mais il a une question des plus stupides :

— Vous dormiez ?

Je regarde l'heure avec désolation avant de répliquer :

— Je vous rappelle que moi, je dors la nuit.

Il grommelle tout seul.

— Bingo ! reprend-il.

Je cille en l'entendant. Peu sûr de moi, je le fais répéter :

— Je ne suis pas certain de parler la même langue que vous. Essayez en français.

Contrairement à moi, je le sens excité. Il souffle une fois ou deux puis, plus calmement, m'explique :

— Sournet, les toiles sont bien censées avoir disparu dans l'incendie.

À une heure du matin, une grande lassitude me gagne et j'articule avec désinvolture :

— Régent, je le sais. Quoi d'autre ?

Il est vexé, je le perçois à son silence et ses claquements de langue. Toujours dans le noir, je m'adosse à la tête de lit et je ferme les yeux. Il ne me faudrait pas grand-chose pour que je m'endorme. D'ailleurs, le gendarme m'en fait la remarque :

— Sournet, vous dormez, je l'entends à votre respiration. Ce n'est pas le moment, écoutez : les deux tableaux datent du 17e siècle. Bergniac, mon expert, me l'a confirmé. Je vous avoue qu'il trouve bizarre que je lui demande des renseignements sur deux numéros de toiles détruites. Je lui ai dit que ceci concernait une enquête, il m'a documenté. Une toile, la plus grande, est de Jacob Bunel et s'intitule *L'assomption de la vierge*. Elle avait été commandée par Catherine de Médicis pour le maître-autel de la nouvelle église des Feuillants du Faubourg Saint-Honoré à Paris. Elle a été livrée en mille six cent dix. La seconde toile est de Gaspard de Crayer et se nomme *L'adoration des bergers*. Il date de la même époque. Ce sont des huiles sur toiles. Vous m'entendez Sournet ?

Sa dernière injonction me fait sursauter, je m'empresse de le rassurer :

— Oui, je vous entends, mais je ne suis pas certain d'avoir tout retenu.

Je me gratte fortement la tête en divers endroits et renifle. J'ose poser la question qui me taraude depuis quelques heures :

— Ils valent combien ?

Je l'entends faire du bruit avec sa bouche et il confirme mon impression.

— Je ne sais pas, visiblement pas des millions, mais ils n'ont jamais été estimés et pour cause....

Je partage son avis, mais souhaite en savoir plus :

— Ces peintres, ils sont bien côtés ?

— Sournet, je n'en sais rien. Suffisamment pour que des malfrats s'y intéressent. De toute façon, il va falloir les déclarer retrouvés. Tout ceci va nous échapper. Ne vous attendez pas à toucher un chèque.

— Régent et mon parquet, qui va le rembourser ?

— Ne soyez pas terre à terre. Vous contribuez à la grandeur de la culture française et vous parlez de votre parquet, c'est mesquin !

Son attaque, plutôt provocatrice, ne me touche pas. Je ne fais pas de commentaires et cette absence de réaction de ma part lui laisse un goût amer et des doutes.

— Vous dormez ou quoi ?

— Sincèrement, j'aimerais bien, mais vous me parlez sans cesse. Vous avez d'autres choses intéressantes à me dire ?

Par cette pique, je pense clore cette conversation et ainsi pouvoir m'endormir à nouveau.

— Oui, tarde-t-il à confirmer en ménageant ses effets.

Je suis surpris et agacé par sa réponse sibylline. J'estime qu'il n'est plus l'heure de jouer et je lui fais savoir.

— De grâce, j'ai sommeil. Vos révélations ne peuvent pas attendre demain matin ?

— Sournet, je suis obligé de mettre à nouveau votre domicile sous surveillance. Des gendarmes sont en route.

— Pardon ? Ai-je bien compris ?

— Je ne sais pas ce que vous avez compris, alors je ne peux me prononcer.

— Régent, vous avez dit que… et zut.

— Vous devenez grossier, ce n'est pas bon signe.

Je prends mon front de ma main libre pour le masser doucement. Je crains une nouvelle mauvaise nouvelle. Régent ne me laisse pas le temps de cogiter plus longtemps, il reprend la parole :

— Votre ami le docteur est libre. Nous ne pouvions le garder plus longtemps. Aucune charge ne peut être retenue contre lui.

Un vif soulagement monte en moi. L'afflux de sang cogne dans mes tempes et je me laisse aller, les yeux fermés. J'ai la sensation que cette histoire se termine, au moins sur le plan judiciaire. La suite nous appartient et ne concerne que nous. Mes blessures seront plus douces à cicatriser si seul mon amour propre est touché. Pendant que je me faisais ces réflexions, Régent a continué à parler et un bout de phrase me choque. Sortie du contexte, elle demeure énigmatique et inquiétante, alors je reviens sur ses paroles.

— Je n'y crois pas ? Régent, vous avez dit ça ? Je

n'ai pas tout compris, pouvez-vous reprendre ?

— D'accord. Je vous disais que certaines choses me chiffonnent. Mon intuition de vieux flic sûrement. Votre docteur ne me paraît pas sincère, je suis désolé de vous livrer ma pensée, mais il cache la vérité.

— Pourquoi ne pas l'avoir gardé ?

— Les règles de la garde à vue, Sournet, les règles.

Je souffle un peu fort, ce qui arrache un commentaire à mon interlocuteur :

— Je fais surveiller votre domicile, on ne sait jamais.

Je sursaute et m'emporte :

— Vous croyez que je suis en danger ? C'est débile.

— En danger ? Non, mais je préfère être prudent, précise le gendarme plus calmement.

— Vous êtes persuadé qu'il va venir me voir ?

Régent tarde à répondre et hésite sur les mots.

— S'il vient vous voir cette nuit, c'est qu'il est coupable, concède-t-il finalement.

L'esprit humain est assez particulier et exceptionnel, pour qu'aucun ne réagisse de manière semblable, ni souvent de manière prévisible. La logique eut voulu que je riposte sèchement, argumente contre, m'offusque ou l'interroge. Le seul sentiment que je puisse exprimer actuellement, se résume en un « Ah ! » des plus sommaires. Il respecte mon étonnement et m'accorde quelques instants de récupération mentale. Je mets de l'ordre dans mes idées, en élimine certaines pour ne garder que les plus pragmatiques. J'en sélectionne les plus pertinentes et condense mon degré de conscience :

— S'il vient, vous allez l'empêcher de passer ?

— Surtout pas, Sournet. Je vous avoue que je redoute qu'il vienne, mais si c'est le cas, je compte sur vous.

— Sur moi ? Qu'attendez-vous ? Que dois-je faire ?

Je suis intrigué et plus sérieusement soucieux du rôle qu'il compte me faire jouer.

— Vous êtes son ami, c'est suffisant, explique-t-il. Vous rappelez-vous que je vous ai dit, il n'y a guère, que j'avais besoin de vous ? Le moment est venu, soyez vous-même, vous trouverez la bonne réponse à la bonne question.

Effrayé par son langage, je me sens pris dans une tourmente qui m'aspire. Je m'oppose faiblement :

— La bonne question ? Quelle question ?

Le ton qu'il emploie pour se justifier, calme et empreint de sagesse, est censé me rassurer.

— Vous la reconnaîtrez, c'est évident.

La suite me pétrifie.

— Si vous ne la reconnaissez pas, vous le regretterez pour le restant de vous jours. Mais ce ne sera pas le cas.

Les affres de la nuit m'encerclent et m'enveloppent d'une peur qui tétanise mon cerveau. Plusieurs fois, j'ai soulevé le fin voilage de la fenêtre de la salle de bain et glissé un œil au-dehors. Je n'ai rien vu, rien entendu. Il ne se passe rien. Personne ne s'égare dans ma rue, nul être ne passe, même par hasard. Ce calme n'apaise pas mon anxiété. Mes mains ne tremblent pas, mes jambes ne se dérobent pas, mon cœur ne s'emballe pas, mais un étau emprisonne ma poitrine, réduisant mon souffle au minimum, m'obligeant à respirer la bouche ouverte. Je m'assois, la position debout me fatigue. Je me lève, la position assise accentue mon mal-être. Je n'ose pas mettre de la musique, qui pourrait couvrir d'éventuels bruits.

Il est seulement quatre heures, mes nerfs se relâchent et un voile d'épuisement, insidieux, atténue mes perceptions. Sans y prêter attention, mon subconscient sombre dans le néant et s'abandonne.

À cinq heures, je me réveille en sursaut, immédiatement aux aguets. Je reste attentif dix minutes, les sens en alerte. En vain. Je replonge dans un engourdissement inéluctable. Hors de mon contrôle, les minutes passent, s'additionnant les unes aux autres. Soixante s'écoulent, la dernière marquant la fin de l'heure en cours. C'est l'instant où les premières lueurs diluent le noir épais des ténèbres, en s'infiltrant avec patience. Le jour va vaincre l'obscurité et Florian n'est pas venu. Dans peu de temps, à six heures cinquante-six, heure officielle du lever du soleil, je m'en réjouirai.

J'éprouve le besoin de contempler le Rubens. Je m'approche de la commode où il est posé et, d'un doigt léger, je suis les traces de peinture laissées par le pinceau du grand maître. Sous mon index, je ressens le relief et d'un coup, je comprends que jamais personne n'a dû oser entreprendre ce que je fais. Avec délicatesse, j'effleure ce chef-d'œuvre, déposant mon empreinte génétique dessus, la mélangeant avec quatre cents ans d'histoire. Un sentiment de puissance m'envahit, celle de posséder quelque chose d'inestimable et d'irremplaçable. Sous mon seul contrôle, je jouis de ce trésor, sans le partager avec quiconque. Je ne me lasse pas de le détailler, de le caresser et de parcourir ses bords brûlés et noircis. Il me donne du courage et insuffle la vie. Je le repose à plat sur le bois du meuble et le recouvre d'un tissu léger.

Je m'habille d'un pull et d'un jean puis d'un pas décidé me dirige vers la porte d'entrée. Dix secondes plus tard, je suis dehors, toisant la rue. Je me grandis et bombe le torse, plus rien ne me fait peur. Les alentours sont pratiquement déserts, rares sont les passants. Je n'aperçois aucun képi.

Je laisse le portail ouvert et je m'assois sur la troisième marche de l'escalier, face à la chaussée. Je n'ai plus sommeil et le jour est levé. J'ai le temps, tout le temps, celui qui passe comme celui qui s'éternise. Dans le lointain, les éboueurs traînent des poubelles. Aujourd'hui, ils ne videront pas la mienne. Les attaques du matin frileux ne m'atteignent pas. J'ai chaud, je suis bien, calme et patient. Régent m'appelle. Je regarde longuement le cadran du portable avant de répondre. Il semble déçu même s'il ne le reconnaît pas.

— Je me suis trompé. Il n'est pas venu.

Je suis d'humeur bagarreuse et lui fais comprendre :

— Je n'ai pas repéré vos pandores. Où les avez-vous cachés ? Pas dans les arbres, j'ai regardé.

Un petit rire résonne dans le haut-parleur.

— Savez-vous que Pandore, pour désigner un gendarme, vient d'un personnage créé par un chansonnier et non de la légende de la boîte de Pandore ? me précise-t-il.

Je l'arrête rapidement.

— Régent, désolé, mais je m'en fous.

Un silence succède à cette sévère mise au point.

Je crains d'avoir été trop dur, alors je m'inquiète :

— Vous êtes là ?

Le ton de la réponse ne laisse planer aucun doute, il a mal pris ma répartie, car je n'ai pas le loisir de m'excuser. Il enchaîne :

— Où voulez-vous que je sois ? Je vous rappelle plus tard.

J'imagine le doigt rageur du fonctionnaire écraser la pauvre touche « fin d'appel ». Je reste avec mon portable entre les mains et je contemple le bout de mes souliers. Dans une pose un peu grotesque, le dos tordu, courbé en avant, la tête penchée, je demeure attentif aux bruits de la ville. Des pas légers sur le trottoir se font entendre depuis le bout de la rue. Je ne m'y attache pas, ils s'amplifient pour finalement décroître et disparaître. Une voiture passe, elle ne décélère pas, n'accélère pas, elle roule vers une destination secrète. Des paroles s'échangent, la discussion est insipide, puis les sons s'atténuent. Les deux écoliers sont loin. La rue s'anime, chacun a une bonne raison d'y passer. Dans ce mélange de sonorités aux tonalités si différentes, une seule accroche mon attention. Je ne lève pas la tête. Mêlé à d'autres pas anonymes, un bruit de chaussures sur le pavé a éveillé mon intérêt. Les pas s'approchent, ils ralentissent puis s'arrêtent. Toujours le regard fixé sur le sol, je suis sûr de moi. Je reconnaîtrais entre mille la démarche de mon ami. Sans risquer de me tromper, je l'accueille sobrement :

— Bonjour Florian.

18

Je n'ai toujours pas relevé les yeux, retardant ainsi la confrontation de nos regards. Je me suis préparé mentalement à sa venue depuis des heures. Je sens sa présence, elle imprègne l'atmosphère et sature l'air du petit matin. Il est au niveau du portail, son ombre me le révèle. La faible lumière du lampadaire posé comme un phare triste devant ma clôture projette sa silhouette déformée sur mon allée. Il ne bouge pas. L'éternité est infinie, ma patience ce jour-là aussi, la sienne non. Il répond à mon bonjour par un autre, beaucoup trop rude.

— Bonjour Hugo.

Sa voix le trahit bien plus que son attitude. Le timbre et l'intonation ne mentent pas et je perçois en ce matin timide que Florian a peur. Mon visage se soulève et immédiatement mes yeux cherchent les siens. Ils se dérobent pour finalement revenir fixer les miens. Je suis d'un calme parfait et j'aime cette sensation. Trente secondes plus tard, sans que mes paupières n'aient cillé une seule fois, je prends appui sur la marche et me lève. Je le domine, sa position est inconfortable. Je descends l'escalier et à moins de quatre mètres de lui, je peux percevoir son malaise. Il ne s'attendait visiblement pas à cet accueil. Je l'interpelle :

— Tu es bien matinal.

Il ne répond pas. Je fais un signe de la main pour l'inviter à me suivre et je rentre. Il marque un temps d'arrêt devant les toiles roulées qui encombrent mon vestibule. Je les désigne, maniant l'ironie :

— Tu aimes la peinture ? Tu as là des toiles de maître.

J'avance dans le salon et montre d'un doigt nonchalant le meuble où le Rubens se trouve :

— Et là tu as un Rubens. J'aime bien Rubens, pas toi ? Il en manque un bout, tant pis.

Il avance, penaud et silencieux. Je lui montre le canapé en m'installant dans le fauteuil de mon grand-père.

— J'ai pris l'habitude de me mettre là. Je l'ai ignoré depuis trop longtemps.

Lorsqu'il passe tout près de moi, je constate un léger relent d'alcool. À l'évidence, Florian a bu. J'en suis attristé. Son visage est marqué et ses yeux cernés. Il est voûté, lui qui a toujours eu une posture droite. Il me fait pitié, mais la pitié est la dernière chose que je souhaite lui accorder. Je ne le laisse pas récupérer et l'attaque franchement :

— Que veux-tu en venant ici ?

Son expression est maintenant d'une neutralité incroyable. Je le sonde, mais je me heurte à un mur infranchissable. Il articule difficilement pour aborder un sujet qui me paraît hors de propos.

— Où les as-tu trouvés ?

— Trouvé quoi ?

— Les tableaux ?

La futilité de l'instant m'étonne. Sèchement, je le rabroue :

— Tu n'as pas besoin de le savoir. Ils sont là, c'est tout.

Son regard se vide, il est exsangue. Je remarque ses mains qui tremblent. Je dois profiter de mon ascendant pour l'obliger à se confier. Maintenant, il est trop tard pour la diplomatie, l'affaire traîne derrière elle son trop-plein de malheur. Je refuse de continuer à vivre ces suspicions, ces bassesses et ces non-dits. Froidement, mais déterminé comme jamais, je lui adresse une supplique teintée de sous-entendus :

— Tu parles ou tu pars pour toujours. Si tu quittes cette maison sans m'avoir raconté, elle te sera définitivement fermée.

Mes menaces paraissent sans effets, pourtant un geste pratiquement imperceptible m'indique qu'il n'y est pas insensible. Sa bouche s'ouvre, aucun son ne sort. Une intuition peu sensée traverse mon cerveau. Le bousculer est mon objectif lorsque je lance, d'une voix plus amicale :

— Pourquoi avoir tué les vieux ?

Il se raidit et ne me contredit pas. Il aurait pu s'offusquer, crier qu'il n'y est pour rien, ce n'est pas le cas. Je ne sais comment pousser mon avantage. Dois-je le brusquer encore ou jouer l'apaisement ? Dois-je l'empoigner par le col pour le contraindre à parler ? Sa stature plus imposante que la mienne m'incite à abandonner la violence. Une minute s'écoule. Devant sa détresse, je prie pour qu'enfin il nie tout, je ne demande qu'à croire en son innocence. Ma virulence fond face à son désarroi. Je me lève et m'approche de lui, décidé à le prendre dans mes bras pour le consoler, lui jurer que je sais qu'il n'est pas coupable. Je vais avoir des paroles réconfortantes du type : « Tu n'y es pour rien, j'en suis certain ». Je viens de faire deux pas dans sa direction. Il parle, j'en suis surpris et ces mots m'affligent :

— Hugo, ils m'avaient vu.

Les bras inertes, immobile au centre de la pièce, je demeure interdit. Lui, cache son visage dans ses mains et pleure. Son aveu percute mes sentiments et les broie. Je recule, impressionné. Je bafouille :

— Florian, ce n'est pas possible.

Pendant de longues minutes, il reste prostré. Assis à trois mètres, je le regarde avec effarement.

Il bondit d'un coup en écartant les bras.

— C'est leur faute, ils ont eu peur. Ils ont paniqué et je ne savais pas quoi faire, alors j'ai frappé le vieux. Il est tombé. Sa femme m'a agrippé. Je l'ai repoussée et à l'aide d'un manche en bois, je l'ai assommée. Le bruit a été affreux. Elle saignait. Le vieux a bougé, je l'ai cogné plusieurs fois. J'ai jeté le manche dans le port et je me suis enfui. C'était terrible.

La bouche ouverte, je bois les atrocités qu'il m'énumère. Il gesticule toujours. Dans l'urgence, je cherche à comprendre ses raisons.

— Comment ça ils t'ont vu ? Et puis, quelle importance ?

Nerveusement, il tord ses doigts :

— Hugo, tu ne te rends pas compte. Je vous avais suivi, je voulais savoir où tu allais. Je me suis caché et lorsque tu es parti, ils m'ont vu.

— Florian, d'accord, ils t'ont vu. Je répète, et alors ?

— Ils ont crié : « C'est l'assassin ». J'ai paniqué.

— Florian, ils ont simplement eu peur après l'histoire que je leur avais racontée.

Il dodeline de la tête, accablé. Un détail me vient à l'esprit :

— La gendarmerie a retrouvé ma carte vitale près des corps.

Il sursaute et bondit pratiquement sur place. Il m'effraie, mais je ne bouge pas.

— Je l'ai mise pour que l'on ne me soupçonne pas, explique-t-il d'une voix très faible.

Je crie à mon tour mon étonnement :

— Tu avais ma carte ?

Il se laisse tomber de tout son poids sur le divan dans un craquement sinistre. Son état d'excitation retombe et je le préfère ainsi.

— Lors de son intrusion chez toi pour trouver les tableaux, Pierre a volé ton portefeuille. J'ai récupéré ta carte pour qu'il ne l'utilise pas. Il avait laissé ton portefeuille près du premier cadavre, je ne voulais pas qu'il recommence.

Je hoche la tête, dubitatif :

— Ne pas l'utiliser ? Tu n'as pourtant pas hésité à le faire. Comment as-tu pu me nuire de la sorte ? De plus, c'est un peu gros comme stratagème.

Il me réclame un verre d'eau que je lui tends. Il le boit d'un trait et en réclame un autre. Pendant qu'il le porte à ses lèvres, je l'interroge :

— Comment es-tu tombé dans cette sordide situation ? Ton fils Pierre… ?

Ses yeux remplis de chagrin et de regrets me donnent la réponse. Je continue mon raisonnement :

— Il fréquentait des milieux malsains et les tableaux étaient des prises faciles et lucratives. Tu as eu le tort de lui en parler. Tu n'étais pas d'accord avec ses intentions, mais c'était ton fils…

Je ne pousse plus avant mes questionnements.

Comme pour moi-même, j'exprime un dilemme qui voit le jour :

— Que faire ? Dois-je te dénoncer ?

Un mot de trop ou mal perçu, peut déclencher une réaction disproportionnée. Une nouvelle fois, il bondit comme un dément. Il se saisit d'un chandelier de décoration et le brandit au-dessus de sa tête. Il me menace. Ses yeux injectés de sang sont ceux d'un déséquilibré. Je saute du fauteuil mais, coincé contre le mur, je me retrouve à sa merci.

— Non Hugo, ne me dénonce pas ! hurle-t-il. Si tu le fais, je t'assomme. Tu n'as pas le droit de me faire ça. C'était un accident. Ne leur dis rien. Ils me feront du mal.

Il abat avec force le chandelier qui heurte et fracasse un petit meuble à mes côtés. Seul le fauteuil nous sépare et je ne peux quitter cette position délicate sans passer à sa portée. Je tente de le calmer, sans résultat. Il ne semble même plus m'entendre. Il avance en essayant de contourner le siège. Il a perdu la raison. Je repousse violemment le fauteuil qui le percute, l'obligeant momentanément à battre en retraite. Sa fureur ne diminue pas pour autant, il est toujours aussi agressif. Il marche vers moi. Je cherche une protection, que je ne trouve pas. Ses flots de paroles sont inaudibles et irrationnels. Je lui lance un vase qui le touche à l'épaule, mais il est insensible à la douleur. Il grogne et une chose me terrifie au plus haut point : il bave. Il se jette maladroitement sur moi, je le repousse. Des convulsions déforment son visage. Je suis à sa merci. J'utilise un tabouret comme bouclier, il le fracasse avec le candélabre. Dans le choc, mon poignet droit est touché. Une lampe que je tenais de mon arrière-grand-mère est brisée par des éclats de bois. L'un d'entre eux me frappe à la tempe. Je maintiens à distance cet homme en furie que je ne reconnais plus, grâce à un porte-manteau. Il fonce, mais l'extrémité de mon arme de fortune lui cogne la poitrine, retardant son assaut. Il est incontrôlable. Mes forces diminuent. Du plat du chandelier, il frappe mon bras gauche. Une douleur fulgurante me paralyse. Je protège mon visage et sens sur mes côtes une poussée qui me déséquilibre. Je parviens à m'accrocher au dossier du fauteuil et relevant la tête, je distingue Florian, les bras levés, qui s'apprête à abattre avec force le bougeoir sur mon crâne.

*

Tout y est. La vie qui se déroule devant les yeux, l'âme qui sort du corps et qui monte au plafond, le tunnel d'un blanc ouaté que l'on parcourt, la sensation d'un bien-être jusque-là inconnu… En revanche, je ne vois pas de petits anges.

*

Une voix qui appelle, une autre qui répond. Une douleur dans la partie gauche. Une aiguille qui s'enfonce dans mon bras droit. Un souffle frais sur mon visage. Des paroles que je ne comprends pas, qui s'atténuent puis redeviennent plus distinctes. J'ouvre les yeux, je ne vois rien, je suis aveugle. Je tente de bouger les membres, je ne peux pas, je suis paralysé. Je veux crier, je ne m'entends pas, je suis muet. À plat, couché sur le dos, une poigne énergique m'étire les jambes, une autre appuie sur mon épaule droite. Un liquide se répand sur mon front. Tout ceci ne correspond pas aux critères du paradis, tout juste à ceux du purgatoire. Je m'abandonne, vaincu par mon impuissance.

L'envie de retrouver le tunnel et la sensation si douce du bien-être qui y règne me submerge. Je me résigne. Je coule doucement dans une torpeur où mon cerveau est à nouveau en apesanteur. Je suis sur le point de rejoindre cet endroit merveilleux lorsque, distinctement, je perçois cette supplique bien connue :

— Sournet, vous m'entendez ?

Rassuré, je souris à la vie et délaissant le long tunnel éclairé, je sombre dans le néant.

Ce calme-là, j'en ai conscience. Je suis bien, engourdi. Quelques picotements me parcourent, mais je n'ai pas d'anxiété, je suis serein. Je repose dans un espace douillet et chaud. Je n'ai nulle envie d'ouvrir les yeux, car ceci me paraît superflu. Surtout ne pas briser cet état de béatitude. Je le prolonge indéfiniment. Entre atonie et vacuité, je vogue légèrement au gré d'une brise capricieuse. Je n'ai pas de passé, pas d'avenir, ni souvenirs, ni rêves, je suis pur. Le temps, que je ne peux mesurer, s'étire tout en félicité. Une voix arrive jusqu'à moi :

— Il a bougé.

Je fuis, je me réfugie dans une léthargie bienveillante.

*

Cette fois-ci, j'ouvre les yeux. La lumière m'agresse. Je les referme. J'ai mal à mon bras, mais ne peux le bouger. Je grimace et ma nuque est douloureuse. Mes paupières filtrent des images, tout est blanc. Ils m'ont vu, ils s'approchent, je les entends.

Une main agrippe mon poignet, une autre se pose sur mon front. Deux doigts ouvrent mon œil gauche et une tête surgit, effrayante. Une lumière m'aveugle. Puis ils m'abandonnent, aussi soudainement qu'ils m'ont manipulé. Je suis plutôt content d'être seul, je suis si fatigué.

Un bruit de sonnette qui m'éveille et un chariot que l'on pousse. Une voix qui s'interroge et une piqûre qui s'enfonce dans mon bras. Je veux leur dire qu'ils me laissent, mais j'en suis incapable. Et à nouveau deux doigts qui ouvrent mon œil et cette lumière aveuglante...

Maintenant il fait nuit, je distingue quelques rais plus clairs sur le mur d'en face et le sommeil m'attrape à nouveau.

*

Il fait jour, j'ai eu le tort de les regarder et en conséquence, ils m'ont assis à demi, coincé par des coussins. Ils s'affairent autour de moi, me parlent et me questionnent puis un homme, grand, est venu me saluer. Il a pris la peine de m'expliquer des choses que je n'ai pas comprises. Je me suis endormi alors qu'il s'exprimait, délaissant ainsi la fin de sa phrase.

*

Une main se pose sur mon épaule, puis une voix sécurisante :

— Sournet, vous m'entendez ?

Je sors de mon engourdissement et distingue Régent penché vers moi. Je m'inquiète d'une bouche pâteuse :

— Que faites-vous ici ?

Il sourit promptement.

— Vous n'avez pas perdu votre humour. Tant mieux, me répond-il, tout à sa joie.

Il me tapote le poignet bandé et je grimace. Il se ravise. La question qu'il me pose ensuite me paraît stupide :

— Sournet, comment vous sentez-vous ?

Quel intérêt peut-il avoir à me demander ça ? Mon air incrédule l'alerte.

— Vous savez où vous êtes ?

Je secoue négativement la tête. Il tire une chaise près du lit et s'y installe.

— Vous souvenez-vous de la fureur de votre ami le médecin ? poursuit-il.

— Florian ?

— Oui. Vous vous souvenez ?

— Non.

Régent se tourne vers l'homme grand, que je n'avais pas vu. Celui-ci le rassure :

— C'est normal. Tout va revenir.

Le capitaine me regarde avec une compassion touchante et sa sollicitude me bouleverse. Je devine un malheur et le presse de parler. Il jette un coup d'œil vers l'homme en blanc qui lui fait « non » de la tête. Régent acquiesce. Il se recale sur sa chaise et ses yeux dans les miens, il reprend la parole avec douceur :

— Vous avez été plongé dans un coma artificiel pendant un mois et demi.

Son œil droit qui s'échappe vers l'extérieur accapare toute mon attention. Il croit bon de répéter.

— Vous avez été plongé dans un coma artificiel pendant un mois et demi.

— Un mois et demi ? Pourquoi ?

Régent hésite, mais je ne m'en formalise pas. Il dégage une mèche sur mon front et cette familiarité m'étonne. Il me sourit encore et cette accumulation d'amabilité éveille en moi des appréhensions.

— Vous avez eu un accident, se décide-t-il enfin.

— Un accident ? Comment ?

— Vous êtes tombés.

Cette justification simpliste me convient.

— Je ne me rappelle pas.

L'homme grand s'approche et fait un signe à Régent. Celui-ci se lève et se justifie :

— Sournet, je dois vous laisser vous reposer. Le docteur le souhaite. Je reviendrai.

Il me serre la main, ce qui m'arrache un petit cri de douleur, il s'excuse et sort toujours en souriant.

*

Je me réveille en sueur, j'ai crié, c'est certain. Je viens de faire un cauchemar. J'ai rêvé que Florian tentait de m'assommer avec un chandelier. Un infirmier ouvre la porte et s'approche. Je m'agrippe à lui et l'implore de me protéger, puis je reviens doucement à la réalité :

— Ce n'est rien, c'est fini, je viens d'avoir des hallucinations. Mon meilleur ami s'en prenait à moi.

L'infirmier me rassure, me donne un médicament et immédiatement je m'endors lourdement.

*

Je viens de retrouver la mémoire. Les faits sont horribles et la scène est vivante. Je la revis pour la dixième fois et il n'y a personne pour me donner des solutions. Un coup sec retentit sur la porte qui s'ouvre sans ma permission et Régent apparaît, il a un air sévère. Il s'approche rapidement et me serre le dessus de la main. Il se saisit de la chaise et s'assoit tout près de moi.

— Sournet, vous vous rappelez maintenant ?

Il me jauge encore avant de continuer.

— Votre ami le docteur est venu vous voir. Nous étions en planque. D'accord ? Tout ceci s'est mal passé, il a avoué les meurtres et a paniqué lorsqu'il a compris que vous pouviez le dénoncer. Il est devenu fou et muni d'un chandelier il vous a frappé, très fort.

De tout cela, je me souviens distinctement et la dernière image est celle de Florian et du chandelier, prêt à me fracasser le crâne.

— Vous devez la vie au chef Lambert. Vous connaissez Lambert de la gendarmerie de Gujan ? poursuit-il.

Je fais « oui » de la tête. Avec une mimique contrariée, Régent avoue :

— J'avais placé deux micros chez vous et nous pouvions ainsi entendre ce qui se passait.

Je me redresse, prêt à protester, mais il ne m'en laisse pas le temps.

— Ne vous plaignez pas, ceci vous a sauvé la mise. Dès qu'il y a eu du grabuge, mes hommes sont intervenus.

Ma répartie lui arrache un rire tonitruant :

— Ils ont cassé la porte ? Le plancher ne suffit pas ?

— Sournet, la porte n'était pas verrouillée, elle est intacte, ce n'est pas comme vous.

Énumérer mes blessures reviendrait à réciter le Vidal. Le professeur avait été formel, tout va rentrer dans l'ordre et je n'aurai pas de séquelles ou si peu. Il a parlé uniquement du poignet gauche qui restera bloqué tant que je ne subirai pas une intervention chirurgicale, mais également du petit orteil du pied droit qui lui, a définitivement perdu sa motricité. Mon crâne maltraité ne devrait pas engendrer de maux de tête. « Un miracle », a-t-il conclu.

Les jours d'hôpital cicatrisent mes plaies. Mon subconscient, lui, tente d'effacer les images traumatisantes et un psychologue est censé m'y aider. J'ai mis du temps à demander quel sort avait été réservé à Florian. Il a été interné en hôpital psychiatrique sous contraintes en attendant mieux. J'ai appris que Régent, pendant mon coma, venait me voir très souvent et qu'il restait à mon chevet un moment et repartait, pour revenir les jours suivants.

Trois semaines de convalescence en maison spécialisée plus tard, Régent, toujours lui, est venu me chercher. Maintenant, nous roulons dans sa voiture de service vers mon domicile. Je suis heureux de retrouver ma maison après trois mois d'absence forcée. Il m'a prévenu, le ménage a été fait et tout est prêt pour mon retour. Le printemps est là, juin est déjà bien entamé, les premiers estivants sont arrivés et le battage médiatique de l'affaire est retombé comme un soufflet.

Les tableaux roulés ne sont plus dans l'entrée. J'ai appris de Régent et lu ou entendu aux informations, que deux toiles avaient été retrouvées, sauvées en leur temps des flammes. Pourtant, le Rubens est sur mon petit meuble et le capitaine, dans un sourire complice m'a dit : « Vous le rendrez vous-même ».

Juste avant de prendre congé, il a ajouté : « Jamais

vous n'avez été surpris que je sois encore là, ma mission semble pourtant terminée. J'ai obtenu de rester, en intérim, sur le poste de Commandant de Gendarmerie du Bassin d'Arcachon ». Il est parti avant que je ne puisse le féliciter.

19

À l'ombre des pins parasols, ma convalescence me donne l'envie du bonheur.

Mes journées sont riches, faites de petits riens : de bons repas avec des amis de fortune, de balades solitaires, de visites surprenantes, de discussions enrichissantes.

Je vais mieux, beaucoup mieux.

Juillet est apparu encore plus ensoleillé que prévu et me chauffer au soleil est une activité à temps plein que j'ai adoptée. Souvent, Régent me tient compagnie. Il est heureux de me voir ainsi. Lui aussi apprécie sa nouvelle vie, même si la date du vingt septembre marquera la fin de son intérim et son probable retour à Paris. Nous sommes devenus redoutables à la pétanque et en équipe, nous écumons les tournois locaux depuis trois semaines. Je dois à la vérité de préciser que Régent est un virtuose expérimenté et moi seulement, un débutant appliqué. Même la prestigieuse coupe de *La Foire aux huîtres* de Gujan-Mestras, trône dorénavant sur ma cheminée, c'est dire ! Cette coupe a des saveurs délectables, en effet mon père, en mille neuf cent soixante-neuf, participa à la première édition et sombra au tout début, par un score sévère, mais malheureusement justifié, de treize à zéro.

Le mois d'août survient sur des airs de vacances. Nous sommes attablés à Pereire, face au bassin, au soleil couchant. Notre conversation est agréable, mais décousue, protégée du monde. Je ne sais pourquoi, entre deux bigorneaux, il a la curieuse idée de m'interpeller, alors que nous parlions du dernier film sorti au cinéma de La Teste :

— Hugo, et si vous appeliez Isaline ?

Le crabe est tombé de mes mains. Je contemple le regard très sérieux de Régent et remercie aussitôt la providence d'avoir placé une telle personne sur ma route. Isaline, j'y pense continuellement depuis que je suis heureux. Elle irait tellement bien avec mon tout nouveau bonheur. A-t-il mis à nu mes rêveries ? Je ne lui pose pas la question, par pudeur. Il récupère une palourde, qu'il porte à sa bouche. Il a un sourire malicieux, je lui sauterais au cou. Je récupère le crabe et lui assène le coup fatal. Ce crustacé a le goût des soirs de fête et mon cœur est joyeux. Pourtant le défi est d'importance et la hardiesse osée. Je ne sais finalement rien de la vie d'Isaline. Puis-je y débouler sans savoir ?

Régent se lèche les doigts, je l'aime pour ça. Il est indifférent à mes turpitudes et reste essentiellement concentré sur le plateau de fruits de mer. À peine consent-il à proposer :

— Pourquoi ne pas lui fixer un rendez-vous ?

Il se débarrasse d'une coquille vide dans le sceau destiné à cela, puis consacre toute son habilité à décortiquer la patte d'un tourteau gigantesque. La carapace va rejoindre la coquille dans la poubelle de table et avant de choisir entre une crevette et une coque, il a le temps de dire :

— Finalement, je serais vous, je ne l'appellerais pas.

Rapidement suivi par :

— Passez-moi un rince-doigts, je vous prie.

Je m'exécute en songeant que nous ne nous sommes jamais tutoyés, mais, lorsque j'ai raté ma première boule au tir, il a utilisé mon prénom pour m'encourager. Je le teste :

— Alors, je l'appelle ou pas ?

Il hausse les épaules et sa bouche grasse fait la moue.

— Comme vous voulez.

Je recrache un débris d'écaille et lui masque ma déception, j'espérais tellement qu'il m'exhorte à faire le premier pas vers elle. Sa bouche essuyée, il poursuit pourtant sur la voie du conseil :

— Finalement, je lui enverrais plutôt un SMS, c'est plus neutre et moins intrusif.

Je suis attentif, curieux de connaître la suite, qui ne vient pas, tout accaparé qu'il est à apprécier un verre de rosé.

Le soleil a disparu, absorbé par la pointe du Ferret. Mon regard se projette à nouveau sur mon coéquipier. Il me fixe longuement et de la bienveillance illumine ses prunelles. Finalement, il pose son verre et me soumet une question qui me paraît indiscrète :

— Hugo, quel a été le dernier jour où, vous et Isaline, avez été ensemble ?

Je feins de ne pas comprendre.

— Quand vous êtes-vous quittés, il y a près de vingt ans ?

Je fais semblant de réfléchir et réponds, incapable de deviner les desseins de mon compagnon de table. De sa poche, il retire un stylo et sur un bout de la nappe en papier, il écrit sans particulièrement réfléchir. Puis il déchire la nappe et me tend le morceau. Ce que je peux y lire me pétrifie. Incrédule, je le dévisage. Il fait « oui » de la tête, j'hésite. Il essaye de me convaincre :

— Proposez-lui de la rencontrer le vingt-six août, à dix-huit heures, au pied du Christ sur le port de Larros.

Le billet en main, je réagis :

— Pourquoi le vingt six à dix-huit heures ?

Calmement, il picore dans le plat une nouvelle crevette.

— Vous m'avez donné la date du vingt-six août, date de votre séparation, alors reprenez votre vie commune là où vous l'avez arrêtée, un vingt-six et voyez si vous pouvez vous quitter à nouveau. Le symbole, Hugo, le symbole !

Il agite la pauvre crevette, vouée à son grand appétit. Elle disparaît aussitôt, engloutie. Dans le message écrit par Régent, une chose me chiffonne :

— Vous ne mettez pas qu'elle doit me répondre.

Il me sert un peu de vin et nous trinquons. Il pointe un doigt sur moi et prend le temps de la réponse :

— Créez une atmosphère, Hugo. Envoyez un message où le choix est binaire. Elle accepte et vient ou elle refuse et ne vient pas. Ne la forcez pas à se justifier. Proposez simplement, ne la suppliez pas, ne la pourchassez pas. Laissez-la libre. Soyez simple.

Il commande deux cafés. Je suis circonspect.

— Vous engagez votre avenir. Sûrement n'aurez-vous qu'une seule chance, ajoute-t-il.

Face à mon indécision, il emploie des arguments forts :

— Souhaitez-vous passer les vingt prochaines années à fantasmer ? Si elle ne vient pas, vous pourrez tirer un trait définitif et vivre, Hugo, vivre. À 35 ans, il serait temps.

En disant cela, il se penche vers moi. Il reste ainsi de longues secondes. Je suis fasciné par sa détermination et le ton utilisé. Je suis ébranlé, mais craintif dans ma riposte.

— Je vais y réfléchir, la nuit porte conseil.

Il se recule, rapidement boit son café et la tasse reposée, il s'essuie la bouche puis réplique gravement :

— Hugo, ce message vous allez l'écrire immédiatement, sans en changer une virgule.

Il se lève lentement sans me quitter des yeux.

— Je vous laisse l'addition. Demain matin, on se retrouve à Biganos, au boulodrome, neuf heures, n'oubliez pas.

Il fait quelques pas, se ravise et en faisant mine de taper sur un clavier imaginaire, il conclut :

— Immédiatement.

Seul, face à l'océan qui se cache dans la nuit, je me réfugie à mon tour dans la pénombre. Ai-je conscience de jouer ma vie ? De quel droit Régent se permet-il d'intervenir et de me conseiller. A-t-il compris que j'étais incapable de prendre une décision énergique ? Oui, probablement. Mes pensées se percutent et j'arrive à cette conclusion que le meilleur moyen d'avoir le cerveau en paix est d'avancer, je dois envoyer ce message. Mon téléphone est dans ma poche. Je le palpe. Encore une minute d'hésitation et je le tiens en main. Je l'allume et à mon grand regret, il s'éclaire aussitôt. J'attends trop longuement, il s'éteint et mon doigt vacillant reste en suspens. Hors de ma volonté, il enfonce le bouton, il cherche l'application des messages et le protocole s'enchaîne machinalement : message, sélectionner un destinataire, taper le texte. Je reproduis les écrits dictés par Régent et, comme on saute d'une falaise, j'écrase la touche « Envoyer ». Le silence m'accable et d'un air peu inspiré, je contemple mon écran et la formule lapidaire : « Message envoyé ». Déjà, quelque part en France, le portable d'Isaline vibre. Déjà, elle ouvre le texto et son visage s'illumine, son visage marque la surprise ou peut-être bien est-ce de la contrariété. Elle en pleure ou elle en rit...

J'ai retrouvé la sérénité non loin de mon domicile. Je ne dois rien à personne et assume mes actes. En sécurité dans mon salon, les portes et fenêtres barricadées, j'observe le Rubens. Régent a été clair : « Il faudra le rendre lui aussi. Nous entamerons les démarches sous peu. Comme les deux autres toiles, il rejoindra le Musée des Beaux-Arts de Bordeaux. Profitez-en encore quelques heures, caressez-le, embrassez-le, il vous échappera bientôt ».

J'ai fait un selfie ou plus littérairement, un autoportrait avec lui. J'ai souri devant l'objectif. Le résultat, après de nombreuses prises, me satisfait.

Quatre jours me séparent du vingt-six. Je m'endors confiant et libéré du poids d'une vingtaine d'années d'attente vaine. Dans quatre jours, je n'attendrai plus.

Le dimanche a été pluvieux. Nous avons été battus en quart de finale du tournoi de Biganos, avec le commentaire lucide de Régent : « Hugo, vous n'êtes pas dans votre assiette ».

Le lundi a été pluvieux également et j'en ai profité pour faire un grand ménage, avec le commentaire taquin de Régent : « Vous attendez du monde ? ».

Le mardi a été chaud et ensoleillé. Je n'ai rien fait, mais sans commentaire de Régent, que je n'ai pas vu.

Le mercredi est le vingt-six août. Régent m'a appelé vers midi pour une raison futile et a conclu sur une phrase énigmatique : « Foncez, après-vous le déluge ! ».

Depuis, je paresse. Dix chemises sont prêtes et repassées, sept pantalons, douze paires de chaussettes. Le choix est difficile alors j'opte pour un jean et un polo. Dès seize heures, je suis habillé et ne bouge plus, de peur de me salir. Je quitte ma maison vers dix-sept heures quinze. Je pars en guerre.

J'ai attendu douze minutes à l'entrée de Gujan pour laisser passer le temps. À dix-sept heures cinquante, je marche sur la jetée du port de Larros. J'observe partout pour la voir, mais je ne croise que des étrangers. Le Christ me donne du courage et je pose la main sur sa pierre. Isaline devrait être là. Cinq, dix, quinze minutes passent, puis d'autres encore. Elle est en retard, sans aucun doute. Mes espoirs fuient pourtant au même rythme que le temps. Le TER de dix-huit heures vingt-trois s'arrête en gare, bruyamment. Le vent favorable m'en apporte la confirmation. Je pense qu'il doit être en avance, non, il est en retard de trois minutes. Jusqu'à quand dois-je attendre ? Une heure, deux, voire trois ? Quand devrais-je raisonnablement envisager ma vie future sans elle à mes côtés. Dès maintenant ? La logique s'impose.

Symboliquement, je m'appuie sur le socle du Christ, ma chance est passée. Les premières grandes marées lèchent le haut de la jetée. L'été se termine encore et les amours de vacances demeurent sans avenir. Je suis triste dans ma solitude, mes yeux se mouillent, mais je ne pleure pas. Je ravale ma peine d'adulte. Fait totalement inhabituel, je quitte le Christ sans un regard. Les mains dans les poches, j'avance le nez au sol. Il est dix-neuf heures trente-cinq.

À dix-neuf heures quarante-trois, une jeune femme, le rouge aux joues, le souffle haletant, les cheveux courts légèrement décoiffés, me fait face. Elle s'excuse de son retard, jure qu'elle a tout fait pour être à l'heure, se plaint des trains, mélange les phrases, cherche ses mots et certifie qu'elle est contente que je sois encore là. Elle rit et me tend la main, fébrile. Lorsque je tends la mienne, elle me fait deux bises en me demandant pardon de son état d'excitation. Je suis noyé sous son hyperactivité. Je n'ai pas dit un mot. Enfin, elle se calme, s'excuse à nouveau, tente de se recoiffer et déplore son aspect négligé : « J'ai couru et il fait chaud ». Je n'ai pas la lucidité de la rassurer, je suis ébloui. J'avise la valise qu'elle traîne derrière elle, je l'en débarrasse, lui propose de se rafraîchir, elle accepte.

Nous sommes attablés à la terrasse d'un bar du port et nous avons, l'un et l'autre, retrouvé notre raison. Quelques banalités ont meublé les débuts de notre conversation. Puis, je m'informe sur sa période de deuil, elle espère me convaincre qu'elle va mieux, j'en doute. Elle m'étonne lorsqu'elle s'enquiert de ma santé avec ces paroles inattendues : « Le capitaine Régent me donnait des nouvelles régulières ». Elle m'interloque lorsqu'elle me déclare : « J'ai pensé que se revoir un vingt-six août serait un symbole fort ». Je me permets de l'interrompre :

— Isaline, c'est toi qui as choisi cette date ?

— Oui, Régent m'a appris que tu souhaitais me revoir et m'a demandé mon avis. J'ai pensé à ce jour, il allait bien, confirme-t-elle, amusée.

Je me garde de lui commenter ma surprise, me contentant de la regarder boire son jus d'orange à la paille. Rapidement, nous évoquons la partie douloureuse de notre histoire, parenthèse difficile de nos retrouvailles, ainsi que le sort de Florian, puis nous repartons vers des échanges plus légers qui correspondent mieux à l'instant présent.

Le port est encore peuplé, tous les vacanciers ne sont pas partis. Il règne dans l'atmosphère une quiétude paisible. Je lui propose d'aller dîner à Arcachon mais avant, d'aller déposer ses bagages à son hôtel :

— Où as-tu réservé une chambre ?

Isaline paraît surprise. Un sourire interrogateur accompagne sa réponse.

— Régent m'a dit que tu avais fait le nécessaire, que tu t'occupais de tout.

Je me rejette en arrière, en proie à une envie soudaine de rire. Régent nous a manipulés, c'est évident. Je me confie à elle :

— Lorsque je t'ai envoyé le message, je ne savais pas que tout était déjà arrangé entre vous. Régent a fait l'intermédiaire, il t'a interrogée pour savoir si tu acceptais de venir et quand. Jamais je ne lui ai dit que je souhaitais te revoir.

Le visage d'Isaline s'assombrit, visiblement la dernière partie de ma phrase la choque, je me reprends :

— Je veux dire que je voulais te revoir, mais je ne lui ai pas avoué, simplement il l'a deviné.

Familièrement et naturellement, je lui prends la main, elle ne la retire pas. Ce geste de complicité m'émeut et nos regards se croisent, aucun des deux ne se dérobe. J'ai une furieuse envie de l'embrasser, elle le comprend et se libère.

— Il a organisé notre rencontre à sa manière. Tu n'as pas d'hôtel et en cette période et à cette heure, en trouver un risque d'être compliqué. Ma proposition est élémentaire, je t'héberge, mais rassure-toi, j'ai une chambre d'ami, certes minuscule, mais confortable. C'est à prendre ou à laisser.

Elle secoue la tête de droite à gauche, fataliste, avec un sourire attendri sur les lèvres. Je n'interprète nullement ce geste comme une dénégation, mais plutôt comme une évidence, selon le jeu voulu de Régent.

La vie d'Isaline, je n'en connais que bien peu de choses. Qu'a-t-elle fait durant ce temps ? Qu'ai-je fait moi-même ? Lorsqu'elle se lève pour quitter la terrasse du bar, je l'observe à la dérobée. Certains consommateurs la regardent aussi et j'imagine qu'ils me regardent également pour jauger celui qui a la chance d'accompagner une fille aussi lumineuse. Peu habitué à cette situation, je rentre la tête dans les épaules. Nous sommes côte à côte et je savoure mon plaisir. La valise que je traîne fait un bruit de roulement sourd sur les pavés. En chemin vers Arcachon, Isaline commente les lieux que nous dépassons. Sa mémoire est vive.

— Tu te rappelles lorsque nous nous sommes embourbés dans la vase ici ?

Bien évidemment, je me souviens de cette occasion de la prendre dans mes bras et de la coller fortement à moi, sous le prétexte de la sauver. Je constate, à mon grand embarras, qu'elle n'a pas été dupe.

— Hugo, là, tu as un peu abusé de la situation, non ?

Gêné, je souris béatement. Nous laissons le port de La Teste et longeons les prés salés. Même cet endroit déshérité est prétexte à anecdote :

— Cette étendue de marécages me faisait peur et tu insistais pour y passer au plus près lorsque nous étions à vélo. La vraie raison était que l'endroit était désert, tu prétendais que ton pneu se dégonflait et nous nous arrêtions pour vérifier. Immanquablement tu m'embrassais, à chaque fois.

Je me concentre sur la conduite, son regard sur mon profil. Je suis stupéfait d'apprendre que mes stratagèmes étaient si grossiers. Elle atténue mon malaise :

— Ne rougis pas. Je dois t'avouer que j'aimais ça. Et j'aurais été déçue si tu ne l'avais pas fait. Lorsqu'on est adolescente, on croit au prince charmant.

Je sursaute à cette vérité. Ma réplique est immédiate.

— Je n'étais pas le prince charmant alors ?

Sa réponse est rationnelle :

— Non et heureusement.

Isaline est une femme de son temps. Je veux dire qu'elle assume son côté féminin, se revendique libre et ne renie pas ses désirs. Je me sens si petit et inconsistant à ses côtés. Si prévisible. Je bombe le torse pour donner le change, fier et angoissé. La transition du rêve à la réalité est difficile. Mille fois j'ai espéré cet instant. Il est là et il me procure beaucoup d'anxiété. Je cache mon trouble dans la parole, elle en sourit encore. En passant devant le stade Matéo Petit, elle se rappelle :

— Nous sommes venus voir un match ici. Je n'y ai rien compris, mais ce n'était pas grave.

Nous avons partagé énormément de moments ensemble, c'est évident. Avisant l'observatoire Sainte-Cécile, elle s'agite et me demande une faveur :

— Je voudrais monter tout là-haut. Avec toi, je n'aurai pas de crainte. Souvent j'y ai pensé.

Je n'ajoute rien, me contentant de lui promettre. Je gare la voiture et sur le point de descendre, elle se remémore :

— Jamais je ne suis rentrée chez tes grands-parents. Je ne voulais pas, j'avais un peu honte d'être ta copine et d'être jugée comme telle. C'était idiot.

Je la précède. La maison est en ordre suite au ménage fait hier. Je m'en félicite. Elle me complimente sur mon intérieur, je suis flatté. Je dépose sa valise dans la petite chambre puis lui désigne la salle de bain.

Longuement, elle s'arrête devant le portrait de l'autre Isaline. Je m'en veux de ne pas l'avoir décroché et fait disparaître. Elle n'a qu'une remarque : « Pauvre enfant ». Elle continue le tour du salon puis me fait face. Je comprends qu'elle souhaite quelque chose et je l'invite à demander. Son désir me surprend.

— Hugo, puis-je voir le Rubens ?

Je balbutie :

— Le Rubens ? Comment…

Elle pose un doigt sur mes lèvres. Il est évident que Régent lui a raconté, elle en sait sûrement beaucoup. Je fais deux pas en arrière, le tableau est sous un tissu, sur le buffet. Je lui présente. Jamais elle ne le touche, seul son regard l'effleure. Elle a une moue si triste que j'en suis bouleversé. Des larmes inondent ses yeux qui en deviennent gris. Elle les lève vers moi et dans un souffle, elle peine à articuler :

— Ceci vaut donc si cher ?

Je repose le morceau de toile, incapable d'adoucir sa peine. Je reste immobile à moins d'un mètre d'elle. Un seul pas de sa part a suffi pour qu'elle enserre ses bras autour de mes épaules. Elle se colle à moi, le visage enfoui dans mon cou. La sensation de son corps sanglotant contre le mien me remplit de bienveillance. Durant de longues minutes, elle pleure puis sèche ses larmes sur mon polo. Elle se calme, se redresse les yeux gonflés et sur ma joue droite, elle applique une bise mouillée. Elle s'excuse :

— Je suis désolée. Ça va mieux.

Elle se recule et un sourire radieux teinté de tristesse illumine son beau visage. Attend-elle un vrai baiser ? J'en suis absolument persuadé, mais la chance passe.

— Je suis affamée. Tu m'emmènes ? me demande-t-elle d'un ton énergique.

Elle essuie ses joues et se dirige vers sa valise d'où elle extrait une trousse.

— Je passe à la salle de bain et on y va ?

Elle s'éloigne et sa silhouette parfaite me fascine. Je garde en mémoire l'empreinte de son corps laissée sur le mien.

20

Près du port de plaisance, elle a choisi le restaurant et m'a avoué qu'elle souhaitait y dîner depuis toujours. Le cadre est chic, l'endroit réputé, le personnel stylé et la carte prometteuse. Avant de me désigner l'établissement sélectionné, elle s'est mise devant moi avec un air solennel et d'un ton qui n'admet pas la réplique, elle a simplement indiqué :

— Ce soir, je t'invite.

J'ai souri et j'ai formulé quelques réserves :

— À condition qu'il reste des places.

Elle m'a pris la main, a ouvert la porte avec assurance et, au serveur qui nous accueillait, a annoncé :

— J'ai réservé une table au nom de Delaunay.

Voilà comment, Isaline et moi, sommes à une table *du Patio*, un verre à la main après avoir porté un toast à la vie.

Nous trinquons avec une soupe de champagne. Je veux tout savoir de sa vie : « Que fais-tu ? », « Où vis-tu ? ». Elle répond à la plupart de mes questions. Je me perds dans des interrogations plus intimes :

— Pourquoi ne t'es-tu jamais mariée ?

Elle fait tourner son verre dans sa main, hésite une seconde et, en l'espace d'un instant, fracasse mon audace :

— J'ai été mariée pendant deux ans. Nous nous sommes séparés d'un commun accord. Nous n'étions pas faits l'un pour l'autre. Une expérience malheureuse, encore une.

Je puise dans le fond de mon verre la force nécessaire pour conserver un sourire niais sur mon visage. Isaline a l'intelligence de lancer un sujet annexe et ma joie de vivre est revenue.

Puis elle prend un foie gras grillé et moi une crépinette d'huîtres. Notre conversation faite de souvenirs empreints de tendresse, de complicité, d'arrière-goût de baisers volés et autres consentis, accompagne ces entrées. Nous passons en revue notre été, jusqu'à la séparation. J'apprends les instants de frustration que mon manque d'imagination a parfois suscités chez elle, les efforts qu'elle a pu faire pour me plaire, les gestes osés qui ont pu la surprendre. En retour, je lui dépeins l'image que j'avais d'elle et que j'ai gardé deux décennies durant, puis avoue mes textes que jamais elle n'a lus. Nous abordons enfin par petites allusions chastes, l'instant magique que nous avons vécu, cachés au pied du Christ.

Le plat de résistance, composé d'une sole d'Arcachon au bouillon et ravioles pour elle, et d'une truffe d'Alba accompagnée de langoustines pour moi, nous mène vers des discussions plus complexes. Jamais Isaline ne cherche d'excuses, son adolescence lui appartenait, je n'avais aucun droit. Elle exprime uniquement un regret : « Ceci aurait pu se passer différemment ». Sa vie de femme, ses galères, ses bonheurs épisodiques, ses questionnements, ses doutes, elle en parle sereinement comme si son malheur tout récent avait tapissé son jugement d'une enveloppe protectrice. Quelques touches pudiques dissimulent néanmoins des plaies trop vives à exposer. Plusieurs fois elle a lancé : « Et toi ? ». J'ai éludé, minimisé, ne pouvant, par une vie fade, rivaliser avec son parcours tortueux. Je lui concède certaines bribes de mon existence, à la fois ternes et languissantes. J'ose lui avouer qu'elle est en partie responsable de mon passé récent fait d'attente. Elle se tait, ses yeux d'un gris acier sont entrés dans les miens. Je sens le souffle du désir en moi. Je pense qu'elle l'a compris. Elle baisse son regard et termine son plat. Incontestablement, j'ai vécu là, l'instant le plus intense de ma vie. Plus tard, inéluctablement, la vie me reprochera d'avoir laissé filer ce moment béni, sans répartie. Pour l'heure, l'émotion n'est pas bonne conseillère et il faudra m'en souvenir lorsque, plus tard, je rechercherai à retrouver cette sensation extrême en me maudissant de ne pas l'avoir exploitée.

Isaline croise ses couverts et repousse légèrement son assiette. Sa beauté me fait douter de moi. Une fille ne peut pas être idéale dans sa globalité, mon subconscient me joue des tours et m'aveugle. Elle me sourit et innocemment cherche à se renseigner : « À quoi tu penses ? ». Lui révéler qu'elle représente la femme parfaite me paraît dangereux. Je ne souhaite pas me placer en position d'infériorité. Je lui mens, du moins j'ai un aveu lacunaire.

— J'aime ta coupe de cheveux. Elle te va très bien.

Machinalement, elle passe une main dans sa chevelure rase. Je l'aime également par ce geste, mais en préserve le secret.

Nous en sommes au dessert. Elle choisit une

sphère de marron et j'expérimente, sans conviction, un soufflé chaud au Grand Marnier. Alors vient le temps des perspectives. Comment se projeter dans l'avenir ? Je ne peux honnêtement pas lui déclamer que je ne survivrai pas à un nouveau départ de sa part. À court d'inspiration, je me hasarde :

— Tu comptes rester longtemps à Annecy ?

Je m'entends poser cette question et, aussitôt, son absurdité me saute à l'esprit. Que peut-elle me répondre ? Pourquoi en partirait-elle ? Pour me rejoindre ? Ne m'a-t-elle pas dit que sa vie était là-bas ? Mais, l'expérience m'a maintes fois démontré qu'il est impossible de se substituer à l'autre et d'imaginer une réponse avant d'avoir posé la question. Sa réaction va, une nouvelle fois, dans cette voie.

— Non.

Je balbutie mon étonnement.

— Tu m'avais dit que tu t'y plaisais.

— Plus maintenant en fait.

Les raisons n'ont que faire de la raison. Je médite cette phrase qui me laisse perplexe et n'ajoute rien, de crainte de voir mes espoirs s'écrouler comme un château de cartes. Ma sagacité n'ayant comme équivalence que mon manque d'intuition, je bas sagement en retraite. L'arrivée du serveur et la proposition de deux cafés nous permettent de nous détourner de ce sujet.

Comme annoncé, Isaline règle notre dîner. Je suis un peu gêné par l'ampleur de la note, mais elle laisse en plus un pourboire plutôt confortable.

Il est minuit trente lorsque nous sortons du restaurant pour marcher le long du port. Nous rejoignons la jetée et passons non loin de l'endroit où nous avions l'habitude de nous asseoir, directement sur le sable. Isaline s'arrête, me regarde en souriant et m'entraîne sur la plage. Nous avançons vers l'eau et nous nous asseyons. Sans un mot, à dix centimètres l'un de l'autre, sans se toucher, nous regardons les vagues qui s'étirent lentement. Trois minutes fugaces passent. Imperceptiblement, je me penche vers elle et au moment où ma décision de l'embrasser est prise, à mon premier mouvement, elle se lève d'un coup. En riant, elle court pour rejoindre la promenade puis m'attend.

Nous reprenons notre marche vers ma voiture stationnée sur la place. Nous croisons bon nombre d'amoureux, main dans la main ou enlacés, de quoi nous donner des idées. Mais Isaline parle. Elle parle beaucoup, suffisamment pour ne pas leur prêter attention. Elle me prend le bras, le relâche, me tape sur l'épaule et m'enivre avec son doux parfum et son flot de paroles. Elle incarne la joie et le bonheur absolu même si je conçois que cette soirée est une parenthèse dans sa détresse. Elle alterne les pas tranquilles à mes côtés et la marche vive pour découvrir un endroit ou un recoin. À l'aplomb de la rue de la Gatinerie, elle pose sa tête sur mon épaule et ses deux mains saisissent mon coude. Le parking de la jetée d'Eyrac, trop proche, brise ce miracle et elle se détache de moi. Je conserve un instant la chaleur de son corps tout le long de mon bras.

Le trajet vers mon domicile dure quelques minutes. En silence, elle rêve, l'air absent. Je me gare.

La recevoir chez moi me procure une sensation étrange. Je m'efface pour lui permettre de passer. Elle se laisse tomber dans le canapé avec un soupir et, sans façon, se déchausse. Je lui propose un rafraîchissement qu'elle accepte. Je ne sais quelle conduite adopter. C'est elle qui me provoque.

— Tu as là un véritable nid d'amour. Tu as dû amener beaucoup de conquêtes.

Elle s'amuse de mon air embarrassé. Je suis debout, au milieu de la pièce, elle me tend sa main. Je m'avance et la saisis. Elle m'attire à elle et me contraint à m'asseoir à ses côtés. Longuement elle me fixe, son sourire est radieux et sa séduction est irrésistible. Mon visage s'approche du sien, elle ne bouge pas, je suis à vingt centimètres, puis quinze. Je sens son souffle sur mes lèvres, les siennes s'entrouvrent. Le contact est charnel mais bref, elle se retire posément.

— Hugo, je suis heureuse d'être avec toi, m'avoue-t-elle d'une voix enrouée.

Elle lâche ma main qu'elle avait toujours dans la sienne et se lève. Elle parcourt la pièce, à pas lents. Je la suis du regard, nullement fâché. Elle contemple une photo aérienne du bassin d'Arcachon avec ce commentaire, qui paraît s'adresser à elle seule :

— C'est un superbe endroit.

Son doigt caresse maintenant le visage de la petite noyée.

— Pauvre enfant, répète-t-elle une nouvelle fois.

Suspendant son geste, elle m'interpelle :

— Hugo, c'est étrange que nous ayons le même prénom. Tu ne crois pas ? C'est un prénom bizarre tout de même.

Elle continue sa marche et devant le Rubens posé sur la commode, elle s'inquiète :

— Tu vas le rendre ?

Déjà, sans attendre une éventuelle réponse de ma

part elle poursuit sa ronde et repasse devant la gravure de la petite Isaline accrochée au mur. Elle s'y arrête, la dévisage et sa révélation me déconcerte.

— Ma mère s'appelait également Isaline.

Aussitôt, elle constate au sujet du portrait en médaillon :

— Je ne trouve pas qu'elle me ressemble.

Je la regarde depuis le canapé. Beaucoup d'interrogations me viennent à l'esprit. Je me lève à mon tour, bien décidé à en savoir plus. J'ouvre la bouche en même temps qu'elle, nos paroles se superposent, nous rions de cette concordance parfaite. Je lui laisse la priorité, elle en profite :

— Avant d'aller dormir, je souhaite prendre une douche. Est-ce possible ?

Je reporte mes demandes d'explications à plus tard. Munie des indications pour trouver tout le nécessaire utile, elle disparaît avec sa trousse de toilette. La porte se referme et je demeure songeur. Elle a refusé plusieurs fois mes avances et je crains qu'elle ne reparte et ne me quitte pour toujours. Je mets un fond sonore plutôt neutre et constate, à mon grand désarroi, que je ne lui ai pas servi le rafraîchissement proposé. Je prépare un plateau de boissons variées et le pose en évidence. Seulement quinze minutes s'écoulent avant qu'Isaline ne sorte de la salle de bain. Elle porte un peignoir en soie et s'efforce de sécher ses cheveux mouillés avec une serviette. Je ne me hasarde pas à l'observer, évitant même de la regarder. Elle s'en rend compte, c'est évident car elle s'informe, plutôt diaboliquement :

— Ma tenue ne te gêne pas j'espère. Je fais comme chez moi.

Mes tempes brûlent, mon rythme cardiaque est

au plus haut et je trouve mon salut dans une inspiration subite.

— Je vais également me doucher.

Ajoutant malicieusement et plein de sous-entendus :

— Cela me fera du bien.

Je lui montre la petite table.

— Si tu as soif, tu as ce qu'il faut sur le plateau.

Avant que je ne pénètre dans la salle de bain, je l'entends qui me dit :

— Je vais me coucher.

Je lui adresse un sourire, lui souhaite bonne nuit et déçu, j'attrape rageusement mes affaires, bien évidemment hors de sa vue.

L'eau froide qui coule sur mes épaules calme mes ardeurs et nettoie mes pensées obscures. Je retrouve de l'allant en me savonnant et me surprends à chantonner. J'ai la sagesse d'accepter la situation telle qu'elle est, et de prendre la résolution de profiter des bons moments que notre cohabitation va engendrer. Avec délice, j'imagine également les balades que nous allons faire et la joie de monter avec elle tout en haut de l'observatoire Sainte-Cécile. Je me sèche avec ardeur, me coiffe avec application, me brosse les dents avec zèle et enfile mon caleçon de nuit décoré de Mickey, ainsi qu'un traditionnel tee-shirt blanc.

La maison est calme, la porte de la chambre d'Isaline fermée. Je la fixe avec résignation et la vois comme un obstacle symbolique. Les portes fermées sont les représentations abstraites de mon existence, les entraves infranchissables à mes convoitises. Entre mes rêves et la réalité, il y a souvent une porte. Derrière, toujours, se trouve l'inaccessible. L'envie irrationnelle de l'entrouvrir me vient. Je sais que je ne le ferai pas. J'éteins la lumière et l'ombre envahit la pièce, comme les projecteurs à la fin de la représentation qui plongent les spectateurs que nous sommes, dans le noir. La porte de ma chambre, elle aussi, est fermée. Elle va s'ouvrir sous une simple pression, car elle ne protège rien de plus que mon sommeil.

La porte est à présent ouverte et la petite lumière de ma table de chevet est allumée. Dans mon lit repose Isaline. Elle est couchée sur le côté gauche. Une soudaine panique me paralyse. S'est-elle trompée de chambre ? Elle paraît dormir. Dans son sommeil, ses traits sont détendus et harmonieux. Le drap qui la recouvre s'ajuste à son corps, jusqu'à modeler ses formes. Je la devine nue. Une profonde tendresse se substitue à l'élémentaire désir physique. Témoin unique et privilégié, je discerne de la beauté dans cette scène. Je contourne le lit et me déshabille. Je soulève le drap assez haut pour découvrir son dos. Avec précaution, je me glisse contre elle, m'adaptant à sa position et épousant ses contours. Elle frémit et réajuste ses reins pour bien se coller à moi. Mon visage se niche dans son cou et ma main droite prenant appui contre son flanc, s'insinue sous son bras et s'immobilise au contact de son sein que j'emprisonne dans ma paume. Sa main se pose sur la mienne pour un accord tacite. Son odeur, sa respiration régulière et la douceur de sa peau agissent, me plongeant dans une somnolence lénifiante. Je m'endors profondément.

La sensation d'un doigt qui glisse sur ma peau me réveille. Appuyée sur un coude, Isaline joue avec moi, dessinant des courbes sur mon torse. Le drap est tombé sur ses hanches, m'offrant une vision admirable de sa poitrine. Elle sourit. Sa main descend vers mes cuisses en entraînant le drap pour me découvrir en totalité. Son visage s'approche de mon ventre et sa langue, chaude, trace des petits cercles humides. J'agrippe le haut de ses épaules et je ferme les yeux.

Il est plus de midi. Je n'ai aucune envie de me lever. Isaline a sa tête à demi appuyée contre l'oreiller et mon regard la parcourt. Mes yeux se perdent dans les recoins les plus secrets de son intimité. Sa perfection me sidère. Elle ouvre les yeux, m'attire à elle et provoque à nouveau chez moi, une réaction bien naturelle. Je me couche sur elle.

De merveilleuses minutes plus tard, elle s'étire longuement puis ses premières paroles prononcées depuis des heures sont banalement matérielles : « J'ai faim ». Avec souplesse, elle s'extirpe du lit et pour la première fois, je la contemple debout, nue dans son intégralité. Consciente, elle demeure immobile, face à moi quelques instants, avant de se recouvrir de son peignoir.

La fin de la journée est des plus plaisantes. Pas un seul mot ne vient ternir notre bonheur, aucune allusion, aucune interrogation. Nous vivons la vie d'un couple harmonieux ou chacun est tributaire du bien-être de l'autre. Nous avons refait l'amour vers vingt heures, sur le tapis du salon, puis sous la douche une heure plus tard. Aux alentours de minuit, très fatigués nous retournons sagement nous coucher.

Isaline me secoue fortement. Je grogne pour la forme et je tente de l'agripper, elle se débat en riant et saute hors du lit. À distance respectable, elle m'incite à en faire autant :

— On va à l'observatoire. On va y monter. Debout.

Elle prépare le petit déjeuner, se précipite dans la salle de bain et verrouille la porte.

— Je ferme à clé, je n'ai pas confiance.

Je patiente devant et pour se faire pardonner, en sortant, Isaline plaque un baiser baveux sur mes lèvres.

Le temps est splendide. Sur le chemin, lorsque nous enjambons l'allée Pasteur à l'aide de la passerelle Saint-Paul, Isaline m'enlace avec cette justification :

— C'est ici que tu m'as embrassée pour la première fois.

Main dans la main, nous arrivons au pied du belvédère. Sans une hésitation, elle escalade l'escalier métallique en colimaçon. Pas une fois elle n'a regardé en arrière, insensible aux vibrations. Sur la plate-forme, à vingt-cinq mètres de hauteur, grisée par le paysage et le vent, elle susurre à mon oreille :

— J'ai si souvent regretté de ne pas avoir accepté d'y monter autrefois.

Aujourd'hui, c'est cette femme que j'admire, et non la vue qu'en solitaire j'ai trop contemplée, peiné par un amour de vacances que je pensais impossible.

— Je mangerais bien des cerises, propose-t-elle de façon ambiguë alors que nous sommes perchés depuis une vingtaine de minutes.

Nous avons éclaté de rire au grand étonnement

d'un petit groupe de touristes qui nous avaient rejoints.

Les heures du jour nous ont accompagnés, clémentes et bienveillantes. Jamais nous n'avons parlé d'avenir. À midi, nous avons improvisé un pique-nique en forêt et le soir, le confort plus sûr d'un restaurant a contenté nos appétits. Nous sommes assis sur le muret de la jetée, les jambes pendantes. Les miennes battent, celles d'Isaline sont immobiles. Nous regardons le large, épaule contre épaule. Deux touristes s'exercent au jet ski dans un bruit qui ne ravit pas tout le monde. Une pauvre mère de famille tente d'empêcher ses enfants de se rouler dans le sable. Un couple se dispute, un autre s'embrasse. La vie, dans sa diversité, s'écoule plus ou moins paisiblement. Nous en sommes témoins.

Isaline saute sur le sable et m'encourage à en faire autant. Elle illumine la nuit tombante de sa perfection gracieuse. D'autres hommes s'en aperçoivent. Elle a l'habitude, moi non. Elle ignore les regards, ils m'indisposent. Tout à l'heure, au cours du repas, je lui en ai parlé, elle a souri bien évidemment et a minimisé :

— Tu te fais des idées. Ils ne me regardent pas.

Encore maintenant, debout sur la plage, plusieurs paires d'yeux sont posées sur elle, dont les miens. Des deux mains, elle me fait signe de venir. Je la rejoins, elle m'embrasse à la dérobée, déclenchant immanquablement de la haine à mon encontre, de la part de quelques mâles, envieux de ma bonne fortune. Elle m'entraîne, je la suis de bonne grâce et oublie les jaloux en les abandonnant à leur vraie place, à bonne distance d'Isaline. Près de l'eau, elle se déchausse, laisse les maigres vagues lui lécher les pieds et s'en amuse. Elle se penche et avec sa main m'asperge d'eau fraîche. Je recule, horrifié et la traite de gamine.

Dix minutes plus tard, elle marche pieds nus sur la jetée malgré ma désapprobation. Elle se serre encore plus contre moi, comme pour racheter sa désobéissance et je suis contraint à inspecter le pavage à deux mètres devant nous, pour éviter qu'elle ne se fasse mal. Je tourne la tête vers elle, elle croit que je veux l'embrasser et avance les lèvres. Je ne succombe pas à la tentation en me disant qu'elle ne perd rien à attendre. J'ai une question à lui poser.

— Isaline, tu m'as dit que ta mère portait le même prénom que toi, c'est original. Il y a une raison ?

Elle cligne d'un œil puis met de la distance entre elle et moi en tirant sur son tee-shirt.

— J'aurais préféré que tu m'embrasses, me reproche-t-elle, pragmatique.

— On peut parler aussi. Le sexe c'est chouette, mais parler c'est bien également.

Mon humour partiellement débridé ne la fait pas rire. Je comprends que ma répartie est tombée à plat. À peine consent-elle à me répondre.

— Je saurai m'en souvenir.

21

J'ai acheté la paix en la serrant contre moi. Il est tard. Sur le chemin, elle m'arrête en posant sa main sur mon ventre et m'oblige à la regarder. Ses yeux reflètent la lueur du réverbère qui nous domine. Je la laisse parler.

— Ma grand-mère aussi s'appelait Isaline.

Incrédule, je fronce les sourcils. Elle reprend sa marche en m'abandonnant. Attentif, je la rejoins rapidement. Quinze mètres plus loin, elle poursuit :

— Ceci explique l'attitude que j'ai eue envers toi.

Je l'observe du coin de l'œil, n'osant stopper ses confessions. Elle ajoute :

— Si on s'appelle Isaline de mère en fille, c'est à cause de la petite noyée, comme tu la nommes.

Je ne vois pas le rapport, mais redoute le pire. Nous arrivons en vue de ma maison. Elle ralentit l'allure.

— Ton arrière-grand-père a eu cette Isaline comme sœur et par la suite, une autre sœur, Jeanne. Cette dernière a grandi dans le souvenir de sa sœur tragiquement disparue, à tel point qu'en hommage, elle a appelé sa propre fille Isaline, puis l'a abandonnée peu après sa naissance. Cette fillette abandonnée était ma grand-mère. Ma mère et moi-même avons reçu ce prénom. Pendant longtemps, l'origine familiale de ce côté-là a été mystérieuse puis mes parents ont fait des recherches et ces recherches ont abouti.

J'ai du mal à suivre et j'avoue que je l'ai fait répéter plusieurs fois. Au début je ne percevais pas la problématique, mais maintenant je suis troublé.

— Hugo, nous venons de la même famille. Nos arrière-grands-parents étaient frères et sœurs. Tu as compris que ma grand-mère était la fillette abandonnée.

Je tente d'argumenter.

— Comment peux-tu être sûre ?

— Lorsque nous nous sommes rencontrés pendant les vacances, mes parents venaient dans la région pour valider cette filiation. Je n'en savais rien. Je l'ai appris le soir même de notre séparation et j'ai fait le rapprochement avec toi. Je ne voulais plus te voir, car nous étions de la même famille et Florian a été là, à point nommé, pour que je tente d'oublier notre liaison, comme un exutoire. Cela n'a rien arrangé, au contraire.

Nous n'osons, ni l'un ni l'autre, nous approcher à moins de deux mètres. Je me perds dans le calcul du lien de parenté qui existe entre nous.

— Pourquoi ne pas me l'avoir dit plus tôt.

— J'avais un enfant, Hugo, un enfant. J'ai cru qu'il pouvait être de toi, c'était affreux comme sentiment. Le fruit d'un amour incestueux, tu imagines ? J'ai été soulagée d'apprendre qu'il était de Florian.

Sans savoir, j'avance une hypothèse, tout en comptant sur mes doigts.

— Nous avons un lien de parenté assez lointain, il me semble. Non ?

Je n'en dis pas plus, peu convaincu par mes propres paroles. Nous pénétrons chez moi. Immédiatement, je décroche la une de l'*Illustration* accrochée au mur et après un dernier regard dessus, je la déchire. Dans l'évier, je brûle les morceaux. Appuyée contre l'huisserie, Isaline me regarde faire. Elle me sourit timidement. Au moment où je passe près d'elle, à la frôler, elle m'attrape et se colle à moi. Son visage à cinq centimètres du mien, les yeux remplis de larmes, elle peine à articuler.

— Demain matin je vais partir. Je dois rentrer.

Je suis tétanisé, incapable d'avoir une réaction. Ses lèvres adhèrent aux miennes, sa langue fouille ma bouche avec force et ses mains parcourent mon corps. Elle m'entraîne dans la chambre…

*

Je suis assis face à Régent à la terrasse du glacier. Je lui ai raconté l'essentiel, même notre dernière nuit, mais d'une manière pudique. Je n'ai pas décrit les audaces et les tabous qu'elle a transgressés des heures durant, ni les derniers mots qu'elle m'a glissés dans l'oreille lorsqu'elle est montée dans le train ni qu'elle pleurait.

Ce matin, elle m'a réveillé à sept heures.

— J'ai le train à huit heures trente.

Nous avons déjeuné d'un café, elle n'a pas voulu de croissant. Je l'ai regardée prendre sa douche et je l'ai essuyée avec soin et délicatesse. Elle s'est habillée et j'ai vu son corps disparaître sous ses vêtements. Elle a fermé sa valise, s'est examinée devant la glace, réajusté son foulard et s'est tournée vers moi :

— Je suis prête.

Elle était belle. Le train était à l'heure. Avant d'y monter, dans un dernier baiser, elle m'a dit :

— Je ne reviendrai pas.

Elle a mouillé son doigt avec sa salive et l'a posé sur mes lèvres avec cet ultime aveu :

— Tu es un amant merveilleux.

Elle a disparu rapidement dans le wagon, pour ne pas montrer qu'elle pleurait. Le train est parti et je suis resté longtemps sur le quai. Pour qu'un train arrive, il faut qu'un autre s'en aille. Cette phrase philosophique ne m'a été d'aucun secours, je l'ai sûrement mal interprétée. Ce n'est que plus tard que j'ai remarqué que moi aussi, j'avais pleuré.

Régent m'écoute. Il est navré de ma tristesse et il essaye de me faire voir les bons côtés. Il s'échine, le pauvre. Devant son impuissance à me remonter le moral, je suis attendri et je le rassure.

— Vous allez pouvoir faire quelque chose pour moi.

Il bondit sur sa chaise, heureux d'être utile.

— Oui, Hugo, je vous écoute. Tout ce que vous voulez.

Je tire de ma poche une contravention ramassée sur le pare-brise de ma voiture ce matin, près de la gare et lui tend.

— Si vous pouvez la faire sauter.

Il contemple le bout de papier, éberlué et le récupère visiblement à contrecœur.

L'après-midi s'écoule, nous ne bougeons pas de la terrasse. Les vacanciers sont rentrés chez eux. Il ne reste que les retraités et les jeunes couples sans enfants.

— Enfin, ce n'est pas trop tôt, nous sommes

entre nous, remarque Régent, avisant le calme relatif.

Je souris de son aplomb. Il n'en a pas fini :

— Vous reprenez quand le travail ?

Je réfléchis.

— Le huit septembre.

Malicieux, il complète :

— Pas besoin de passer une visite médicale de reprise, c'est déjà fait avec Isaline. D'après ce que vous m'avez dit, elle vous a au moins fait subir les tests physiques.

Je n'ai pas le temps de m'offusquer. Il se lève.

— Hugo, je compte bien continuer à écumer les tournois de pétanque. On va s'entraîner.

Il me fait un clin d'œil et s'épanche :

— Je veux que l'on participe aux prochains championnats de France.

Déjà il s'éloigne et je me rends compte qu'il n'a pas réglé les consommations. Je le fais de bonne grâce. Il se retourne et le pouce levé, il me gratifie d'un large sourire.

Nous jouons jusqu'à la nuit tombée, jusqu'à ce que les boules nous tombent des mains de fatigue.

Je rentre à minuit, fourbu. Dans la maison, je retrouve le parfum d'Isaline et d'un coup, je me sens seul. Les draps gardent les traces de notre nuit, le lit est totalement dévasté. Je décide d'aller occuper la petite chambre préparée pour elle, mais qui n'a pas servi. Je ramasse quelques affaires éparses dans le salon, un peu de vaisselle et deux coussins. La cuisine est une pièce rescapée, uniquement deux tasses salies sont restées sur la table. Dans la salle de bain m'attend un message écrit sur le miroir avec son rouge à lèvres : « Merci ». Une culotte oubliée est accrochée sur le radiateur. Je ne la touche pas, je ne m'en approche pas. Je referme la porte silencieusement.

Mon cerveau est anesthésié par l'émotion et la fatigue. Je me dirige vers la petite chambre, mais me ravise sur son seuil. Je regagne la mienne, me déshabille et nu, me laisse tomber sur le lit défait, à plat ventre, le nez enfoui dans les draps, dans son odeur. Lumière allumée, je m'endors.

Selon la formule consacrée, le soleil est haut lorsque je me réveille. Je quitte à regret l'empreinte du corps d'Isaline laissée sur mon couchage pour affronter la journée. J'ai rendez-vous avec Régent à seize heures au boulodrome de la gare. Je m'astreins à un sérieux rangement. Toutes les traces du séjour d'Isaline sont effacées. Seul un autoportrait réalisé grâce à mon téléphone portable, en haut de l'observatoire avec l'horizon en toile de fond, est conservé. Je l'imprime sur papier glacé, le mets sous verre et l'accroche au mur. Joue contre joue, le visage un peu déformé par l'angle de prise approximatif, je nous trouve beaux. J'étais heureux, je ne savais pas qu'elle partirait. Dans la foulée, je sors du placard le double de la une de *l'Illustration* et la petite noyée de l'automne retrouve sa place tout à côté de nous. Deux heures d'effort sont nécessaires pour tout mettre en ordre. J'ai supprimé en dernier et avec beaucoup de peine, son message sur le miroir. J'ai hésité à jeter sa culotte oubliée et finalement, je l'ai lavée avec les draps. Je ne sais ce que je vais en faire. La mettre elle aussi dans un cadre ? Je souris à cette pensée.

Ce soir-là, nous avons laminé nos adversaires. Régent est comme fou, il nous imagine au sommet de la hiérarchie de la pétanque. Je le vois s'agiter, spéculer, échafauder des stratégies, réfléchir et me prendre à témoin. Il s'applique sur un tir et la boule claque, il est intraitable. Je reste dans son sillage, motivé par son ardeur, décuplant mes modestes possibilités.

— Sournet, le chemin est par là, il faut plomber.

Lorsqu'il m'appelle par mon nom, c'est que l'instant est grave. Il joue sa vie sur ce point. La boule s'élève et fidèle au plan qu'il a mis en place, elle termine sa course près du cochonnet, la partie est gagnée. Je suis heureux pour lui.

Tard dans la nuit, à la buvette du club de pétanque, une pression à la main, il contemple le ciel étoilé. Je n'ai pas droit à un cours d'astronomie, mais ses paroles sont beaucoup plus réalistes.

— Votre ami le docteur est toujours interné. Il semble bien atteint, selon les spécialistes.

Je récupère l'information, elle me fait mal, mais je ne la commente pas. J'ai seulement besoin d'un avis.

— Vous pensez que je dois aller le voir ?

Il paraît horrifié.

— Surtout pas, me conseille-t-il sans équivoque. Il est en pleine paranoïa et, en disant ceci, je ne fais que répéter les conclusions des experts.

Je suis soulagé. Je bois une gorgée de bière. La nuit qui nous enveloppe et la faible clarté des projecteurs du boulodrome m'incitent aux confidences.

— D'après vous, les raisons invoquées par Isaline sont-elles réelles ?

Il comprend que j'évoque son départ définitif. Il hésite pourtant à me livrer ses sentiments. Toutefois, il se lance :

— Je vois deux explications logiques. La première

d'ordre éthique, je ne sais pas si c'est le bon mot, est le lien familial qui semble vous unir. La morale peut effectivement s'interroger, mais franchement le péché n'est pas mortel. La seconde explication me paraît plus complexe. L'histoire de cette jeune femme est douloureuse, la perte de son fils, le lien que vous avez avec ce passé. Vous êtes, vous, une belle aventure, mais sans cesse elle vous rattache à son malheur : le lieu dans lequel vous vivez, vos attaches avec le père de son fils, ses meurtres dont le souvenir plane…

Il suspend son énumération. J'en sais assez. Un doute m'assaille depuis ce matin. En aucune façon Régent ne pourra me rassurer, mais j'ai, encore une fois, besoin de son avis.

— Et si elle ne m'aimait pas suffisamment ?

Il ouvre grand la bouche et ceci se termine en une moue boudeuse. J'ai l'envie d'être conforté et son jugement est primordial. Il avance sa main, paume vers moi. Je l'écoute.

— Ses sentiments à votre égard sont authentiques. Sinon, elle vous l'aurait dit, j'en suis persuadé. Madame Delaunay est une femme sincère et honnête. D'ailleurs, ne vous le prouve-t-elle pas en vous quittant ?

Son argumentation est sommaire, elle me va droit au cœur. Il ne m'a pas convaincu, mais je lui suis reconnaissant.

Deux jours plus tard, il me téléphone, excité :

— Hugo, nous sommes conviés par le Musée des Beaux-Arts de Bordeaux à une cérémonie.

Je joue le méfiant.

— Une cérémonie ? Pourquoi ?

Le connaissant, je peux parier qu'il a haussé les épaules devant mon manque de discernement.

— Pour le retour des tableaux, précise-t-il, et le ministre de la Culture sera là, ainsi que le Préfet.

Instantanément, je pense au Rubens. Je lui fais part de mon inquiétude :

— Et le Rubens, je le sors du chapeau ? Je peux être soupçonné d'en cacher d'autres.

Un silence me répond.

— On se retrouve ce soir au boulodrome et on en parle, me propose-t-il rapidement.

*

Je lui communique mes angoisses.

— N'est-il pas un peu tard pour rendre le Rubens ?

Il prend son visage dans ses mains. J'attends son opinion.

— Vous ne pouvez pas le garder, l'enjeu est trop important et le risque grand. Vous seriez poursuivi pour recel et moi pour complicité. Le mieux est de le rendre, mais d'une manière spectaculaire.

Je suis capté par son idée. Il m'expose son plan.

— Vous pourriez le dévoiler lors de cette cérémonie.

Je l'interroge :

— Lors des discours, je le sors d'un paquet et le brandis ?

— Pas tout à fait. Les experts et le directeur doivent être au courant.

— Ils vont marcher ?

— Oui.

Je me borne à répéter son affirmation, à mon

sens quelque peu prématurée.

— Oui ?

— Oui, répète-t-il.

Abrégeant mes questionnements, il me révèle la vérité :

— Ils sont au courant et on va les voir demain pour une expertise.

La cérémonie est prévue samedi à seize heures. La presse en a fait une grande diffusion et l'information est passée sur les médias nationaux. Le Rubens a été authentifié, préparé, bichonné et le secret de sa réapparition bien gardé.

Avant de le rendre, je l'ai tenu dans mes bras et j'ai fait un autre autoportrait avec lui. Je l'encadrerai dès dimanche.

La cérémonie a été belle. Les deux tableaux monumentaux, *L'assomption de la vierge* et *l'Adoration des Bergers*, trônent désormais en bonne place. Pour la première fois, j'ai pu les contempler dans leur intégralité. Le Rubens a fait sensation. Un des experts, sur le ton de la confidence, a tenté de me renseigner.

— Vous savez à combien il peut être estimé ?

Je l'ai coupé, trop brusquement sans doute.

— Il a pour moi une valeur sentimentale inestimable.

La discussion était close et, depuis, je regrette de ne pas savoir sa valeur réelle. Les honneurs, les discours, les petits fours et les personnalités, l'organisation était parfaite. J'aurais souhaité partager ce moment avec Isaline, mais loin d'elle, ce cérémonial m'a paru fade. En plus, j'étais en train de perdre le

Rubens… Encore une absence à endurer.

Le ministre m'a à peine salué, préférant s'exposer avec quelques sommités plus représentatives. Ils se congratulaient, se félicitaient et se tapaient sur le ventre. J'ai bien tenté de parler de mon parquet éventré, mais je n'ai trouvé qu'indifférence. Seul Régent a eu ces paroles réconfortantes :

— J'ai vu qu'à Bricorama ils faisaient des soldes.

Régent a obtenu promotion et poste sur Arcachon. Il est le tout nouveau commandant de la Gendarmerie du Bassin. Il a tenu à mettre les choses au point :

— Il n'est pas question que vous me refiliez vos contraventions pour les faire disparaître.

J'ai levé le doigt et avant même de le féliciter, je me suis enquis :

— Cela n'est valable que pour les nouvelles ? Pour l'autre, vous avez pu faire le nécessaire ?

Il m'a pris par les épaules et entraîné vers la terrasse la plus proche :

— Offrez-moi une bière d'abord.

J'ai rejoint le port de Larros. Là, tout est calme. Les mains dans les poches, d'une démarche oisive, je remonte l'allée qui mène à la jetée. Le Christ m'attend, je me plais à l'espérer. Je croise quelques habitués et certains me saluent. Ma notoriété tout éphémère ne s'est pas encore éteinte. Cela me gêne, mais me réchauffe le cœur.

Encore vingt mètres et je serai au bout. Au bout de tout, au bout d'une histoire débutée il y a longtemps. En marchant, un rêve fou me transperce. Derrière la stèle, encore cachée à ma vue, Isaline est présente. Je sens son odeur, ses mains sur ma peau, sa voix qui me murmure des mots câlins. Je presse le pas et… l'endroit est vide.

Je ne suis pas déçu.

Face au large, je respire à pleins poumons. J'écarte les bras et ferme les yeux. Je vois ma vie qui se déroule et je la trouve belle et excitante. Je suis heureux de ce qu'elle a à m'offrir, je suis jeune et je voudrais le crier au monde entier.

Quelque part sur terre, un train à destination d'Arcachon, patiente dans une gare. Il me ramènera un être cher, ceci n'est qu'une question de temps. Je suis un garçon patient. Le vrai bonheur attendra.

Je me suis assis au bout de la jetée. Le dos appuyé contre la pierre, j'ai ramené mes genoux sous mon menton comme, enfant, j'avais l'habitude de le faire.

Également aux Éditions Terres de l'Ouest :

Touche pas au grisbi du bassin
D'Éric Castaignède

Agent de recouvrement à la solde d'un caïd du bassin d'Arcachon, noctambule patenté et joueur invétéré, Jules mène une existence solitaire et futile, entre boîtes glauques et tripots clandestins. Au décès de son frère, victime d'un accident de la route, il fait la connaissance de Théo, son neveu, hospitalisé à La Rochelle. Peu à peu, l'oncle tisse des liens avec l'enfant et commence à s'ouvrir aux autres. À commencer par Pauline, une séduisante jeune femme rencontrée dans un bar de nuit à La Teste, et qui s'immisce dans son quotidien.
Mais les apparences sont trompeuses. Plongé au cœur d'un trafic de drogue international, Jules découvre que le décès de son frère n'a rien de fortuit, que la mère de Théo, portée disparue depuis sa naissance, est peut-être vivante et que Pauline n'est probablement pas celle qu'elle prétend être…

356 pages – Format : 120×205 mm
Prix : 15 € – ISBN : 978-2-494231-16-0
Collection polars du S.O
Genre : Thriller / policier

Disponible depuis le 5 juin 2023

La Dame d'Oléron
de Florian Horru

Au cœur de la forêt de Saint-Trojan-les-Bains, des faits divers surprenants s'accumulent. Un squelette du siècle dernier émergeant des sables, puis un cadavre abandonné au milieu des fougères, et enfin un magnifique tombeau vieux de huit cents ans mis à jour dans une chapelle ensevelie sous la dune. Devant l'ampleur de la découverte historique, les autorités mandatent deux experts en archéologie forensique pour prêter main-forte à l'équipe du capitaine Bourguignon.
Les enquêteurs comprennent rapidement que trouver l'assassin va les contraindre à suivre un véritable jeu de piste élaboré au XIIe siècle. À la clef : un fabuleux trésor accumulé en son temps par la Dame d'Oléron.
Et cette « Dame d'Oléron » reposant dans la chapelle, qui est-elle vraiment ?

Une enquête menée tambour battant et qui permet au lecteur d'explorer les plus anciens monuments de l'île.
Des personnages attachants que l'on retrouve avec plaisir dans une nouvelle aventure au suspense savamment dosé, mêlant la grande Histoire à la petite !

256 pages – Prix public : 12,50€
Format 12×20,5 cm
ISBN : 979-10-97150-63-1
Type : Roman policier
Sortie officielle : 21 avril 2021

Éditions Terres de l'Ouest

ISBN : 979-10-97150-68-6

Dépôt légal avril 2021
Ré-impression en France en octobre 2023
sur les presses de l'imprimerie Présence Graphique